PRIMAVERA
DOS SONHOS

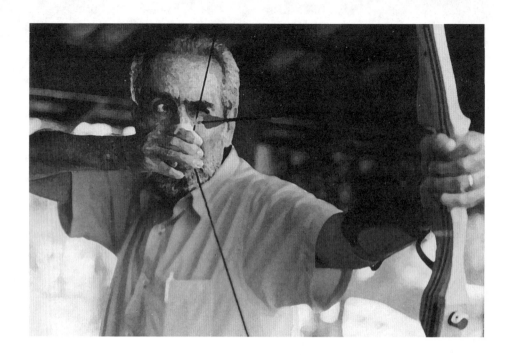

O Arqueiro

GERALDO JORDÃO PEREIRA (1938-2008) começou sua carreira aos 17 anos, quando foi trabalhar com seu pai, o célebre editor José Olympio, publicando obras marcantes como *O menino do dedo verde*, de Maurice Druon, e *Minha vida*, de Charles Chaplin.

Em 1976, fundou a Editora Salamandra com o propósito de formar uma nova geração de leitores e acabou criando um dos catálogos infantis mais premiados do Brasil. Em 1992, fugindo de sua linha editorial, lançou *Muitas vidas, muitos mestres*, de Brian Weiss, livro que deu origem à Editora Sextante.

Fã de histórias de suspense, Geraldo descobriu *O Código Da Vinci* antes mesmo de ele ser lançado nos Estados Unidos. A aposta em ficção, que não era o foco da Sextante, foi certeira: o título se transformou em um dos maiores fenômenos editoriais de todos os tempos.

Mas não foi só aos livros que se dedicou. Com seu desejo de ajudar o próximo, Geraldo desenvolveu diversos projetos sociais que se tornaram sua grande paixão.

Com a missão de publicar histórias empolgantes, tornar os livros cada vez mais acessíveis e despertar o amor pela leitura, a Editora Arqueiro é uma homenagem a esta figura extraordinária, capaz de enxergar mais além, mirar nas coisas verdadeiramente importantes e não perder o idealismo e a esperança diante dos desafios e contratempos da vida.

NICHOLAS SPARKS

PRIMAVERA DOS SONHOS

Título original: *Dreamland*

Copyright © 2022 por Willow Holdings, Inc.
Copyright da tradução © 2022 por Editora Arqueiro Ltda.

Todos os direitos reservados. Nenhuma parte deste livro pode ser utilizada ou reproduzida sob quaisquer meios existentes sem autorização por escrito dos editores.

tradução: Alessandra Esteche
preparo de originais: Melissa Lopes Leite
revisão: Anna Beatriz Seilhe e Pedro Staite
diagramação: Valéria Teixeira
capa: Elena Giavaldi
imagem de capa: Nikki Smith/ Arcangel
adaptação de capa: Gustavo Cardozo
impressão e acabamento: Cromosete Gráfica e Editora Ltda.

CIP-BRASIL. CATALOGAÇÃO NA PUBLICAÇÃO
SINDICATO NACIONAL DOS EDITORES DE LIVROS, RJ

S726p

    Sparks, Nicholas, 1965-
        Primavera dos sonhos / Nicholas Sparks ; tradução Alessandra Esteche. - 1. ed. -São Paulo : Arqueiro, 2022.
        304 p. ; 23 cm.

        Tradução de: Dreamland
        ISBN 978-65-5565-401-1

    1. Ficção americana. I. Esteche, Alessandra. II. Título.

22-80060   CDD: 813
                     CDU: 82-3(73)

Meri Gleice Rodrigues de Souza - Bibliotecária - CRB-7/6439

Todos os direitos reservados, no Brasil, por
Editora Arqueiro Ltda.
Rua Funchal, 538 – conjuntos 52 e 54 – Vila Olímpia
04551-060 – São Paulo – SP
Tel.: (11) 3868-4492 – Fax: (11) 3862-5818
E-mail: atendimento@editoraarqueiro.com.br
www.editoraarqueiro.com.br

Para Abby Koons, Andrea Mai e Emily Sweet

PARTE I

Colby

1

Meu nome é Colby Mills, tenho 25 anos e estou sentado em uma cadeira de praia em St. Pete Beach, na Flórida, em um belo sábado em meados de maio. O cooler ao meu lado está abastecido com cerveja e água, e a temperatura está quase perfeita, com uma brisa constante forte o suficiente para manter os mosquitos longe.

Atrás de mim fica o Hotel Don CeSar, uma construção imponente que lembra uma versão cor-de-rosa do Taj Mahal, e daqui posso ouvir a música ao vivo que rola na área da piscina. O cara que está se apresentando é mediano; desafina de vez em quando, mas duvido que alguém se incomode. Dei uma espiada na piscina algumas vezes desde que me instalei aqui e percebi que a maioria dos hóspedes passou a tarde bebendo, logo provavelmente iriam gostar de qualquer coisa que ouvissem.

Não sou daqui, por sinal. Antes de vir para cá, eu nunca tinha ouvido falar deste lugar. Quando as pessoas da minha cidade me perguntaram onde ficava St. Pete Beach, expliquei que era uma cidade praiana que ficava do outro lado da ponte de Tampa, perto de St. Petersburg e Clearwater, na costa oeste da Flórida, o que não ajudou muito. Para a maioria delas, a Flórida se resume a parques de diversões em Orlando e mulheres de biquíni nas praias de Miami, mais um monte de outros lugares para os quais ninguém está nem aí. Sendo bem sincero, antes de eu vir, a Flórida para mim era só um estado com um formato esquisito pendurado na costa leste dos Estados Unidos.

A melhor atração de St. Pete é uma praia maravilhosa de areia branca, a mais bonita que já vi. Margeando o litoral há uma mistura de hotéis de luxo e acomodações de baixo custo, mas a maioria dos bairros lembra vizinhanças típicas de classe média, habitadas por aposentados e trabalhadores assalariados, além de famílias curtindo férias baratas. Também tem os estabelecimentos de praxe, como fast-foods, centros comerciais, academias e lojas de artigos de praia baratos. No entanto, apesar desses sinais óbvios de modernidade, alguma coisa faz a cidade parecer um pouco esquecida.

Ainda assim, tenho que admitir que gosto daqui. Tecnicamente estou na cidade a trabalho, mas está mais para férias mesmo. No total, vou tocar por três semanas no Bobby T's Beach Bar, quatro vezes por semana, mas só por algumas horas. Então tenho bastante tempo para correr, ficar sentado ao sol ou fazer absolutamente nada. Seria fácil me acostumar com uma vida assim.

O público do Bobby T's é receptivo – e, sim, embriagado, como o do Don CeSar, mas não existe nada melhor que tocar para uma plateia entusiasmada. Ainda mais levando em conta que sou um zé-ninguém que veio de fora e que praticamente parou de tocar dois meses antes da formatura do ensino médio. Nos últimos sete anos, eu me apresentei de vez em quando para amigos ou em festas de conhecidos, mas só. Hoje considero a música um passatempo, embora seja algo que amo. Não tem nada de que eu goste mais do que passar o dia tocando ou compondo, mesmo que a vida real não me dê muito tempo para isso.

Na verdade, aconteceu uma coisa curiosa nos meus primeiros dez dias por aqui. Os dois primeiros shows foram como eu esperava, com um público que imaginei ser normal para o Bobby T's. Cerca de metade das cadeiras estava ocupada; a maioria dos frequentadores estava lá para curtir o pôr do sol, as bebidas e uma boa conversa com uma música de fundo. No terceiro show, no entanto, não sobrou uma cadeira vazia, e reconheci alguns rostos das apresentações anteriores. No quarto, não só as cadeiras estavam todas ocupadas como tinha gente disposta a ficar em pé para me ouvir tocar. Quase ninguém olhava para o pôr do sol, e algumas pessoas começaram a pedir que eu tocasse as minhas músicas. Pedidos de clássicas como "Summer of '69", "American Pie" e "Brown Eyed Girl" eram frequentes em bares de praia, mas as minhas próprias composições? Isso era novidade.

Então, ontem à noite, a multidão se espalhou pela praia, cadeiras adicionais foram providenciadas e o pessoal do bar ajustou as caixas de som para que todos pudessem me ouvir. Enquanto eu me preparava para a apresentação, imaginei que aquele fosse o público normal das noites de sexta-feira, mas Ray, o responsável por agendar os shows, jurou que o que estava acontecendo não era comum. Ele disse que, na verdade, era o maior público que já tinha visto no Bobby T's.

Eu deveria ter me sentido bem com isso, e acho que me senti, pelo menos um pouco. Ainda assim, não vi nada de mais na situação. Afinal, tocar para alguns turistas meio bêbados em um bar de praia que oferece promoção de happy hour está muito distante de lotar estádios pelo país.

Anos atrás, admito, ser "descoberto" tinha sido um sonho – acho que é um sonho para todos que adoram cantar –, que se dissolveu aos poucos à luz de uma realidade nova. Não me ressinto disso. Meu lado lógico sabe que o que queremos ter e o que conseguimos ter costumam ser duas coisas totalmente diferentes. Além do mais, em dez dias, vou ter que voltar para casa, para a mesma vida que levava antes de vir para a Flórida.

Não me entenda mal. Minha "vida real" não é ruim. Na verdade, sou muito bom no que faço, ainda que me sinta um pouco isolado por causa das muitas horas de trabalho. Nunca saí do país, nunca andei de avião e não sou muito bem informado, principalmente porque âncoras de telejornal me deixam entediado. Me conte o que está acontecendo no meu país ou no mundo, fale sobre alguma questão de grande importância política, e prometo fingir interesse. Embora isso provavelmente vá ofender algumas pessoas, eu nem sequer voto, e o único motivo pelo qual sei o sobrenome do governador é porque toquei em um bar chamado Cooper's em Carteret County, perto do litoral da Carolina do Norte, a mais ou menos uma hora da minha cidade.

Falando nisso...

Moro em Washington, uma cidadezinha que fica às margens do rio Pamlico, no leste da Carolina do Norte, embora muitas pessoas a chamem de *Pequena Washington* ou de *Washington Original*, para não confundir minha cidade natal com a capital da nação, cinco horas ao norte. Como se alguém pudesse confundir. Não existem dois lugares mais diferentes que Washington e Washington, D.C., principalmente porque a capital é uma cidade cercada de subúrbios e um eixo central do poder, ao passo que a minha cidade é pequena e rural, com um supermercado chamado Piggly Wiggly. Umas dez mil pessoas moram lá, e na adolescência eu me perguntava por que alguém faria isso por livre e espontânea vontade.

Passei a maior parte da vida querendo fugir de lá o mais rápido possível.

11

Agora, no entanto, concluí que existem lugares piores para chamar de lar. Washington é tranquila e as pessoas são gentis, do tipo que acena da varanda para os motoristas. Tem uma bela orla ao longo do rio com alguns bons restaurantes e, para quem gosta de arte, a cidade se orgulha do Teatro Turnage, onde os moradores podem assistir a peças encenadas por outros moradores. Há escolas, um Walmart e fast-foods e o clima é o ideal. Neva talvez uma ou duas vezes a cada dois ou três anos, e a temperatura no verão é bem mais moderada que em lugares como a Carolina do Sul ou a Geórgia. Velejar no rio é um passatempo popular, e posso botar a prancha de surfe na caminhonete e estar na praia antes mesmo de terminar o café grande para viagem. Greenville – uma cidade pequena, mas uma cidade de fato, com times universitários, cinemas e restaurantes mais variados – fica pertinho, a 25 minutos de carro.

Em outras palavras, gosto da minha cidade. Não costumo ficar pensando se estou perdendo algo maior, melhor ou sei lá o quê. Via de regra, deixo as coisas acontecerem e tento não esperar muito nem me arrepender demais. Talvez esse jeito de viver não pareça lá muito especial, mas funciona para mim.

Acho que minha atitude pode ter algo a ver com a forma como fui criado. Quando eu era criança, morava com minha mãe e minha irmã em uma casinha não muito longe da orla. Não conheci meu pai. Minha irmã, Paige, é seis anos mais velha que eu, e as recordações que tenho da infância são vagas, borradas pela passagem do tempo. Tenho uma lembrança difusa de cutucar um sapo que saltava pela grama e outra da minha mãe cantando na cozinha, e só. Ela morreu quando eu tinha 5 anos, então minha irmã e eu fomos morar com nossos tios na fazenda deles, que ficava nos arredores da cidade. Minha tia era a irmã (bem) mais velha da minha mãe e, embora elas nunca houvessem sido muito próximas, meus tios eram a única família que a gente tinha. Na cabeça dos dois, eles fizeram o necessário porque também era a coisa certa a fazer.

Meus tios eram pessoas boas, mas, como nunca tiveram filhos, duvido que soubessem de verdade o que estavam assumindo. Cuidar da fazenda tomava quase todo o tempo deles, e Paige e eu não éramos as crianças mais fáceis do mundo, principalmente no início. Eu era propenso a acidentes – na época, eu estava crescendo depressa e parecia tropeçar a cada dois ou três passos. Também chorava bastante, principalmente por sentir falta da minha mãe, eu acho, embora disso eu não me lembre. Já Paige estava muito acima da média no que se refere a mau humor adolescente. Era capaz de gritar, chorar ou dar um ataque e passar dias trancada no quarto enquanto esperneava e se recusava a comer. Ela e minha tia eram como fogo e gelo desde o início, mas sempre me senti seguro com ela.

Ainda que meus tios fizessem o melhor que podiam, a sobrecarga devia ser esmagadora, então pouco a pouco minha irmã foi ficando responsável pela minha criação. Era ela quem arrumava minha lancheira e me levava até o ponto de ônibus; ela preparava sopa enlatada ou macarrão instantâneo com queijo nos fins de semana e ficava sentada comigo vendo desenhos. E, como dormíamos no mesmo quarto, era com ela que eu conversava antes de dormir. Às vezes, mas não sempre, além de dar conta das próprias obrigações na fazenda, ela me ajudava com as minhas. Paige era de longe a pessoa em quem eu mais confiava no mundo.

Ela também era talentosa. Adorava desenhar e passava horas praticando, por isso não é nenhuma surpresa que tenha se tornado artista. Hoje, ela ganha a vida trabalhando com vitrais, fazendo réplicas de abajures da Tiffany que custam muito dinheiro e fazem sucesso entre decoradores sofisticados. Ela montou uma loja on-line muito boa e tenho orgulho dela, não só por tudo o que ela representou para mim na infância, mas porque ela apanhou da vida de diversas maneiras. Houve momentos, admito, em que me perguntei como ela conseguia seguir em frente.

Não me entenda mal quanto aos meus tios. Embora Paige cuidasse de mim, eles sempre fizeram as coisas importantes. Tínhamos boas camas e ganhávamos roupas novas para a escola todo ano. Sempre havia leite na geladeira e lanches nos armários. Nenhum dos dois era violento, eles raramente levantavam a voz, e acho que a única vez que os vi bebendo uma taça de vinho foi em um réveillon na minha adolescência. Mas cuidar de uma fazenda é um trabalho duro; uma fazenda, em muitos aspectos, é como uma criança exigente e sempre carente, e eles não tinham tempo nem energia para ir aos eventos da escola, levar a gente às festas de aniversário dos amigos ou mesmo jogar bola nos fins de semana.

Não existem fins de semana em uma fazenda; sábados e domingos são como qualquer outro dia. A única coisa que fazíamos em família era jantar quase toda noite às seis, e parece que eu me lembro de todos esses jantares, sobretudo porque era sempre a mesma coisa. Eles nos chamavam na cozinha, onde ajudávamos a servir a comida na mesa. Uma vez sentados, minha tia perguntava o que tínhamos feito na escola, mais por uma questão de obrigação que por interesse genuíno. Enquanto respondíamos, meu tio passava manteiga em duas fatias de pão para acompanhar a refeição, independentemente do que estivéssemos comendo, e sempre assentia em silêncio. Depois disso, nossas refeições eram pontuadas apenas pelo barulho dos talheres nos pratos. Às vezes Paige e eu conversávamos, mas meus tios se concentravam em terminar de comer como se aquela fosse qualquer outra tarefa que precisassem cumprir. Os dois eram bastante quietos, mas meu tio elevava o silêncio a níveis jamais vistos. Acontecia de eu ficar dias sem ouvi-lo dizer uma palavra sequer.

No entanto, ele tocava violão. Não faço ideia de onde aprendeu, mas tocava razoavelmente bem e tinha uma voz áspera e retumbante que chamava a atenção. Suas músicas favoritas eram as do Johnny Cash e do Kris Kristofferson – meio country folk, ele dizia –, e, uma ou duas vezes por semana, depois do jantar, ele se sentava na varanda e tocava. Quando comecei a demonstrar interesse, acho que com 7 ou 8 anos, ele me passou o violão e, com suas mãos calejadas, me ensinou os acordes. Eu não era um talento nato, de jeito nenhum, mas ele tinha uma paciência surpreendente. Mesmo tão novo, percebi que havia encontrado minha paixão. Enquanto Paige tinha as artes plásticas, eu tinha a música.

Comecei a praticar sozinho. Também comecei a cantar, principalmente o tipo de música que meu tio cantava, porque eram as únicas que eu conhecia. Meus tios me deram um violão de Natal e uma guitarra no ano seguinte. Passei a tocar de ouvido as músicas que escutava no rádio, sem nunca ter aprendido a ler partitura. Aos 12 anos, tinha chegado ao ponto de ouvir uma música uma vez e reproduzi-la quase com perfeição.

Conforme fui ficando mais velho, minhas obrigações na fazenda foram aumentando naturalmente, e eu nunca conseguia praticar tanto quanto gostaria. Não bastava dar comida e água para as galinhas toda manhã: eu consertava canos de irrigação ou passava horas no sol tirando parasitas das folhas de tabaco e esmagando-os com os dedos, o que era tão nojento quanto parece.

Muito antes de chegar à adolescência, já tinha aprendido a dirigir qualquer coisa que tivesse motor – tratores, retroescavadeiras, colheitadeiras, semeadeiras, o que fosse – e passava fins de semana inteiros fazendo exatamente isso. Também aprendi a consertar qualquer coisa que estivesse quebrada, embora mais tarde fosse odiar todas essas tarefas. Com as obrigações na fazenda e a música ocupando quase todo o meu tempo, alguma coisa seria sacrificada, e minhas notas na escola começaram a cair. Não me importei. A única matéria de que gostava era música, principalmente porque minha professora era uma compositora amadora. Ela me dava atenção especial e, com sua ajuda, escrevi minha primeira música, aos 12 anos. Depois disso fiquei viciado e comecei a compor sem parar, melhorando aos poucos.

A essa altura, Paige estava trabalhando com um artista local especializado em vitrais. Enquanto cursava o ensino médio, ela pegava meio expediente no ateliê, mas antes mesmo da formatura já criava os próprios abajures no estilo da Tiffany. Ao contrário de mim, Paige sempre tirava notas boas, mas não quis ir para a faculdade. Em vez disso, dedicou-se ao próprio negócio e acabou conhecendo um cara e se apaixonando. Ela foi embora da fazenda, mudou-se para outro estado e se casou. Eu mal tinha notícias dela; depois que ela teve um filho, eu só a via nas raras ligações pelo FaceTime, com a aparência cansada e segurando o bebê que chorava. Pela primeira vez na vida, eu sentia que não tinha ninguém cuidando de mim.

Juntando todas essas coisas – meus tios sobrecarregados, minha falta de interesse pela escola, minha irmã que foi embora e as tarefas que passei a odiar –, não surpreende que eu tenha começado a me rebelar. Assim que entrei no ensino médio, acabei me encaixando em um grupo de garotos com as mesmas tendências, e vivíamos instigando uns aos outros a fazer besteira. No início, eram pequenas coisas – jogar pedras nas janelas de casas abandonadas, passar trotes no meio da noite, roubar um chocolate em uma loja de conveniência –, mas, em poucos meses, um desses amigos roubou uma garrafa de gim do armário de bebidas do pai. Nós nos encontramos na beira do rio e passamos a garrafa de mão em mão. Bebi demais e vomitei a noite inteira e, sendo bem sincero, admito que não aprendi a lição. Em vez de rejeitar a garrafa quando ela vinha na minha direção, passei inúmeros fins de semana com o cérebro imprestável. Minhas notas continuaram baixas e passei a deixar de cumprir algumas tarefas. Não me orgulho da pessoa que eu era nessa época, mas também sei que é impossível mudar o passado.

Logo no início do segundo ano, entretanto, minha vida deu uma guinada. Naquele momento, eu já tinha me afastado das más companhias e fiquei sabendo que uma banda local precisava de um guitarrista. *Por que não?*, pensei. Eu tinha só 15 anos e, quando apareci para o teste, vi os membros da banda – todos na casa dos 20 – segurando o riso. Ignorei os caras, liguei minha guitarra e toquei o solo "Eruption", do Eddie Van Halen. Pergunte a qualquer entendido no assunto e ele vai lhe dizer que não é fácil. Resumindo, acabei fazendo meu primeiro show com eles no fim de semana seguinte, depois de ouvir todas as músicas pela primeira vez no único ensaio que tivemos. Comparado com eles – cheios de piercings, tatuagens e com o cabelo comprido ou descolorido espetado –, eu parecia alguém que cantava no coral da igreja, então eles me colocavam no fundo do palco, perto do baterista, mesmo durante os meus solos.

Se antes a música não consumia todo o meu tempo e minha atenção, logo passou a consumir. Deixei o cabelo crescer, fiz tatuagens (o que era proibido antes dos 18 anos) e a banda enfim permitiu que eu tocasse na frente do palco. Na fazenda, parei de fazer praticamente todas as minhas tarefas. Meus tios ficaram perdidos e escolheram me ignorar, o que evitava ao máximo os conflitos. Até paramos de fazer as refeições juntos. Eu me dedicava mais e mais à música, sonhando em tocar para multidões.

Em retrospecto, eu provavelmente deveria saber que nunca daria certo, porque a banda nem era tão boa assim. Todas as nossas músicas eram na linha "gritaria pós-punk", e, embora algumas pessoas gostassem, tenho certeza de que a maior parte das plateias para as quais tocamos em nossa região da Carolina do Norte não ficava exatamente deslumbrada. Ainda assim, conseguimos encontrar um pequeno nicho, e até quase o final do meu último ano na escola tocamos de 20 a 25 fins de semana por ano em espeluncas, chegando a lugares mais distantes como Charlotte.

No entanto, havia desentendimentos na banda, e as coisas foram piorando com o tempo. O vocalista insistia que tocássemos só as músicas que ele escrevia, e, embora talvez não pareça grande coisa, o ego é o maior motivo para as bandas acabarem. Para piorar as coisas, o restante de nós sabia que a maioria das músicas dele era medíocre. Ele acabou anunciando que estava de mudança para Los Angeles a fim de tentar carreira solo, uma vez que nenhum de nós reconhecia sua genialidade. Assim que ele saiu, o baterista – aos 27, ele era o mais velho da banda – contou que estava igualmente de saída, o que também não foi nenhuma surpresa, pois fazia um tempo que a namorada o pressionava para que sossegasse um pouco. Enquanto ele guardava a bateria no carro, os três de nós que ainda restavam acenamos com a cabeça um para o outro, sabendo que era o fim, e pegamos nossas coisas. Depois daquela noite, nunca mais falei com nenhum deles.

O estranho é que não fiquei exatamente deprimido, mas perdido mesmo. Por mais que gostasse de tocar, havia drama de mais e ímpeto de menos para levar a banda a algum lugar. Ao mesmo tempo, eu não tinha ideia do que fazer com a minha vida, então segui o fluxo. Eu me formei – provavelmente porque os professores não queriam ser obrigados a lidar comigo por mais um ano – e passei muito tempo no meu quarto, compondo e gravando músicas que depois postava no Spotify, no Instagram e no YouTube, mas ninguém parecia se interessar muito.

Aos poucos, voltei a ajudar na fazenda, embora fosse evidente que meus tios já tivessem desistido de mim havia muito tempo. E, o mais importante, comecei a fazer um balanço da minha vida, sobretudo quando passei a ficar mais tempo na propriedade. Por mais egoísta que fosse, até eu enxergava que meus tios estavam ficando velhos e que a fazenda estava em dificuldades. Quando cheguei, ainda criança, havia cultivo de milho, algodão, mirtilo, tabaco, e criávamos milhares de frangos para processamento. Tudo isso tinha mudado nos últimos anos. Más colheitas, decisões equivocadas, preços em queda e empréstimos ruins fizeram com que boa parte do terreno original fosse vendida ou arrendada para os vizinhos. Eu me perguntava como não tinha percebido as mudanças enquanto elas aconteciam, ainda que soubesse muito bem a resposta.

Então, em uma manhã quente de agosto, meu tio teve um ataque cardíaco enquanto caminhava até o trator. Sua artéria descendente anterior esquerda estava entupida; como o pessoal do hospital explicou, era o tipo de infarto que alguns chamam de "fazedor de viúvas", porque as chances de sobrevivência são incrivelmente baixas. Não sei se foi todo aquele pão com manteiga que ele comia no jantar, mas ele faleceu antes mesmo que a ambulância chegasse. Foi minha tia quem o encontrou, e nunca ouvi ninguém gritar e chorar como ela naquela manhã.

Paige voltou para o enterro e ficou um tempinho, deixando o filho com o marido e a sogra. Eu temia que seu retorno criasse mais conflitos, mas minha irmã pareceu reconhecer que algo havia se partido dentro da minha tia, assim como ela às vezes se sentia partida ao meio. É impossível saber o que acontece na vida privada dos outros, mas, como eu nunca tinha visto meus tios agirem com qualquer romantismo, acho que cresci achando que eles fossem mais parceiros de negócios que um casal apaixonado. Obviamente, eu estava errado. Aos meus olhos, minha tia pareceu encolher depois disso. Ela mal comia e carregava sempre um lenço para enxugar o fluxo constante de lágrimas. Paige passava horas ouvindo suas histórias, cuidava da casa e garantia que os funcionários da fazenda seguissem um cronograma. Mas ela não poderia ficar para sempre, e, depois que ela foi embora, de repente me vi tentando cuidar das coisas como minha irmã vinha fazendo.

Além de gerenciar a fazenda e assegurar que minha tia se alimentasse bem, comecei a mexer nas pilhas de faturas e documentos que havia na mesa do meu tio. Mesmo com minhas parcas habilidades matemáticas, consegui ver que a operação estava um caos. Embora a colheita de tabaco ainda rendesse algum dinheiro, as galinhas, o milho e o algodão vinham dando prejuízo. Para evitar uma falência iminente, meu tio já tinha providenciado o arrendamento de mais lotes de terra aos vizinhos. Embora isso resolvesse o problema imediato, eu sabia que ia deixar a fazenda com um problema maior no longo prazo. Minha reação inicial foi tentar convencer minha tia a vender o que restava da fazenda para que ela pudesse comprar uma casa pequena e se aposentar, mas ela rejeitou a ideia no ato.

Na mesma época, também encontrei recortes feitos pelo meu tio de várias revistas e informativos que abordavam o mercado de opções mais saudáveis e exóticas de alimentos, junto com algumas anotações e projeções de receita que ele já tinha calculado. Meu tio podia ser uma pessoa fechada e talvez não fosse exatamente um homem de negócios, mas com certeza estava considerando algumas mudanças. Falei sobre essas iniciativas com minha tia, e ela acabou concordando que a única opção era colocar os planos do meu tio em prática.

Não tínhamos dinheiro para fazer muitas coisas logo de cara, mas, nos últimos sete anos, com muito esforço, riscos, desafios, a ajuda financeira de Paige, golpes de sorte ocasionais e muitas noites sem dormir, aos poucos passamos de criadores de frango para processamento a uma fazenda especializada em ovos orgânicos de galinhas criadas livres. É um negócio com uma margem de lucro muito maior, e vendemos os ovos para mercearias das Carolinas do Norte e do Sul.

Embora ainda cultivemos tabaco, usamos o restante das terras para plantar tomates *heirloom*, populares em restaurantes sofisticados e mercearias gourmet, e a margem de lucro também se mostrou substancial. Há quatro anos, a fazenda deu lucro pela primeira vez em anos, e começamos a reduzir nossas dívidas a níveis razoáveis. Até retomamos alguns dos lotes arrendados, então a fazenda voltou a crescer, e ano passado rendeu mais do que nunca.

Como eu disse, sou muito bom no que faço.

Eu sou agricultor.

2

É, eu sei. A trajetória da minha carreira às vezes parece improvável até para mim, principalmente depois de ter passado anos renegando tudo o que dizia respeito à fazenda. Com o tempo, comecei a aceitar a ideia de que nem sempre podemos escolher nosso caminho na vida; às vezes, é o caminho que nos escolhe.

Também fico feliz por ter conseguido ajudar minha tia. Paige está orgulhosa de mim, e eu sei disso, pois nos vemos bastante ultimamente. O casamento dela teve um desfecho terrível – basicamente o pior que você poderia imaginar –, e ela voltou para a fazenda há seis anos. Por um período, moramos todos juntos na casa, como nos velhos tempos. Mas não demorou muito para perceber que dividir um quarto não era algo que Paige ou eu quiséssemos na idade adulta. Então construí uma casa menor e mais prática para minha tia do outro lado da estrada, nos limites da propriedade. Agora só minha irmã e eu moramos juntos, o que pode parecer estranho para alguns, mas eu gosto, pois ela ainda é minha melhor amiga. Ela produz os vitrais no celeiro, eu cuido da fazenda, e fazemos as refeições juntos algumas vezes por semana. Ela se tornou uma boa cozinheira, e, quando nos sentamos à mesa, às vezes me lembro de nossos jantares da infância.

Em outras palavras, minha vida é muito boa hoje em dia, mas veja que curioso: quando digo às pessoas que sou agricultor, a maioria delas inclina a cabeça e me olha de um jeito meio estranho. É comum que não saibam o que dizer em seguida. Se digo que minha família tem uma fazenda, no entanto, o rosto delas se ilumina, elas abrem um sorriso e começam a fazer perguntas. Não sei exatamente a razão dessa diferença, mas já aconteceu em algumas ocasiões desde que cheguei à Flórida. Às vezes, depois de um show, as pessoas me abordam e puxam conversa, e, quando percebem que não sou ninguém na música, o assunto acaba mudando para o que faço para ganhar a vida. Se quero prolongar a conversa, respondo que tenho uma fazenda; se não quero, digo que sou agricultor.

Apesar do sucesso nos últimos anos, o estresse no gerenciamento da fazenda é desgastante. Decisões diárias têm consequências de longo prazo, e toda escolha está atrelada às demais. Será que levo o trator para o conserto e assim tenho mais tempo para os clientes? Ou eu mesmo conserto, para economizar os mil dólares? Será que amplio as variedades de tomate? Ou me especializo em poucos e procuro mais pontos de venda?

A Mãe Natureza também tem seus caprichos, e, ainda que eu tome uma decisão que pareça correta na hora, às vezes coisas ruins acontecem de qualquer jeito. Será que os aquecedores vão funcionar direito para que as galinhas fiquem aquecidas nas raras vezes em que neva? Será que o furacão vai passar direto, ou os ventos e a chuva vão destruir a plantação?

Todos os dias sou responsável por garantir bons cultivos e galinhas saudáveis e todos os dias surge alguma questão que aumenta ainda mais o desafio. Enquanto algumas coisas estão sempre crescendo, outras estão sempre em declínio, e alcançar o equilíbrio perfeito às vezes parece uma tarefa impossível. Eu poderia trabalhar 24 horas por dia e ainda assim nunca dizer a mim mesmo: *Pronto. Não tenho mais nada para fazer.*

Estou contando tudo isso apenas para explicar por que essa viagem de três semanas para a Flórida são as primeiras férias de verdade que tiro em sete anos. Paige, minha tia e o gerente da fazenda insistiram que eu viesse. Antes disso, eu nunca tinha tirado nem uma semana de folga, e posso contar nos dedos de uma das mãos quantos fins de semana me obriguei a passar longe de lá.

No entanto, as preocupações sobre a fazenda se intrometem nessa minha folga com frequência; na primeira semana, devo ter ligado para minha tia umas dez vezes para saber como estavam as coisas. Ela acabou me proibindo de telefonar e disse que dá conta junto com o gerente, então, nos últimos três dias não entrei em contato nem uma vez, nem mesmo quando a vontade pareceu incontrolável. Não liguei nem para Paige. Ela tinha recebido uma encomenda bem grande antes de eu vir, e eu já sabia que ela não ia atender o celular depois que entrasse no modo de trabalho frenético. Tudo isso significa que, além das férias inéditas, parece que estou sozinho com meus pensamentos pela primeira vez na vida.

Tenho quase certeza de que minha namorada, Michelle, iria gostar dessa minha versão relaxada e saudável longe do trabalho pesado. Ou melhor, minha ex-namorada. Michelle sempre reclamava que eu me dedicava mais aos problemas da fazenda que à minha própria vida. Eu a conheço desde o ensino médio – superficialmente, pois ela namorava um garoto da equipe de futebol americano e é dois anos mais velha que eu, mas ela sempre era simpática quando nos esbarrávamos nos corredores, embora fosse a garota mais bonita da escola.

Michelle desapareceu da minha vida por alguns anos até voltarmos a nos encontrar em uma festa depois que ela se formou na faculdade. Ela era enfermeira e trabalhava no Centro Médico Vidant, em Greenville, mas tinha voltado a morar com os pais na intenção de guardar dinheiro suficiente para dar entrada em um imóvel por lá. Aquela conversa inicial levou a um primeiro encontro, depois a um segundo, e, durante os dois anos em que namoramos, eu me considerei um cara de sorte. Ela era inteligente e responsável e tinha senso de humor, mas pegava turnos à noite e eu estava sempre trabalhando, e com isso acabávamos passando pouco tempo juntos. Quero acreditar que seríamos capazes de superar isso, mas aos poucos percebi que, embora gostasse dela, eu não a amava. Tenho quase certeza de que ela sentia o mesmo por mim, e, quando ela finalmente comprou o apartamento, ficou quase impossível nos encontrarmos.

Não houve nenhum término complicado, raiva, brigas nem xingamentos; na verdade, nós dois começamos a ligar e mandar mensagens cada vez menos, até que chegou um momento em que passamos quase duas semanas sem notícias um do outro. Embora não tenhamos terminado formalmente, nós dois sabíamos que era o fim. Alguns meses depois ela conheceu outra pessoa, e há cerca de um ano vi no Instagram que ela acabara de ficar noiva. Para facilitar as coisas, parei de segui-la nas redes sociais, apaguei seu contato do meu celular e nunca mais soube dela.

Eu me peguei pensando nela mais que o normal aqui, talvez porque parece haver casais por toda parte. Eles estão nos meus shows, caminhando de mãos dadas na praia, sentados frente a frente no jantar olhando nos olhos um do outro. Também há famílias aqui, é claro, mas não tantas como eu imaginava. Não conheço o cronograma escolar da Flórida, mas provavelmente as crianças ainda estão em aula.

Ontem, no entanto, reparei em um grupo de mulheres jovens algumas horas antes do meu show. Era início de tarde e eu estava caminhando na beira do mar depois do almoço. O dia estava quente e ensolarado, com umidade suficiente para deixar o ar pegajoso, então tirei a camisa e a usei para enxugar o suor do rosto. Quando me aproximei do Don CeSar, uma coisa cinza emergiu e desapareceu na água pouco depois da arrebentação, e logo depois mais uma. Demorei alguns segundos para perceber que era um grupo de golfinhos avançando devagar ao longo da costa. Parei para olhar, pois nunca tinha visto golfinhos na natureza antes. Eu estava observando o progresso deles quando ouvi as garotas se aproximarem e pararem a alguns metros de distância.

As quatro conversavam em voz alta, e fiquei surpreso ao notar que todas elas eram de uma beleza estonteante. Pareciam prontas para um ensaio fotográfico, com biquínis em cores vibrantes e dentes perfeitos que brilhavam quando elas riam, o que me fez pensar que tinham passado bastante tempo no ortodontista durante a adolescência. Desconfiei que eram alguns anos mais novas que eu, talvez universitárias de férias.

Quando voltei a prestar atenção nos golfinhos, uma delas arquejou e apontou; pelo canto do olho, vi as outras olharem na mesma direção. Embora eu não estivesse tentando ouvir, elas não falavam nem um pouco baixo.

– É um tubarão? – perguntou uma delas.

– Deve ser um golfinho – respondeu outra.

– Mas eu vi uma barbatana.

– Os golfinhos também têm barbatanas dorsais…

Eu sorri por dentro, pensando que talvez não tivesse perdido tanto assim ao não ir para a faculdade. Como era de se esperar, elas começaram a tirar selfies, tentando enquadrar os golfinhos ao fundo. Depois de um tempo, estavam fazendo aquelas caras bobas que a gente vê nas redes sociais, como a expressão séria fingindo ser modelo, que Michelle chamava de "olhar de peixe morto". Lembrar disso me fez rir baixinho.

Uma das garotas devia ter escutado, porque de repente olhou na minha direção. Fiz questão de evitar o contato visual, me concentrando nos golfinhos. Quando eles seguiram para alto-mar, achei que era hora de dar meia-volta. Desviei das mulheres – três delas ainda conversando e analisando suas selfies –, mas aquela que antes tinha me olhado ficou me encarando.

– Belas tattoos – disse ela quando me aproximei.

Admito que o comentário me pegou de surpresa. Ela não estava exatamente flertando, mas pareceu um pouco interessada. Por um instante, me perguntei se deveria parar e me apresentar, mas isso durou só um segundo. Não era preciso ser nenhum gênio para ver que ela era muita areia pro meu caminhãozinho, então dei um sorriso rápido e continuei andando.

Quando ela arqueou uma sobrancelha por causa do meu silêncio, tive a sensação de que ela sabia exatamente o que eu estava pensando. A garota voltou a atenção para as amigas e eu continuei andando, lutando contra a vontade de me virar. Quanto mais eu tentava não olhar, mais difícil era; no fim, acabei me permitindo uma espiada rápida.

Pelo jeito, ela estava esperando que eu fizesse isso. Continuava com a mesma expressão de interesse, e, quando deu um sorriso malicioso, eu me virei e segui em frente, sentindo um rubor subindo pelo pescoço que não tinha nada a ver com o sol.

3

Sentado aqui na minha cadeira de praia, confesso que meus pensamentos voltaram ao momento com a garota. Eu não estava ativamente procurando por ela ou pelas amigas, mas também não me opunha à ideia de reencontrá-las, por isso tinha arrastado a cadeira e o cooler pela praia. Ainda não dei sorte, mas lembrei a mim mesmo que havia tido um dia muito bom, não importa o que aconteça. De manhã, corri na praia, depois comi uns tacos de peixe em um restaurante chamado Toasted Monkey. Então, sem nada de urgente na agenda, acabei aqui. Talvez eu pudesse fazer algo mais produtivo do que praticamente implorar por um câncer de pele. Ray tinha comentado sobre um passeio de caiaque no Fort De Soto Park, e, antes de eu sair de casa, Paige mencionara o Dalí, um museu local dedicado às obras do pintor espanhol. Acho que ela tinha visto no Tripadvisor ou sei lá onde, e eu disse a ela que colocaria na programação, embora beber uma cerveja gelada e fazer minha melhor imitação de *bon vivant* fosse uma ideia muito mais interessante, pelo menos na minha cabeça.

Com o sol finalmente começando a baixar, levantei a tampa do cooler e tirei a segunda – e provavelmente última – cerveja do dia. Pensei em continuar ali bebendo, talvez por mais algum tempo para curtir o pôr do sol, e depois ir até o Sandbar Bill, um lugar bacana na praia que por acaso tem o melhor cheeseburger das redondezas. O que fazer depois disso eu não sabia. Poderia dar um pulo nos bares do centro de St. Petersburg, mas, como era sábado à noite, provavelmente estariam lotados, e eu não sabia se estava no clima. O que me restava então? Trabalhar em alguma música? Assistir a alguma coisa na Netflix, como eu e Paige fazíamos de vez em quando? Ler um dos livros que tinha trazido mas ainda não havia começado? Decidi deixar rolar.

Abri a garrafa, surpreso com o fato de a praia ainda estar tão cheia quanto na hora em que eu tinha chegado. Os hóspedes do Don CeSar ocupavam espreguiçadeiras à sombra de guarda-sóis; ao longo da praia, dezenas de turistas estavam deitados em toalhas coloridas. À beira da água, umas criancinhas construíam um castelo de areia e uma mulher passeava com um cachorro cuja língua pendia quase até as patas. A música que vinha da piscina continuava tocando atrás de mim, me fazendo estremecer com as ocasionais notas desafinadas.

Eu não a ouvi nem a vi se aproximar. Só percebi alguém pairando sobre mim de repente, lançando uma sombra sobre o meu rosto. Quando estreitei os olhos, reconheci a garota do dia anterior na praia sorrindo para mim, o cabelo escuro e comprido emoldurando meu campo de visão.

– Oi – disse ela, sem nem um pingo de constrangimento. – Foi você que eu vi tocando no Bobby T's ontem à noite?

4

Acho que preciso explicar mais uma coisa: embora eu tenha dito que queria encontrar a beldade de cabelo escuro na praia, eu não tinha nenhum plano para o que iria acontecer depois. Não fico nervoso ao conhecer mulheres, embora esteja sem prática. Na minha cidade, eu saio pouco, praticamente só para fazer shows para os amigos de vez em quando. Minha desculpa em geral é que estou muito cansado, mas, na verdade, quando se mora na mesma cidadezinha a vida inteira, fazer qualquer coisa sexta ou sábado à noite lembra um pouco o filme *Feitiço do tempo*. Você vai exatamente aos mesmos lugares, vê exatamente as mesmas pessoas e faz exatamente as mesmas coisas – por quanto tempo é possível vivenciar o *déjà-vu* infinito sem finalmente se perguntar: *O que é que estou fazendo aqui?*

A questão é que eu estava um pouco enferrujado no que diz respeito a conversar com desconhecidas bonitas e me vi olhando para a garota boquiaberto e sem palavras.

– Oi? Tem alguém em casa? – perguntou ela. – Ou você já matou tudo o que tinha no cooler, então é melhor eu me afastar agora mesmo?

Ela obviamente estava brincando, mas mal consegui registrar a provocação ao contemplá-la com um cropped branco e um short jeans desbotado que deixava parte de seu tentador biquíni roxo à mostra. Ela parecia ter ascendência asiática, talvez, e seu cabelo cheio e ondulado estava meio bagunçado, como se ela tivesse passado o dia ao ar livre, como eu. Ergui um pouco a garrafa de cerveja.

– Esta é só a segunda do dia – falei, encontrando minha voz –, mas você que decide se deve se afastar ou não. E, sim, você deve ter me ouvido no Bobby T's ontem à noite, dependendo da hora em que esteve lá.

– Você também é o cara das tattoos, né? Que ficou prestando atenção na conversa com as minhas amigas na praia ontem?

– Eu não estava ouvindo de propósito – protestei. – Vocês quatro falavam bem alto.

– E que também ficou me encarando.

– Eu estava vendo os golfinhos.

– Você deu ou não deu uma olhada por cima do ombro quando estava indo embora?

– Estava só alongando o pescoço.

Ela riu.

– O que faz aqui atrás do hotel? Está tentando ouvir a conversa das minhas amigas de novo?

– Vim curtir o pôr do sol.

– Você está aqui há horas e o pôr do sol ainda vai demorar.

– Como sabe há quanto tempo estou aqui?

– Vi quando você chegou. A gente estava na piscina.

– Você me viu?

– Seria meio difícil não te ver carregando toda essa tralha pela praia. Você poderia ter ficado em qualquer lugar. Quer dizer, se só quisesse mesmo ver o pôr do sol.

Os olhos castanhos dela reluziram com malícia.

– Quer uma cerveja? – rebati. – Já que obviamente veio até aqui só pra falar comigo?

– Ah, não. Obrigada.

Hesitei.

– Mas você tem idade pra beber, né? Não quero ser o cara esquisito de 25 anos que oferece álcool para menores.

– Tenho, sim. Acabei de fazer 21, na verdade. Já terminei a faculdade e tudo.

– Cadê suas amigas?

– Ainda na piscina. – Ela deu de ombros. – Estavam bebendo margarita quando saí.

– Parece um jeito agradável de passar a tarde.

Ela fez um gesto em direção à minha cadeira.

– Posso pegar sua toalha emprestada?

– Minha toalha?

– Por favor?

Eu poderia ter perguntado por quê, mas, em vez disso, só me levantei, puxei a toalha da cadeira e a entreguei a ela.

– Obrigada.

Ela bateu a toalha e a esticou na areia ao lado da minha cadeira antes de se acomodar. Voltei a me sentar, observando-a se apoiar nos cotovelos, as pernas compridas e bronzeadas estiradas à sua frente. Por alguns segundos, nenhum de nós disse nada.

– Meu nome é Morgan Lee, aliás – disse ela, finalmente.

– Colby Mills – respondi.

– Eu sei – disse ela. – Vi o seu show.

Ah, verdade.

– De onde você é?

– Chicago – respondeu ela. – Lincoln Park, para ser mais exata.

– Isso não quer dizer nada pra mim. Nunca fui a Chicago.

– Lincoln Park é um bairro que fica bem perto do lago.

– Que lago?

– O lago Michigan – disse ela, levantando uma sobrancelha, sem acreditar. – Um dos Grandes Lagos!

– É grande mesmo? Ou só um lago normal, na média?

Ela riu da minha piada sem graça, um estrondo profundo que era surpreendente vindo de um corpo tão esguio.

– É maravilhoso e... enorme.

– Tem praias?

– Tem. Não com essa areia branca perfeita nem palmeiras, mas elas ficam bem cheias no verão. Rolam até umas ondas bem grandes às vezes.

– Você fez faculdade lá também?

– Não. Estudei na Universidade de Indiana.

– Deixe eu adivinhar. Esta viagem é um presente de formatura dos seus pais antes de você encarar o mundo real. Acertei?

– Impressionante – disse ela, arqueando uma sobrancelha. – Você deve ter chegado a essa conclusão em algum momento entre ontem e agora, o que quer dizer que andou pensando em mim. – Embora eu não tenha respondido, não precisava. *Pego no flagra*, pensei. – Mas, sim, você está certo – continuou ela. – Acho que eles se sentiram mal porque precisei lidar com todo aquele lance da Covid, e fazer faculdade foi um saco por um tempo. E obviamente ficaram empolgados quando me formei, então reservaram essa viagem pra mim e as minhas amigas.

– Estou surpreso por não terem ido pra Miami. St. Pete fica um pouco afastada dos lugares mais badalados.

– Eu amo este lugar – afirmou ela, dando de ombros. – Minha família vinha pra cá todo ano quando eu era criança, e a gente sempre ficava no Don. – Ela me encarou com uma curiosidade declarada. – Mas e você? Há quanto tempo mora aqui?

– Não moro aqui. Sou da Carolina do Norte e estou só de passagem. Vim pra tocar algumas semanas no Bobby T's.

– É isso que você faz? Viaja pra fazer shows?

– Não – respondi. – É a primeira vez que faço algo assim.

– E como acabou vindo se apresentar aqui?

– Toquei numa festa na minha cidade e, por acaso, o responsável por agendar os shows do Bobby T's estava visitando um amigo e viu minha apresentação. Depois ele perguntou se eu gostaria de vir fazer alguns shows. Eu teria que pagar pelo transporte e pela hospedagem, mas era uma oportunidade de conhecer a Flórida, e a agenda não é muito intensa. – Dei de ombros. – Acho que ele ficou surpreso quando aceitei.

– Por quê?

– Com todas as despesas provavelmente vou ficar no prejuízo, mas é uma boa desculpa pra viajar.

– O público parece gostar de você.

– Acho que ficariam satisfeitos com qualquer um – retruquei.

– Acho que você está se menosprezando. Muitas mulheres na plateia estavam te comendo com os olhos.

– Comendo?

– Você entendeu. Quando uma delas foi falar com você depois do show, achei que fosse tentar te apalpar ali mesmo.

– Duvido muito.

Sendo bem sincero, eu mal lembrava de alguém ter ido conversar comigo depois do show.

– E onde você aprendeu a cantar? – indagou ela. – Fez aula ou tinha uma banda ou...?

– Tive uma banda quando estava na escola.

Fiz um breve resumo da época nada glamourosa com a galera pós-punk.

– O cantor conseguiu se dar bem? – perguntou ela, rindo. – Em Los Angeles?

– Se conseguiu, não fiquei sabendo.

– Vocês tocavam em lugares como o Bobby T's?

– Longe disso. Pense em bares e boates pé-sujo onde chamavam a polícia quando as brigas começavam.

– E tinha groupies? Como você tem agora?

Ela estava brincando de novo, mas tenho que admitir que gostei.

– Algumas garotas estavam sempre nos nossos shows, mas não tinham interesse em mim.

– Ah, coitado...

– Elas não faziam o meu tipo. – Franzi a testa. – Pensando bem, acho que não faziam o tipo de ninguém.

Ela sorriu, exibindo covinhas que eu ainda não tinha notado.

– Então... se você não tem banda e não toca com frequência, o que faz da vida?

Logicamente eu respondi:

– Minha família tem uma fazenda.

Ela me olhou de cima a baixo.

– Você não tem cara de fazendeiro.

– Só porque não estou de macacão e chapéu de palha.

Ela deu aquela risada retumbante mais uma vez, e me dei conta de quanto eu gostava daquele som.

– O que cultiva na sua fazenda?

Enquanto eu descrevia as colheitas sazonais e para quem vendíamos, ela abraçou as pernas, mostrando o esmalte vermelho imaculado das unhas dos pés.

– Só compro ovos orgânicos de galinhas livres – disse ela, assentindo. – Fico com pena das galinhas que passam a vida inteira em uma gaiolinha. Mas tabaco causa câncer.

– Cigarros causam câncer. Eu só cultivo uma planta verde folhosa e depois preparo e curo as folhas antes de vendê-las.

– São termos agrícolas?

– Preparar significa colher as folhas do jeito certo, e curar significa deixar que sequem.

– E por que você não fala assim?

– Porque gosto de parecer *profissional*.

Ela deu um sorriso complacente.

– Tá bom, professor... E o que são esses tomates *heirloom*? Quer dizer, sei que têm formatos e cores diferentes, mas qual é a diferença em relação ao tomate normal?

– A maioria dos tomates que você encontra pra vender são híbridos, o que quer dizer que seu DNA foi manipulado, geralmente pra não estragarem durante o transporte. A desvantagem é que os híbridos não têm muito gosto. Os tomates *heirloom* ou crioulos não são híbridos, então cada variedade tem um sabor único.

Era muito mais do que isso – uso ou não de polinização aberta, sementes compradas ou coletadas individualmente, o impacto do solo no sabor, o clima –, mas somente pessoas que se dedicavam ao cultivo se interessavam por esses detalhes.

– Isso é bem interessante – comentou ela. – Acho que nunca conheci um agricultor.

– Há rumores de que quase conseguimos passar por humanos.

– Rá-rá.

Eu sorri, sentindo uma animação que não tinha nada a ver com a cerveja.

– E você? Quanto tempo vai ficar?

– Contando a partir de amanhã, vamos embora em uma semana. Chegamos ontem, pouco antes de você ver a gente na praia, na verdade.

– Não pensaram em alugar uma casa?

– Acho que meus pais nem cogitaram a ideia. E o Don traz muitas lembranças boas. – Ela fez uma careta. – Além do mais, nenhuma de nós gosta muito de cozinhar.

– Imagino que comessem no bandejão da faculdade.

– É, mas além de tudo estamos de *férias*.

Dei um sorriso.

– Acho que não vi você e suas amigas no show ontem.

– A gente chegou só nos quinze minutos finais. Estava bem cheio, então ficamos na praia.

– Sextou, sabe como é – comentei. Como minha cerveja já estava quente, joguei o que restava na areia. – Quer água?

– Seria ótimo. Obrigada.

Abri o cooler. O gelo tinha derretido, mas as garrafas ainda estavam geladas. Dei uma para ela e peguei uma para mim.

Ela se endireitou, apontando com a garrafa para a água.

– Ei, acho que os golfinhos voltaram! – gritou, protegendo os olhos do sol ao olhar para o mar. – Eles devem vir sempre.

– Pode ser – respondi. – Ou talvez seja outro grupo. O oceano é bem grande, sabe?

– Tecnicamente, acho que isso é um golfo, não um oceano.

– Qual é a diferença?

– Não faço ideia – admitiu ela, e foi a minha vez de rir.

Em um silêncio confortável, ficamos olhando os golfinhos furarem as ondas. Eu ainda não sabia bem por que ela tinha me abordado para início de conversa, pois ela era tão bonita que podia ficar com qualquer cara que quisesse. Entre um gole e outro de água, observei o seu perfil delicado, com um nariz levemente arrebitado e lábios carnudos.

Àquela altura o céu já tinha começado a empalidecer. Os turistas estavam finalmente começando a guardar as coisas, batendo toalhas e recolhendo brinquedos de plástico, dobrando cadeiras e enfiando itens em bolsas de praia. Ontem, eu tinha visto Morgan e as amigas dela pela primeira vez; fiquei maravilhado com o fato de estar sentado ao lado dela já no dia seguinte. Esse tipo de coisa não acontecia comigo, mas talvez Morgan estivesse acostumada a conquistar desconhecidos em um piscar de olhos. Certamente não lhe faltava confiança.

Os golfinhos avançavam lentamente pela praia, e pelo canto do olho vi um sorriso melancólico nos lábios de Morgan. Ela soltou um suspiro.

– É melhor eu voltar pras minhas amigas antes que elas comecem a ficar preocupadas.

Fiz que sim com a cabeça.

– Tá na hora de eu voltar também.

– E aquela conversa de ver o pôr do sol?

– Eu vejo depois.

Ela sorriu, ficando de pé e batendo a areia das pernas. Peguei a toalha e dei uma sacudida antes de jogá-la no ombro.

– Vai tocar hoje? – perguntou ela, olhando nos meus olhos.

– Hoje não, mas estarei lá amanhã às cinco.

– Aproveite a noite de folga, então. – Seu olhar viajou até a área da piscina antes de voltar a procurar o meu. Pela primeira vez, tive a impressão de que ela estava nervosa. – Foi um prazer te conhecer, Colby.

– O prazer foi meu.

Ela já tinha dado um passo quando, de repente, virou-se de novo para mim.

– Tem planos pra hoje? – Ela hesitou. – Tipo, pra mais tarde.

– Na verdade, não.

Ela cruzou os braços.

– Estamos pensando em ir ao MacDinton's. Conhece? Em St. Petersburg? Acho que é um pub irlandês.

– Nunca ouvi falar, mas isso não quer dizer nada.

– Podia encontrar a gente lá – insistiu ela. – Já que é sua noite de folga.

– Tá bom. Talvez eu vá.

Assenti, já sabendo que iria. Ela parecia saber também, e deu um sorriso reluzente antes de voltar a andar na direção do hotel. Quando já estava a alguns passos de distância, chamei:

– Ei, Morgan?

Ela se virou, mas continuou andando, de costas, devagar.

– Oi?

– Por que veio até a praia me encontrar?

Ela inclinou a cabeça, com uma expressão divertida iluminando seu rosto.

– O que você acha?

– Não faço a menor ideia.

– Não é óbvio? – gritou ela, ao vento. – Adorei a sua voz e queria te conhecer pessoalmente.

5

No caminho de volta, pedi um cheeseburger para viagem no Sandbar Bill's e fui ao estacionamento onde tinha deixado a caminhonete. Quando cheguei ao apartamento que havia alugado, coloquei o sanduíche no micro-ondas para esquentar e ficou perfeito. Depois, tomei banho e vesti uma calça jeans, então peguei o celular para ver as mensagens.

Não tinha nada da minha tia. Lembrando-me da bronca, mandei mensagem para Paige para ver como ela estava, perguntando como ia a produção das últimas réplicas de abajures. Fiquei olhando para a tela à espera dos pontinhos, mas ela não respondeu e imaginei que estivesse no celeiro com o celular no silencioso.

Com o céu começando a mudar de cor atrás das portas de vidro da varanda, peguei o violão e meus pensamentos viajaram até Morgan. Ela despertava meu interesse, mas eu sabia que não tinha ficado tão impressionado apenas pela sua beleza. Sua confiança, principalmente para alguém tão jovem, me atraía. Mas também tinha o entusiasmo, a curiosidade e uma energia intensa que pude sentir mesmo em nossa curta interação. Ela parecia saber quem era, gostar de quem era, e eu não ficaria surpreso se ela já tivesse uma visão do futuro que queria para si. Tentei recordar se já tinha conhecido alguém como ela, só que não consegui pensar em ninguém.

Depois de forçar esses pensamentos a irem embora, minha mente se concentrou em uma música que eu vinha dedilhando fazia uns dois meses. O ritmo – até então – prometia, mas eu estava batendo cabeça com a letra. Quando as lembranças de Morgan se impuseram, no entanto, comecei a testar versos novos e, ajustando a batida inicial, senti que algo se encaixou, como quando você coloca o número certo no cadeado.

Não sei como é para os outros, mas, para mim, compor é um processo misterioso. Às vezes, uma música vem tão rápido que fico bobo; outras vezes – como no caso desta –, a versão final me escapa durante semanas ou meses. Algumas nunca chegam a parecer satisfatórias, mas acabo aproveitando trechos em uma música nova.

Com qualquer música, porém, há uma semente de inspiração, aquela primeira ideia. Pode ser uma frase ou uma parte da melodia que não consigo esquecer, e com isso já começo a compor. É como se eu estivesse tentando caminhar em um porão escuro e entulhado, onde meu objetivo é encontrar o interruptor de luz do outro lado do cômodo. Ao experimentar coisas novas, às vezes esbarro em obstáculos invisíveis e preciso refazer meus passos ou, com sorte, dou um passo à frente que simplesmente *encaixa*. Não sei dizer por que encaixa – é instintivo, eu acho. Depois disso, tento encontrar o próximo elemento, e o próximo, até por fim chegar ao interruptor, e então a música está pronta. Sei que não estou explicando direito, mas, como não entendo de verdade o que acontece, não sei se é possível colocar em palavras. A única coisa que sei com certeza é que, quando estou criando, em geral perco a noção do tempo.

E foi exatamente o que aconteceu. Eu havia entrado num fluxo criativo quando percebi que a música estava *quase* saindo. A letra era sobre conhecer alguém que nos surpreende e, embora eu não achasse que ela estivesse pronta, definitivamente era um primeiro esboço com potencial.

De repente eram dez e meia, e eu não estava nem um pouco cansado. Lembrei-me do convite de Morgan e vesti uma das duas camisas de botão decentes que tinha trazido para a Flórida, troquei os chinelos por um par de Vans e – força do hábito – peguei o violão.

A ida até St. Petersburg levou cerca de vinte minutos e, com a ajuda do celular, foi fácil encontrar o MacDinton's. Estacionar se mostrou um desafio um pouco maior, mas dei sorte depois de contornar o quarteirão duas vezes e acabei achando uma vaga a poucos passos de distância. Mesmo de longe, dava para perceber que o MacDinton's era um barzinho popular. Do lado de fora, havia grupos de pessoas fumando, e ouvi a música tocando muito antes de chegar à porta.

Lá dentro estava lotado, as pessoas segurando tulipas de Guinness, copinhos de uísque e taças com drinques diversos. Só havia mesmo espaço para ficar em pé, e precisei me esforçar para que os frequentadores por quem eu tentava passar não derrubassem a bebida em mim. Apesar de muito próximas umas às outras, elas tinham que gritar para serem ouvidas em meio à música.

Finalmente avistei Morgan e suas amigas em uma mesa mais para o fundo. Elas estavam cercadas por vários caras, que pareciam ter por volta de 30 anos. Faziam o tipo jovem profissional, usavam camisa e calça jeans de grife e relógios grandes demais. Quando me aproximei, percebi que avaliavam qual garota iria embora com qual cara. Imaginei que eles não ficariam felizes com a minha chegada, e acertei na mosca. Quando eu estava a alguns metros de distância, dois deles viram que eu estava me aproximando e começaram a bufar igualzinho aos galos se pavoneando na fazenda.

Uma das amigas da Morgan devia ter percebido, porque franziu a testa e seguiu seus olhares até chegar a mim. Com os olhos arregalados, ela se inclinou para Morgan, que ouviu com atenção antes de se virar para mim de repente, com um sorriso largo.

Ela se levantou de um salto e passou por dois caras abrindo caminho com os cotovelos, vindo na minha direção. Foi o que bastou para silenciar o grupo inteiro por um instante, mas não me importei, porque só tinha olhos para Morgan.

O visual praiano de antes tinha desaparecido. O cabelo comprido e ondulado estava escovado e a maquiagem destacava as maçãs do rosto proeminentes. Seus olhos estavam emoldurados por um toque de delineador preto e cílios alongados pelo rímel; um batom vermelho-escuro enfatizava os lábios carnudos. A blusa branca sem mangas combinava bem com a saia preta curta e botas também pretas de camurça que iam até logo acima dos joelhos. As amigas estavam igualmente arrumadas e estilosas.

Li um "Oi" em seus lábios, e ela acenou ao se aproximar. Embora estivesse quase gritando, mal consegui ouvir.

– Achei que não fosse vir. Chegou que horas?

– Agorinha. E você?

– Faz mais ou menos uma hora. – Ela colocou a mão no meu braço, e um arrepio quente subiu até o meu ombro. – Vamos. Quero te apresentar às minhas amigas.

Na mesa, ela me apresentou a Stacy, Holly e Maria. Enquanto eu acenava, cumprimentando uma a uma, nenhuma delas se preocupou em esconder a curiosidade e o escrutínio, e me perguntei o que Morgan teria dito sobre mim. Quando ela me puxou até a cadeira ao seu lado, os dois sujeitos que estavam mais próximos abriram espaço, relutantes. Um deles, gritando bem alto para ser ouvido, anunciou que, na última vez em que estivera no MacDinton's, ele tinha sido uma das pessoas que ajudaram a separar uma briga perto do bar.

Dei um sorriso, pensando que ele podia muito bem ter dito: "Já disse que faço o tipo fortão e metido a herói?" Mas não falei nada. As garotas também não pareceram impressionadas; três delas se aproximaram umas das outras, ignorando o cara, enquanto Morgan fazia um gesto com o dedo para que eu me aproximasse.

– O que você fez depois que saiu da praia? – gritou ela no meu ouvido.

– Jantei. Tomei banho. Escrevi uma música. Depois vim pra cá.

O rosto dela se iluminou.

– Escreveu uma música?

– Na verdade, trabalhei em uma que não saía da minha cabeça há um tempo. Terminei, mas não sei se está no ponto ainda.

– Isso é normal pra você? Escrever uma música tão rápido?

– Às vezes.

– Vai tocar essa amanhã?

– Não chegou nem perto de estar pronta pra isso.

– Alguma inspiração específica? – indagou ela.

Dei um sorriso.

– É difícil especificar. Surpresas da vida, ter conhecido você…

– Eu? – disse ela, arqueando uma sobrancelha.

– Nem sempre eu sei de onde elas vêm.

Ela analisou o meu rosto.

– Quero ouvir.

– Claro. É só dizer quando.

– Que tal agora?

Levantei uma sobrancelha.

– Agora? Você quer ir embora? E as suas amigas?

Ela girou na cadeira, olhando para elas; Stacy, Holly e Maria estavam entretidas numa conversa, ignorando os homens que ainda se esforçavam para chamar sua atenção. Voltando a ficar de frente para mim, Morgan fez um gesto com uma das mãos.

– Elas vão ficar bem. Você veio como? De Uber?

– Tenho uma caminhonete – respondi, mais uma vez surpreso com a rapidez com que Morgan parecia controlar a situação.

– Então vamos – disse. Ela se levantou, pegou a bolsa que estava pendurada na cadeira e se aproximou das amigas. – Vejo vocês no hotel, tá? A gente tá indo.

Percebi que elas olharam para nós dois, surpresas. Um dos caras cruzou os braços, obviamente contrariado.

– Você vai embora? – perguntou Maria.

– Não vai, não! – implorou Holly.

– Qual é, fica com a gente! – insistiu Stacy.

Pelo jeito como elas me examinavam, imaginei que estivessem preocupadas com o fato de Morgan ir embora com um desconhecido.

Mas Morgan já estava dando a volta na mesa e abraçando as amigas uma a uma.

– Eu mando mensagem. Vou ficar bem. – Virando-se para mim, perguntou: – Pronto?

Com ela na frente, passamos espremidos pelo balcão em direção à porta. Assim que saímos, a cacofonia diminuiu, e meus ouvidos ficaram zumbindo.

– Onde está o carro?

– Virando a esquina.

Depois de alguns passos, ela me olhou de lado.

– Minhas amigas obviamente acham que sou louca de fazer isso.

– Percebi.

– Mas eu estava meio cansada daquele lugar. Muito barulhento. E aqueles caras na mesa se achavam demais.

– Mesmo assim, acha que ir embora comigo é uma boa ideia?

– Por que não seria?

– Você mal me conhece.

Ela jogou uma mecha do cabelo por sobre o ombro sem perder o passo.

– Você é um fazendeiro da Carolina do Norte. Cultiva tabaco e tomate, cria galinhas e, no tempo livre, compõe músicas. Vai ficar mais uma semana e meia aqui e vai tocar no Bobby T's amanhã, então todo mundo sabe exatamente onde você estará se tentar alguma gracinha. Além disso, tenho spray de pimenta na bolsa.

– Sério?

– Como você insinuou, nós, garotas, temos que nos precaver. Cresci em Chicago, lembra? Meus pais me faziam prometer que eu tomaria cuidado sempre que saía à noite.

– Seus pais parecem pessoas muito inteligentes.

– São, sim – concordou ela.

Àquela altura, já estávamos ao lado da caminhonete, e agradeci em silêncio por ter limpado os bancos empoeirados antes da viagem. Manter uma caminhonete limpa quando se trabalha em uma fazenda é impossível. Enquanto eu fechava a porta e dava a partida, ela analisou o interior.

– Você trouxe o violão? Como se soubesse o que eu ia pedir?

– Vamos dizer que sim – respondi. – Aonde vamos?

– Vamos voltar pro Don. Podemos nos sentar na praia, atrás do hotel, onde a gente estava à tarde.

– Boa ideia.

Quando virei no cruzamento, vi que ela estava mandando uma mensagem. Diferente de mim, ela usava as duas mãos. Eu escrevia com um dedo só.

– Avisando suas amigas aonde a gente vai?

– Claro – respondeu ela. – E mandando sua placa. Tirei uma foto antes de entrar. – Ao terminar, ela baixou o celular. – Ah, falando nisso, joguei "tomates *heirloom*" no Google depois que conversamos. Eu não sabia que tinha tantas variedades. Como você sabe quais cultivar?

– Fazendo pesquisas, como com qualquer outra coisa. Tem um cara em Raleigh que é o maior especialista nisso, então fizemos uma reunião com ele pra descobrir que tipo se desenvolve melhor nas nossas terras e que sabores esperar. Conversamos com outros fazendeiros que cultivam esses tomates, pra saber os prós e os contras, e depois com clientes em potencial, como mercados, chefs de cozinha e hotéis. No final, nós começamos com três variedades e inserimos mais duas depois.

– *Nós* quem? Você e seus pais, seu irmão…?

– Minha tia – respondi. Me perguntei até que ponto deveria contar a ela, antes de finalmente decidir abrir o jogo: – Ela é como uma mãe pra mim. Minha mãe morreu quando eu era pequeno e não conheci meu pai, então meus tios criaram a gente… eu e minha irmã. Depois meu tio acabou morrendo também.

– Ah, meu Deus. – Morgan pareceu comovida. – Que triste.

– Foi difícil – admiti. – Obrigado. Então, concluindo, minha tia e eu administramos a fazenda. Não sozinhos, veja bem. Temos um gerente e vários funcionários.

– Onde a sua irmã mora hoje?

– Paige também mora na fazenda. Na verdade, continuamos morando na casa onde passamos a infância, mas ela é artista.

Contei a Morgan sobre as réplicas de abajures da Tiffany. Peguei uma foto presa ao para-sol da caminhonete. Era da Paige segurando um dos abajures. Quando a entreguei a Morgan, nossos dedos se tocaram.

– Uau! Que lindo! – Ela inclinou a cabeça, analisando a foto. – Ela é linda também.

– Os abajures sempre têm lista de espera – continuei, com orgulho. – Como você pode imaginar, leva muito tempo pra fazer um.

– Ela é mais velha ou mais nova que você?

– Seis anos mais velha. Ela tem 31.

– Parece mais nova.

– Obrigado. Eu acho. Mas e você? Me fale sobre você.

– O que quer saber?

– Qualquer coisa. – Dei de ombros. – Como você descreveria sua infância? Como são seus pais? Tem irmãos? Como foi crescer em Chicago, principalmente considerando que você tem que levar spray de pimenta quando sai de casa?

Ela caiu na gargalhada.

– Lincoln Park é muito seguro. É um bairro meio chique. Casas grandes, quintais grandes, árvores grandes. Decorações exageradas de Halloween e Natal. Uma vez fiz uma festa do pijama com todo mundo acampado no quintal, mas meu pai não saiu da varanda a noite toda. Só quando fiquei mais velha que meus pais compraram o spray de pimenta, e foi mais porque eu ia pra faculdade e pras festas de fraternidade, esse tipo de coisa.

– Você foi a muitas festas de fraternidade?

– A algumas – continuou ela –, mas na maior parte do tempo eu estava muito ocupada. Fui a um baile, que foi divertido, embora eu não gostasse tanto assim do meu par. Mas... tá... sobre mim: em muitos aspectos, tive uma infância bem comum, eu acho. Escola e atividades extracurriculares, como a maioria das pessoas…

Quando ela parou de falar, achei ter percebido um pouco de reserva.

– E a sua família?

– Meu pai é cirurgião. Veio das Filipinas na década de 1970 pra estudar na Northwestern. Acabou cursando medicina na Universidade de Chicago, onde conheceu minha mãe. Ela é radiologista e tem origem alemã-irlandesa, mas nasceu em Minnesota. A família dela tinha uma cabana no lago por lá, onde a gente passava parte do verão todo ano. E tenho uma irmã, Heidi, que é três anos mais nova e não tem nada a ver comigo. Mas, apesar de a gente ser tão diferente, acho que ela é incrível.

Dei um sorriso.

– Sua família não parece nada comum.

– Sei lá – respondeu ela, e deu de ombros. – Muitos pais de amigos meus eram médicos ou advogados, então não era nada de mais, e a família deles vinha de várias partes do mundo também. Então acho que minha família não se destacava.

No lugar de onde vim, com certeza se destacariam.

– E imagino que você seja uma superdotada acadêmica, como seus pais.

– Por que acha isso?

– Talvez porque você acabou de fazer 21 anos e já se formou?

Ela riu de novo.

– Isso teve menos a ver com as minhas notas do que com a minha vontade de ir pra longe dos meus pais. Acredite... minha irmã é muito mais inteligente do que eu.

– Por que você queria ir pra longe dos seus pais? – perguntei. – Parece que você teve uma vida bem confortável.

– Eu tive, e não quero parecer ingrata, porque não sou – disse ela, defendendo-se. – Mas é complicado. Meus pais às vezes são... superprotetores.

Quando ela fez uma pausa, eu a olhei nos olhos. No silêncio, ela pareceu ponderar o que iria me contar, antes de finalmente continuar:

– Quando eu tinha 7 anos, fui diagnosticada com uma escoliose bem grave. Os médicos não sabiam como o caso iria progredir conforme eu fosse crescendo, então, além de ter que usar colete ortopédico dezesseis horas por dia, acabei fazendo várias cirurgias e procedimentos de correção. Obviamente, como meus pais são médicos, eles fizeram questão de que eu fosse atendida pelos melhores especialistas, mas, como você pode imaginar, eles se preocupavam e ficavam em cima de mim, e não me deixavam fazer coisas que as outras crianças faziam. Embora eu tenha melhorado, parece que eles ainda me enxergam como a mesma garotinha doente.

– Parece complicado.

– Não me entenda mal. Sei que não estou sendo justa com eles. Entendo que se preocupem comigo, mas é que… eu não sou como meus pais. Ou minha irmã, aliás. Às vezes parece que nasci na família errada.

– Acho que muita gente se sente assim.

– Isso não quer dizer que não seja verdade.

Sorri novamente.

– Quer dizer que você não vai ser médica?

– Entre outras coisas – admitiu ela. – Tipo… eu amo dançar, por exemplo. Entrei no balé por recomendação dos médicos, mas me apaixonei. Também aprendi sapateado, jazz e hip-hop, porém, quanto mais eu me dedicava, menos meus pais aprovavam, mesmo sendo bom pra mim. Como se eu não estivesse atendendo às expectativas deles, sabe? Enfim, respondendo à sua pergunta, quando entrei no ensino médio, já não via a hora de virar adulta, então comecei a assistir a umas aulas na faculdade comunitária e fiz um curso de verão na Universidade de Indiana. Peguei matérias intensivas pra poder me formar antes. E, sim, eu era uma das calouras mais jovens do campus. Fazia pouco mais de um ano que eu tinha tirado carteira de motorista.

– E seus pais superprotetores aceitaram que você saísse de casa tão nova?

– Eu ameacei não fazer faculdade se não fosse assim. Eles sabiam que eu estava falando sério.

– Você é dura na queda.

– Às vezes sou um pouco obstinada – disse ela, com uma piscadinha. – Mas e você?

– O que tem eu?

– Fez faculdade?

– Não.

– Por que não?

– Nunca gostei muito de estudar, pra início de conversa, então não era a minha praia.

– Você se arrepende de não ter feito?

– Eu provavelmente teria levado bomba.

– Não se tentasse de verdade.

– Eu não tentaria.

Ela sorriu.

– Sei que não é pra todo mundo. E ainda assim você descobriu o que queria fazer bem cedo. Nem todo mundo pode dizer isso.

Pensei no que ela disse.

– Eu levo jeito pra agricultura – admiti – e, agora que boa parte do trabalho de transição já foi feito, meus dias não são mais tão longos quanto antes. Mas não era o que eu imaginava fazer quando era mais novo.

Eu ainda sentia os olhos dela em mim, os traços delicados iluminados de vez em quando pelos faróis dos carros que passavam.

– Você ama música – afirmou ela. – Era isso que você realmente queria fazer, né?

– Com certeza.

– Você é jovem, Colby. Ainda tem muito tempo.

Fiz que não com a cabeça.

– Não vai acontecer.

– Por causa da sua família? – Embora eu não tivesse respondido, ela devia ter percebido pela minha expressão, porque soltou um suspiro. – Tá, eu aceito isso. Agora, mudando de assunto, já que contei sobre a minha infância entediante, como foi crescer na Carolina do Norte?

Fiz um resumo, tentando colocar alguma graça nas minhas façanhas idiotas de adolescência e respondendo em detalhes a suas perguntas sobre a fazenda, que parecia deixá-la fascinada. Quando terminei, perguntei do que ela mais gostava na faculdade.

– Das pessoas – disse ela, numa resposta quase automática. – Foi onde conheci Stacy, Maria e Holly, entre outras.

– Acabou escolhendo qual curso?

– Adivinha – provocou ela. – Qual foi a última coisa que eu te disse na praia?

Adorei a sua voz. Ainda sem saber o que isso tinha a ver com o curso que ela havia feito, lancei-lhe um olhar interrogativo.

– Eu me formei em técnica vocal – respondeu ela.

6

Quando chegamos ao Don CeSar, ela me guiou até o estacionamento do hotel. Morgan mostrou o cartão do quarto para o segurança, e, depois de estacionar, peguei o violão no banco de trás e fomos em direção ao prédio. Entrando pelas portas do térreo, caminhamos pelos corredores largos e acarpetados que ziguezagueavam por butiques sofisticadas e uma sorveteria. Senti que estava malvestido para o lugar, mas Morgan pareceu não reparar.

Saímos perto da área da piscina, que exibia um paisagismo perfeito. À direita havia um restaurante com mesas que iam até quase a praia; em frente e à esquerda, duas piscinas cercadas por dezenas de espreguiçadeiras e o bar sempre cheio. No restaurante, provavelmente já fechado, dois ou três casais ainda relaxavam às mesas, curtindo a brisa amena.

– É o hotel mais chique que já vi – comentei, tentando não ficar boquiaberto.

– Ele é bem antigo. Na década de 1930, atraía hóspedes de toda a Costa Leste e, durante a Segunda Guerra Mundial, foi arrendado pelos militares para tratar dos soldados que sofriam de estresse pós-traumático. É claro que eles não chamavam assim na época. Parece que entrou em decadência um pouco depois disso, então foi vendido e os novos donos deram uma melhorada, recuperando a glória do passado.

– Você sabe muito sobre este lugar.

Ela me deu uma cotovelada de leve, com um sorriso torto.

– Tem uma exposição sobre a história do hotel no corredor pelo qual acabamos de passar.

Agradavelmente surpreso com o contato físico, me limitei a sorrir. Caminhando entre as duas piscinas, passamos pelo bar e fomos até um deque de madeira perto das dunas baixas. Quando chegamos à areia, ela parou para pegar o celular.

45

– Vou avisar às minhas amigas que estou aqui – explicou, e alguns segundos depois, seu celular emitiu um bipe. – Elas já estão quase saindo de lá, então vão chegar daqui a pouco.

De repente ela estendeu a mão, apoiando-se no meu ombro.

– Fique parado pra eu poder tirar a bota – instruiu, equilibrando-se em um pé só. – Não quero que estrague. Mas não me deixe esquecer aqui, tá?

– Tenho certeza de que você lembraria assim que percebesse estar descalça.

– Provavelmente – respondeu ela, com um sorrisinho. – Mas assim também vou descobrir se posso confiar em você. Pronto?

– Você primeiro.

Pisamos na areia, caminhando lado a lado, mas não tão perto a ponto de podermos nos tocar. As estrelas cobriam o céu e a lua pairava alta e reluzente. O mar me pareceu ao mesmo tempo tranquilo e ameaçador. Notei um casal caminhando perto da água, seus traços ocultos na penumbra, e ouvi vozes vindas das mesas próximas ao bar. Ao meu lado, Morgan parecia quase deslizar, o cabelo comprido flutuando atrás dela na brisa com cheiro de maresia.

Logo além das luzes do hotel, havia duas espreguiçadeiras que ou não tinham sido recolhidas ou alguém tinha arrastado para a praia pouco tempo antes. Morgan apontou para elas.

– Acho que estavam esperando pela gente.

Nós nos sentamos de frente um para o outro, e Morgan se virou para a água, confiante e serena ao luar.

– É tão diferente à noite – observou. – Durante o dia é convidativo, mas à noite só consigo pensar em tubarões gigantes à espreita.

– Nada de mergulhos noturnos, então?

– Sem chance – respondeu ela, antes de se virar para mim.

Ela deu um breve sorriso.

– Posso fazer uma pergunta? – arrisquei, inclinando-me para a frente. – O que você quis dizer quando falou que se formou em técnica vocal?

– Esse é o nome do curso.

– Quer dizer… você teve que cantar?

– É, você precisa ser aceito no programa.

– E como alguém é aceito?

– Bom, além da audição gravada e/ou ao vivo, tocar piano é um pré-requisito.

E o de sempre: ler partitura, ter tido aulas de música, feito apresentações, ganhado prêmios… essas coisas.

– E tem aula de verdade ou você só canta?

– É claro que tem aula… Formação geral, teoria musical, percepção musical, história da música, só pra começar. Mas, como você deve imaginar, o que fazemos além das aulas também é superimportante. Tem corais, ensaios, aulas de piano, recitais e concertos. A faculdade possui um dos melhores currículos de canto lírico do país.

– Você quer ser cantora lírica?

– Não, mas, se pensar em artistas como Mariah Carey, Beyoncé ou Adele, o controle vocal, a precisão, o alcance e a potência delas é o que as diferencia das demais. O treinamento em canto lírico ajuda com tudo isso. Por isso eu quis estudar também.

– Mas achei que você amasse dançar.

– Dá pra amar as duas coisas, não? – perguntou ela. – Mas, de qualquer forma, cantar foi a minha primeira paixão, sem dúvida. Cresci cantando o tempo todo… no chuveiro, no quarto, no quintal, em qualquer lugar, como muitas garotas. Quando tive que usar o colete, antes de começar a dançar, não foi nada fácil, e não só por causa dos meus pais ou das cirurgias. Eu não podia praticar esportes ou correr com meus amigos, minha mãe tinha que levar minha mochila pra escola, eu precisava de uma cadeira especial na sala de aula… e… as crianças às vezes são bem maldosas. Então comecei a cantar ainda mais, porque a música fazia com que eu me sentisse… normal e livre, se isso faz algum sentido.

Quando ela ficou em silêncio, não pude deixar de imaginar uma garotinha usando um colete ortopédico, querendo ser como todas as outras, e em como isso deve ter sido difícil. Ela pareceu perceber o que eu estava pensando, porque olhou para mim com uma expressão quase desolada.

– Desculpe. Não costumo compartilhar esse tipo de coisa com pessoas que acabei de conhecer.

– Me sinto honrado.

– Mesmo assim, não ache que estou querendo que sinta pena de mim, porque não é isso. Todo mundo enfrenta desafios, e muitas pessoas passam por coisas bem piores.

Concluí que ela estava se referindo ao fato de eu ter perdido minha mãe e assenti.

– Então... canto?

– É. Pra encurtar a história, meus pais acabaram me colocando na aula de canto e de piano pra que eu tivesse atividades depois da escola, assim como os meus amigos. Acho que eles imaginavam que seria uma fase, mas, como aconteceu com a dança, quanto mais eu praticava, mais a música se tornava importante pra mim. Cantei durante todo o ensino médio e fiz aulas particulares de canto durante anos. Digo a mim mesma que minha experiência na universidade foi só a cereja do bolo. Meus pais podem não estar muito empolgados com a minha escolha, mas não dei brecha pra que decidissem por mim.

– Por que eles não estariam empolgados?

– Eles são médicos – respondeu ela, como se essa explicação bastasse. Como não falei nada, ela continuou: – Meus pais gostariam que eu tivesse sonhos mais tradicionais.

– Então você leva o canto a sério.

– É o que nasci pra fazer – disse ela, os olhos fixos nos meus.

– E o que pretende fazer, agora que se formou?

– Vou me mudar pra Nashville daqui a algumas semanas. Esse foi outro motivo pelo qual eu quis me formar mais cedo. Estou só com 21 anos, então ainda tenho tempo pra entrar no mundo da música.

– Como vai pagar as contas? Conseguiu um emprego lá?

– Tenho o dinheiro que os meus avós me deram como presente de formatura. E, acredite ou não, meus pais concordaram em ajudar com o aluguel, então consigo me sustentar por um tempo.

– Estou um pouco surpreso por terem concordado com isso. Digo, considerando o que me contou sobre eles.

– Eu também. Mas meu pai estava morrendo de medo de eu morar num lugar que pudesse ser perigoso, então convenceu minha mãe. Não sei quanto tempo a ajuda deles vai durar, mas sou muito grata. Sei que é difícil entrar no mundo da música, e sinto que só vou ter alguma chance se der tudo de mim. Então é isso que pretendo fazer, e vou tentar até dar certo. É o meu sonho.

Ouvi a determinação em sua voz e não pude deixar de ficar impressionado, ainda que reconhecesse que ela tinha o tipo de apoio e as oportunidades que poucas pessoas têm.

– Suas amigas também são da música? Holly, Stacy e Maria?

– Não, mas temos um grupo de dança. Foi assim que a gente se conheceu. Cada uma já tinha conta no TikTok, onde postava vídeos de dança, então começamos a dançar em grupo também.

– E alguém assiste?

Ela inclinou a cabeça.

– Elas são bailarinas incríveis, melhores do que eu. A Maria, por exemplo, se formou em dança e conseguiu uma audição com a companhia de dança do Mark Morris. Você já viu como elas são bonitas. O que acha?

– Posso ver alguns vídeos?

– Ainda não te conheço bem o suficiente.

– Mas você deixa estranhos verem.

– É diferente quando eu conheço a pessoa. Você nunca sentiu isso quando canta? Se tem alguém que você conhece na plateia, e que quer conhecer melhor, não fica nervoso? É mais ou menos isso.

– Você quer me conhecer melhor? – insisti, provocando-a.

– A questão não é essa.

Levantei as mãos.

– Entendi. Vocês têm muitos seguidores?

– Essa pergunta é relativa – disse ela. – O que seriam muitos? Algumas pessoas têm duzentos milhões de seguidores, e muitas têm entre cinquenta e cem milhões. Fizemos muitas conexões importantes, mas não chegamos a esse nível.

– Quantos você tem?

– Sozinha ou com o grupo?

– As duas coisas.

– Eu tenho quase dois milhões, e o grupo tem mais de oito milhões.

Fiquei sem ação, pensando nos 478 seguidores que eu tinha em todas as minhas três redes sociais juntas.

– Vocês têm mais de oito milhões de seguidores no TikTok?

– Doideira, né?

– É difícil de assimilar – respondi, sem me preocupar em esconder a incredulidade. – Como foi que conseguiram isso?

– Com muito trabalho e ainda mais sorte. A Stacy é um gênio em conseguir seguidores, e a Holly é a deusa da edição de vídeos. Começamos a publicar na conta uma da outra. Depois, nos apresentamos em eventos no campus, e muitos alunos começaram a nos seguir. Aí, descobrimos grupos de dança em outras faculdades que estavam fazendo a mesma coisa que nós e nos conectamos com essas contas também. Então, em novembro, em um jogo de basquete...

Ela hesitou antes de prosseguir:

– Você sabe que o basquete é bem popular em Indiana, né? Enfim, o jogo estava sendo transmitido em rede nacional, e a Stacy conhecia um dos câmeras. Nossas camisetas tinham o nome do nosso perfil do TikTok na frente, e a emissora filmava o público durante o intervalo. O câmera focou em nós enquanto dançávamos na lateral da quadra. E depois disso a filmagem sempre voltava pra nós nos intervalos, a ponto de os apresentadores mencionarem o nome do nosso perfil no TikTok! Aí um corte acabou aparecendo na ESPN, chamou a atenção de alguns influenciadores e nossa conta bombou quase imediatamente. Milhares de pessoas, dezenas de milhares, centenas... E a partir daí foi uma bola de neve.

– Vocês ganham dinheiro com isso? – perguntei, fascinado.

– Ganhamos, mas faz pouco tempo. Descobrir como monetizar exige muito mais esforço e envolve decisões sobre marcas, e se a empresa é honesta ou se é algo que estamos dispostas a promover. Stacy e Holly fazem a maior parte desse trabalho também. Não tenho muito tempo pra isso, mas as outras três começaram a ganhar algum dinheiro... e, como elas fazem todo o serviço, acho justo. Além do mais, elas precisam. Stacy vai começar a faculdade de medicina, e Holly tem um financiamento estudantil pra quitar. Por ironia do destino, ela conseguiu um emprego na ESPN, acredita? Quer ser apresentadora.

– E a Maria?

– Bom, vai depender da audição com Mark Morris, mas a mãe dela é coreógrafa e já trabalhou na Broadway, então a Maria coreografa todas as nossas danças. Aliás, a mãe dela mandou meus vídeos pra alguns agentes que ela conhece em Nashville, então vamos ver no que vai dar.

Na minha experiência limitada, reuniões com agentes raramente davam em alguma coisa – até a banda em que eu tocava teve reuniões com agentes em potencial, embora menos importantes –, mas eu não ia dizer isso a ela.

– Parece animador – falei. – Com certeza a presença forte de vocês no TikTok e no Instagram vai ajudar a chamar a atenção deles.

– Talvez – disse ela. Quando levantei uma sobrancelha, ela continuou: –

Pra falar a verdade, tenho minhas reservas com esse jogo das mídias sociais e o esforço constante de conseguir seguidores.

– Mas ter uma base de fãs pode ser bom pra lançar sua carreira, né?

– Pode ser – respondeu ela. – Nossos fãs são quase todos garotas que nos seguem por causa do nosso estilo e das coreografias. E admito que exageramos na sensualidade no modo como nos vestimos e dançamos. É o que vende.

Como ela fez uma pausa, perguntei o óbvio:

– Mas...?

Ela soltou um suspiro.

– Quero ser reconhecida como cantora, não porque sou uma garota bonita que dança, sabe? E tem também o fato de que as redes sociais não são algo saudável pros adolescentes. Rola tanta edição que as pessoas têm dificuldade de separar o que é real da fantasia. Não que a gente saia dançando sem ensaiar ou não passe um bom tempo arrumando cabelo, maquiagem e as roupas antes de filmar. Então de que adianta ser considerada uma influencer ou, Deus me livre, um modelo a ser seguido, se é tudo meio falso?

Eu não disse nada, impressionado por ela pensar nessas coisas. Vou ser sincero: eu não pensava. Mas, também, quase ninguém me seguia, então que importância isso teria?

– Enfim, vamos ver no que vai dar – disse ela, encerrando o assunto com um aceno. – Agora quero ouvir a música que você compôs.

Abri a capa do violão, demorando um pouco para afiná-lo e lembrar todas as mudanças que tinha feito. Quando estava pronto, toquei as estrofes de abertura, e coloquei mais energia no refrão enquanto cantava para ela.

Morgan ficou olhando para mim, um sorriso extasiado nos lábios. Vendo-a balançar o corpo inconscientemente ao ritmo da música, mais uma vez me dei conta de como ela tinha inspirado a canção. Não só a letra, mas a melodia; havia uma energia e um embalo no refrão que eram instigantes, como ela.

Quando finalmente terminei de tocar, ela se inclinou na minha direção.

– É linda – declarou, com um suspiro. – Você é incrível.

– Ainda precisa de uns retoques.

Nunca me senti à vontade recebendo elogios, mas eu já sabia que era uma música que eu acrescentaria ao repertório, nem que fosse apenas como uma homenagem a ela.

– Qual foi aquela que você cantou ontem? Sobre se sentir perdido? – Ela cantarolou um trecho da melodia. – Pode cantar essa também?

Eu sabia de que música ela estava falando; a letra surgira depois de um dia difícil na fazenda, e era cheia de angústia e incerteza. Também era uma das favoritas do público, que eu seria capaz de tocar dormindo, então comecei de bate-pronto. Depois disso, parti para outra música que havia composto há alguns anos – que lembra o grupo Lady A –, e continuei tocando. Morgan movia o corpo ou batia o pé no ritmo da canção, e comecei a me perguntar se ela não ia pedir que eu tocasse algo para ela cantar.

Mas não pediu. Parecia satisfeita em ouvir, e me senti envolvido pela música da mesma forma que ela parecia se sentir. Cada canção trazia uma lembrança, e, com o luar banhando a praia com seu brilho leitoso e uma mulher linda sentada à minha frente, percebi que não havia jeito melhor de terminar a noite.

Quando finalmente larguei o violão, ouvi aplausos de leve vindos do hotel. Eu me virei e vi seis ou sete pessoas batendo palmas e acenando do deque.

Morgan inclinou a cabeça.

– Eu disse que a sua voz é especial.

– Deve ser um público fácil de agradar.

– Você escreveu todas essas músicas sozinho? Sem ajuda de ninguém?

– Sim. Sempre foi assim.

Ela pareceu impressionada.

– Já tentei escrever minhas próprias músicas, e até consigo uns trechinhos muito bons, mas geralmente preciso de alguém com quem finalizar.

– Quantas músicas já compôs?

– Umas dez. Mas comecei faz uns dois anos. Ainda estou aprendendo.

– Mas dez está muito bom.

– Quantas você compôs?

Eu não quis dizer toda a verdade, mas também não menti.

– Mais que dez.

Ela riu, percebendo minha intenção na resposta.

– Enquanto você cantava, fiquei pensando em como você devia ser na época da banda. É difícil te imaginar com cabelo comprido.

– Meus tios não gostavam muito. Nas poucas ocasiões em que falava com a minha irmã no FaceTime, ela dizia que odiava. Mais de uma vez ameaçou voltar pra casa e cortar tudo enquanto eu estivesse dormindo. E o mais assustador era que eu tinha medo de que ela fizesse isso de verdade.

– Sério?

– Quando ela coloca alguma coisa na cabeça, às vezes é impossível fazê-la mudar de ideia.

Nessa hora, ouvi alguém chamar por Morgan. Erguendo o olhar, vi Stacy, Holly e Maria descendo do deque de madeira para a areia, vindo na nossa direção.

– Acho que elas vieram me resgatar – sussurrou Morgan.

– Você precisa ser resgatada?

– Não. Mas elas não sabem disso.

Quando chegaram, percebi que fizeram uma avaliação rápida da situação, certamente ainda tentando entender por que uma garota bonita como Morgan teria ido embora com um cara como eu.

– Você por acaso estava cantando aqui? – perguntou Holly.

Morgan se apressou a responder:

– Eu insisti. Ele compôs uma música nova e eu quis ouvir. Como estava no MacDinton's?

Elas deram de ombros juntas, com cara de entediadas.

– Legal – disse Stacy. – Quando a banda fez uma pausa, a gente conseguiu se ouvir e ficou bom, mas aí retomaram o show, e decidimos que era hora de vir embora. Está ficando tarde.

Captei um tom quase maternal no jeito como ela falou, e, como Morgan não respondeu de cara, pigarreei e falei:

– É melhor eu ir embora também.

Comecei a guardar o violão, lamentando que a noite chegasse ao fim. Se Morgan e eu tivéssemos mais tempo juntos, talvez eu houvesse arriscado um beijo, mas as amigas dela pareciam ler meus pensamentos e não tinham nenhuma intenção de nos permitir um último instante de privacidade.

– A noite foi divertida – disse Morgan.

– Muito – concordei.

Ela se virou para as amigas.

– Vamos?

– Não esqueça a bota.

Ela pareceu se divertir com o fato de eu ter lembrado, e deu um aceno rápido antes de ir em direção ao hotel. Esperei que elas chegassem ao deque, onde Morgan pegou as botas. Fui escutando a voz delas ficar mais baixa até desaparecerem dentro do prédio.

Comecei a caminhar na mesma direção, mas logo me dei conta do erro. A porta estava trancada – era necessário ter um cartão para entrar –, então voltei para a praia e acabei encontrando um caminho que passava pela lateral do hotel até sair na rua.

No carro, pensei em Morgan. Ela era rica, elegante, inteligente, decidida, popular e obviamente linda. Da mesma forma que as amigas, me perguntei o que ela poderia ter visto em um cara como eu. Pelo visto, não tínhamos nada a ver um com o outro. Nossas vidas eram totalmente diferentes, e ainda assim, de alguma forma, a gente parecia combinar. Não necessariamente de um jeito romântico, mas conversar com ela tinha sido mais fácil até mesmo que a rotina confortável que eu chegara a compartilhar com Michelle.

Mais tarde, deitado na cama, pensei no que Paige acharia dela. Imaginei que se dariam bem – eu tinha quase certeza de que Morgan se daria bem com qualquer um –, mas Paige sempre teve um instinto incrível em relação às pessoas. Estava claro o que tinha me atraído em Morgan, mas eu ficava tentando entender por que, apesar de nossas vidas serem tão diferentes, conversar com ela era quase como voltar para casa.

PARTE II

Beverly

Quando Beverly tinha 8 ou 9 anos, ela e a mãe foram de ônibus para Nova York. A maior parte do percurso foi feita à noite, e Beverly dormiu com a cabeça no colo da mãe. Ao acordar, deu de cara com prédios que eram mais altos que qualquer coisa que poderia imaginar.

A rodoviária estava lotada – Beverly nunca tinha visto tantas pessoas juntas –, e aquele era apenas o início de uma viagem que permaneceu viva em sua memória, apesar da passagem do tempo.

A mãe queria que a viagem fosse especial, então criou uma lista de "coisas para se fazer". Elas viram o *Noite estrelada*, de Vincent van Gogh, no MoMA, que era um "quadro importante de um artista famoso", e depois cada uma comeu uma fatia de pizza no almoço. À tarde, visitaram o Museu de História Natural, onde ela ficou admirando os esqueletos recriados de vários animais, incluindo uma baleia-azul e um tiranossauro que tinha dentes maiores que bananas, além de meteoritos, diamantes e rubis. Também foram ao planetário, e Beverly observou o céu gerado por computador com linhas que representavam as constelações.

Eram só as duas – uma "viagem das garotas", como a mãe chamou –, e a mãe tinha levado mais de um ano juntando dinheiro para fazer as coisas que os ricos faziam quando iam à Big City. Beverly não sabia na época, mas aquela seria a única viagem que fariam juntas. Haveria uma época em que Beverly e a mãe ficariam sem se falar, só que naquela viagem a mãe falou praticamente sem parar, e Beverly sentiu o conforto de sua mão quente quando elas saíram do museu e foram até o Central Park, onde as folhas brilhavam em tons de laranja, vermelho e amarelo.

Era outono, a temperatura estava mais para inverno que para verão, e a brisa gelada deixava vermelha a ponta do nariz de Beverly. A mãe carregava lenços na bolsa, e Beverly usou um por um até acabarem.

À noite, elas jantaram em um lugar onde o garçom estava vestido como se fosse se casar. As palavras no cardápio não faziam sentido para Beverly. A mãe lhe disse que era um "restaurante de verdade" e, embora a comida fosse boa, Beverly preferia ter saboreado outra fatia de pizza.

Para ir até o hotel, elas tiveram que caminhar por quase uma hora. Perto da entrada, havia dois homens estranhos fumando, e, quando elas entraram, a mãe pagou pelo quarto em dinheiro para um homem atrás do balcão com a camiseta suja. O quarto tinha duas camas com manchas nos lençóis e um cheiro esquisito, como de pia entupida, mas a mãe continuou animada e disse que era importante vivenciar a "verdadeira Nova York". Beverly estava tão cansada que dormiu quase imediatamente.

Elas passaram o dia seguinte na Times Square, que era "aonde os turistas iam". Beverly ficou olhando para os letreiros e painéis luminosos enormes. Elas viram pessoas dançando e algumas fantasiadas de Mickey Mouse ou Estátua da Liberdade. Os teatros anunciavam musicais, mas o único que Beverly reconhecia era *O Rei Leão*. Elas não puderam ir, porque os ingressos eram para "pessoas ricas", então passaram a maior parte do dia batendo perna em lojas que vendiam bugigangas e lembrancinhas, sem comprar nada, a não ser um pacote de M&M's, que Beverly dividiu com a mãe.

Cada uma comeu duas fatias de pizza no almoço e cachorros-quentes de uma barraquinha de rua no jantar. Em uma das ruas secundárias, Beverly achou ter visto Johnny Depp, o astro do cinema, e havia uma fila de pessoas tirando fotos ao lado dele. Beverly implorou por uma foto também, mas a mãe disse que era uma estátua de cera e que não era a pessoa de verdade.

Na última noite delas na cidade, foram até o Empire State Building, e os ouvidos de Beverly estalaram quando o elevador subiu em direção ao céu. O vento soprava forte no terraço apinhado de gente, mas a menina conseguiu abrir caminho até um lugar que oferecia uma vista panorâmica da cidade. Ao seu lado, havia um homem vestido de pirata, e, embora os lábios dele estivessem se mexendo, ela não ouvia nada.

Lá embaixo, Beverly via o brilho dos faróis dos carros nas ruas; praticamente todos os prédios ao redor estavam iluminados por dentro. Embora o céu estivesse limpo, não estava estrelado, e a mãe explicou a ela que as luzes da cidade apagavam as estrelas. Beverly não entendeu o que a mãe quis dizer – como as estrelas podiam apagar? –, mas não teve tempo de perguntar, porque a mãe pegou sua mão e a levou a outra área do terraço, onde, a distância, elas podiam avistar a Estátua da Liberdade. A mãe lhe contou que sempre quis viver na Big City, embora já tivesse dito isso meia dúzia de vezes. Quando Beverly perguntou por que ela não tinha ido morar lá, a mãe respondeu:

– Não era pra ser.

Beverly não enxergava mais o pirata, e quis saber se ele continuava dizendo palavras que ninguém ouvia. Lembrou-se de Fran e Jillian, amigas da escola, e se perguntou se iriam pedir doces juntas no Halloween. Talvez, pensou, ela pudesse ir de pirata, mas era mais provável que fosse de vaqueira de novo, como no ano anterior. A mãe já tinha o chapéu, a camisa xadrez, a arma e o coldre de brinquedo, e Beverly sabia que, se pedisse para ir de pirata, a mãe responderia que elas não tinham dinheiro para a fantasia.

A mãe falava e falava, sem parar, mas Beverly não se dava ao trabalho de ouvir. Às vezes, sabia que o que quer que estivesse sendo dito não era importante. De outro lugar no terraço elas viram a ponte do Brooklyn, tão pequena que parecia de brinquedo. Já fazia quase uma hora que estavam no terraço, e, ao se virar para a mãe, Beverly viu lágrimas no seu rosto. A menina sabia que não deveria perguntar o motivo, mas se pegou desejando que a mãe tivesse morado na Big City.

De repente, Beverly ouviu berros, e alguém esbarrou nela com tanta força que ela quase caiu. Segurando a mão da mãe, as duas foram arrebatadas pela movimentação da multidão, como peixes apanhados em uma corrente forte. Quem parasse seria pisoteado, até Beverly sabia disso, e elas seguiram em frente aos tropeços. Beverly não via nada além dos corpos ao seu redor – cotovelos empurrando, bolsas balançando. A gritaria ficou mais alta, com mais gente, todo mundo no terraço indo rápido na mesma direção, todos presos na mesma correnteza, até que Beverly e a mãe finalmente saíram pelos fundos e conseguiram recuperar o equilíbrio.

– O que está acontecendo?

– Não sei.

Em meio à barulheira, Beverly ouvia gritos individuais de "Não!", "Volte aqui!", "O que você está fazendo?" e "Desça!". Ela não sabia o que os gritos significavam, só que algo ruim estava acontecendo. A mãe sabia também; estava na ponta dos pés, tentando ver por sobre a multidão, então, também de repente, a multidão parou de se mover. Durante alguns segundos, tudo ficou tranquilo e ninguém se mexeu, e foi a coisa mais estranha que Beverly já tinha vivenciado – até que os gritos recomeçaram, dessa vez ainda mais altos.

– O que aconteceu? – alguém gritou.

– Ele pulou – berrou um homem.

– Quem pulou?

– O cara que estava vestido de pirata!

Havia barreiras e cercas, e Beverly se perguntou se tinha ouvido errado. Por que o pirata pularia? Os outros prédios ficavam distantes demais para serem alcançados.

Sentiu a mãe apertar sua mão de novo e puxar.

– Vamos – disse a mãe. – Precisamos ir embora.

– O pirata pulou?

– Que pirata?

– O que estava do meu lado quando a gente chegou.

– Não sei – respondeu a mãe.

Elas passaram pela loja de presentes em direção aos elevadores, onde uma fila já tinha se formado.

– Eles tentaram agarrar o homem, mas ninguém conseguiu detê-lo.

Foi o que Beverly ouviu o homem ao seu lado dizer, e, ao entrar no elevador, ela pensou no pirata, e pensou em cair, e se perguntou como seria descer e descer, cada vez mais baixo, até não ter mais para onde ir.

8

Beverly se sentou na cama, tentando enxergar na escuridão, sabendo que tinha sido mais uma lembrança do que um sonho, mas dessa vez ela estava caindo também, de mãos dadas com o pirata. Como sempre acontecia quando tinha esse sonho recorrente, acordou com o coração batendo forte, a respiração irregular e os lençóis encharcados de suor.

Não estou caindo, pensou, *não estou caindo*, mas ainda assim a sensação física demorou a passar. Seu coração continuou acelerado, a respiração, *rápida, e*, mesmo quando o sonho começou a desvanecer, ela sabia que não estava bem. O mundo parecia desalinhado e esquisito. Ela se obrigou a se concentrar nos detalhes do quarto conforme eles surgiam em sombras vagas e escuras. Viu uma janela com persianas finas fechadas, o céu branco suave do amanhecer entrando pelas frestas. Viu suas roupas empilhadas no chão. Um abajur e um copo de água pela metade na mesinha de cabeceira. Do outro lado do quarto, uma cômoda e um espelho de corpo inteiro. Aos poucos, o ambiente ao redor começou a fazer sentido.

Era de manhã. Ela estava no quarto da casa que tinha acabado de alugar, e seu filho de 6 anos, Tommie, dormia no quarto do outro lado do corredor. Ela tinha acabado de chegar à cidade. *Sim*, pensou Beverly, ao lembrar. *Minha nova vida. Estou começando minha nova vida*, e só então conseguiu empurrar as cobertas. Levantou-se da cama, sentindo um tapete fino e sedoso sob os pés, uma surpresa agradável. A porta do quarto estava fechada, mas ela sabia que o corredor pequeno do outro lado levava até a escada e que, no primeiro andar, havia uma sala e uma cozinha pequena mobiliada com uma mesa velha de fórmica e quatro cadeiras de madeira gastas.

Beverly vestiu a calça jeans e a camiseta que estavam amontoadas no chão e se perguntou por quanto tempo havia dormido. Não conseguia recordar que horas fora para a cama, só que tinha sido muito, muito tarde.

Mas o que ela havia feito? As lembranças da noite anterior não passavam de uma névoa. Ela não se recordava do que tinha jantado nem se sequer tinha comido, mas achou que isso não importava. Começar de novo sempre envolvia estresse, e o estresse provocava efeitos estranhos na mente.

Ela saiu do quarto, deu uma olhada em Tommie e o viu enrolado nas cobertas. Desceu a escada em silêncio e foi até a cozinha. Enquanto enchia um copo com água da torneira, lembrou-se de uma noite recente em que saíra do quarto de fininho, movimentando-se em silêncio e sem acender nenhuma luz. Já estava vestida quando acordou Tommie. A mochila pequena do filho estava cheia e escondida embaixo da cama. Ela o ajudou a se vestir e eles desceram a escada. Como Tommie, ela levava apenas uma mochila, em nome da conveniência e da agilidade. Sabia que os vizinhos poderiam se lembrar de uma mulher e uma criança carregando malas de rodinha pela calçada no meio da noite; sabia que o marido, Gary, iria atrás desses vizinhos e que eles diriam o que ele precisava saber para encontrá-la.

Na mochila de Tommie estavam seu boneco do Homem de Ferro favorito e *Vai, cachorro. Vai!,* um livro que ela ainda lia para ele todas as noites. Ela também tinha incluído duas camisetas, uma calça, meias, cuecas, escova e pasta de dentes e gel para ajeitar o redemoinho no cabelo dele. Na mochila dela tinha os mesmos tipos de item, além de alguns produtos de maquiagem, uma escova, óculos de sol, uma faixa para atadura e uma peruca.

Ao chegar perto da janela da frente, ela não se deu ao trabalho de procurar o SUV preto com vidros escuros que estava estacionado na sua rua havia três dias. Já sabia que estaria ali, ainda que parado em uma vaga diferente. Em vez disso, depois de ajudar Tommie a vestir o casaco, eles saíram pela porta dos fundos. Ela tomou o cuidado de não deixar a porta de tela bater ou ranger, fechando-a o mais lentamente possível. Eles atravessaram o gramado úmido até a cerca de madeira, e Beverly ajudou Tommie a pular para o quintal do vizinho. No decorrer disso tudo, Tommie não dissera nada. Cambaleava ao andar, sonolento. Os dois saíram pelo portão do vizinho e seguiram colados à cerca viva até chegarem à rua paralela à deles. Lá, ela se escondeu atrás de um carro estacionado na rua e espiou nas duas direções. Não viu nenhum SUV preto com vidros escuros.

Pra onde estamos indo?, perguntara Tommie finalmente.

Pra uma aventura, ela tinha sussurrado.

O papai vem com a gente?

Ele está trabalhando, dissera ela, o que era verdade, embora não respondesse de fato *à pergunta dele*.

Era madrugada e tudo estava silencioso, mas havia uma meia-lua e as ruas estavam iluminadas pelos postes nos cruzamentos. Ela precisava da escuridão e das sombras para permanecer invisível, então atravessou gramados e entradas de garagem, mantendo-se perto das casas. Nos raros momentos em que ouvia um carro vindo, levava Tommie para qualquer lugar escondido que conseguisse encontrar – atrás de arbustos, grades ou até mesmo de um trailer velho. De vez em quando, um cachorro latia, mas o som sempre vinha de longe.

Eles caminharam e caminharam, mas Tommie não choramingou nem resmungou. As ruas residenciais foram dando lugar a ruas comerciais, e, uma hora e meia depois, a uma área industrial, com armazéns, um ferro-velho e estacionamentos limitados por cercas de arame. Embora não houvesse onde se esconder, as ruas estavam vazias.

Quando chegaram à rodoviária, a entrada cheirava a fumaça de cigarro, fritura e urina. No banheiro, Beverly prendeu o cabelo com grampos e pôs a peruca que a transformou de uma loira de cabelo comprido em uma morena com cabelo bem curtinho. Ela envolveu o peito com a faixa, deixando os seios menores, apertando até ficar difícil de respirar. Colocou um boné de beisebol e, embora ainda estivesse escuro, óculos de sol. Tommie não a reconheceu quando ela saiu. Ela tinha pedido a ele que se sentasse em um dos bancos e explicado que era importante que ele não saísse dali, e só quando ela tirou os óculos na sua frente ele arregalou os olhos, reconhecendo-a. Ela o levou até um banco ainda mais isolado na extremidade do terminal, um que ficava fora do campo de visão de quem estivesse no guichê, e disse a ele que ficasse sentado quietinho.

Havia poucas pessoas circulando pela rodoviária quando ela foi até o guichê e entrou na fila atrás de uma mulher mais velha com um cardigã marrom grosso. Na sua vez, ela ficou diante do atendente, que tinha bolsas sob os olhos e uma mecha de cabelo grisalho e oleoso com que disfarçava sua careca. Ela pediu duas passagens para Chicago e, ao entregar o dinheiro, disse que ela e a irmã iam visitar a mãe. Não queria que o homem atrás do vidro soubesse que ela estava viajando com o filho, mas ele não demonstrou interesse – mal olhou para ela quando entregou as passagens.

Beverly foi até um banco que ficava quase de frente para Tommie, onde poderia tomar conta dele sem deixar óbvio que eles estavam juntos. A cada minuto, ela olhava para ele, depois para a entrada, procurando através do vidro pelo SUV preto com vidros escuros, que felizmente não apareceu. Beverly também analisou o rosto de outras pessoas no terminal, tentando memorizá-los, vendo se alguém estava prestando atenção no garotinho sentado sozinho. Mas ninguém parecia se importar.

O dia amanheceu, com um clarão reluzente de fim de primavera. Na hora esperada, o motor do ônibus começou a roncar sob uma das coberturas de alumínio nos fundos. Com o estômago embrulhado, ela mandou Tommie na frente para que ele fingisse embarcar com um homem de jaqueta esportiva, pai e filho viajando juntos. Pelas janelas, ela viu Tommie seguir o sujeito em direção aos assentos da parte traseira do ônibus. Outras pessoas embarcaram, então ela finalmente subiu também, passando pelo motorista magro de cabelos escuros. Ela se sentou na penúltima fileira; do outro lado do corredor, na fileira à frente, uma mulher mais velha fazia crochê, movimentando a agulha como um maestro na frente da orquestra. Tommie ficou no assento em frente ao dela até o ônibus sair, como ela havia mandado, e só quando chegaram na estrada ele se juntou a ela. Ali, encostou a cabeça no seu ombro enquanto ela continuava a observar os passageiros, obrigando-se a memorizar aqueles rostos e tentando descobrir se algum deles tinha percebido qualquer coisa estranha.

Lembrou-se de quão cuidadosa tinha sido. Gary estava viajando, fazendo as coisas secretas que sempre fazia para o governo. Eles haviam partido em um sábado, e, nos quatro finais de semana anteriores, ela fizera questão de não sair de casa nem deixar Tommie brincar no quintal, estabelecendo um padrão com o qual esperava ganhar algum tempo. Usando o dinheiro que tinha guardado em segredo durante seis meses, instalou temporizadores automáticos para as luzes, que acendiam no horário determinado e depois apagavam à noite. Com sorte, o motorista do SUV preto só perceberia que eles tinham sumido quando o transporte escolar aparecesse na segunda-feira de manhã.

O ônibus seguia ruidoso, e, conforme as horas iam passando devagar, Beverly pensava que cada minuto significava mais um quilômetro de distância da casa da qual ela precisava fugir. Tommie dormiu ao seu lado enquanto atravessavam o Texas e o Arkansas, entrando finalmente no Missouri. Eles passaram por fazendas e pararam em cidades e povoados, a maioria com nomes que ela não reconhecia. Pessoas desciam e outras embarcavam, e os freios rangiam e o ônibus voltava a avançar, em direção ao próximo destino. Parando e arrancando, o dia inteiro e noite adentro, o motor roncando sob os assentos.

Quando o primeiro motorista foi substituído por um novo, ela já não reconhecia ninguém da rodoviária de onde tinham partido, mesmo assim tentou memorizar cada rosto que via. A mulher do crochê tinha sido substituída por um jovem de cabelo curto, que levava uma mochila verde-oliva. Exército, talvez, ou Marinha, e, quando ele tirou o celular do bolso, o coração de Beverly bateu forte. Ela abaixou o boné de beisebol e olhou pela janela, querendo saber se o jovem trabalhava com Gary, se poderia tê-la encontrado tão rápido. Voltou a pensar nos poderes ocultos do Departamento de Segurança Interna. Tinha mentido para Gary, para Tommie, para vizinhos e amigos, e, embora tivesse sido educada para não mentir, não tivera escolha. Do outro lado do corredor, o jovem de cabelo curto guardou o celular no bolso, fechou os olhos e encostou a cabeça na janela. Ele mal tinha olhado na direção de Beverly, e, aos poucos, o coração dela começou a desacelerar. Embora estivesse exausta, achou impossível dormir.

No Missouri, o ônibus parou de novo. Mais uma rodoviária, mais um lugar sem nome. Beverly mandou Tommie ir na frente e descer do ônibus, depois foi atrás dele. Ela o levou até o banheiro feminino, ignorando a expressão irritada da mulher corpulenta com uma blusa floral. Usou água da torneira e o gel para domar o cabelo arrepiado de Tommie.

Embora o dinheiro fosse contado, Tommie tinha 6 anos e estava crescendo rápido, e ela sabia que ele precisava comer. Havia duas maçãs e duas barrinhas de cereal em sua mochila, mas não era suficiente. Na loja de conveniência do outro lado da rua, ela comprou leite e dois cachorros-quentes, mas nada para a própria barriga que roncava. Decidiu que comeria uma das maçãs dali a uma hora, mesmo sabendo que ainda que comesse as duas e as barras de cereais continuaria com fome.

No caixa, por causa da câmera, ela manteve a cabeça baixa, com a aba do boné escondendo o rosto.

Voltaram para o ônibus. Tommie continuou quieto, folheando o livro. Ela sabia que ele já conseguiria ler o livro àquela altura; ela o tinha lido tantas vezes que ele provavelmente havia decorado a história também. Intuitivamente, sabia que Tommie era mais inteligente que a maioria das crianças da idade dele; aprendia rápido e sempre parecia entender situações e ideias que estavam muito além da sua idade. Quando olhava para ele, de vez em quando ela via os olhos de Gary, mas o sorriso era todinho de Tommie, e o nariz parecia o dela. Às vezes, ela o via como um bebezinho recém-nascido, e, depois, quando já engatinhava e no primeiro dia do jardim de infância, as imagens surgindo em sua cabeça, aquele menino sempre familiar porém sempre novo e diferente.

Pela janela, observava fazendas, vacas, silos e placas na estrada anunciando redes de fast-food a uma, duas ou três saídas. Beverly comeu uma das maçãs, mastigando devagar, tentando degustá-la, fazer o sabor durar. Tinha costurado a maior parte do dinheiro poupado em um bolso oculto no casaco.

Mais tarde, eles desceram daquele ônibus de vez. Estavam em algum lugar do estado de Illinois, mas ainda bem distantes de Chicago. Ela mandou Tommie ir na frente, observando enquanto ele se acomodava em um banco na rodoviária. Depois de alguns minutos, foi até o banheiro feminino, onde se escondeu em uma das cabines. Tinha dito ao menino que esperasse, então ele esperou. Dez minutos, quinze, vinte, até ela ter certeza de que todos que estavam no mesmo ônibus já houvessem ido embora. Depois que não ouviu mais ninguém por perto, postou-se em frente ao espelho rachado e sujo do banheiro. Tirou a peruca depressa, mas manteve o cabelo preso com os grampos e colocou o boné de beisebol de novo. Agora era uma loira de cabelo curto. Guardou os óculos de sol na mochila e passou bastante rímel e delineador preto.

Quando saiu, a rodoviária estava vazia, a não ser por Tommie. Ela pediu a ele que ficasse perto do banheiro enquanto ia até o guichê novamente. Comprou passagens para o próximo ônibus, sem se importar com o destino: o importante era que os levaria em uma direção aleatória, dificultando ainda mais que alguém os seguisse. Mais uma vez disse que estava viajando com a irmã, mais uma vez se sentou separada de Tommie e mais uma vez eles embarcaram no ônibus em momentos diferentes.

Então, após mais um dia e meio no ônibus, ela e Tommie desembarcaram, saíram da rodoviária e foram em direção à estrada. Próximo a uma via de acesso, ela fez sinal e pegou carona com uma mulher que dirigia uma perua e perguntou para onde eles estavam indo. Beverly respondeu que ela poderia deixá-los em qualquer lugar. A mulher olhou para eles, notou algo no rosto de Beverly e não perguntou mais nada. Depois de um tempo, a motorista parou em uma cidadezinha, e Tommie e Beverly desceram. Dali pegaram mais uma carona – dessa vez com um homem de meia-idade que cheirava a Old Spice e vendia tapetes –, e, quando Beverly inventou uma história sobre o carro ter quebrado, Tommie entendeu que deveria ficar em silêncio.

Então chegaram a outra cidadezinha. Os dois pegaram as mochilas, desceram do carro e foram até uma lanchonete de beira de estrada. Beverly pediu uma xícara de água quente e colocou ketchup, fazendo uma sopa rala, enquanto Tommie teve direito a um cheeseburger com batata frita, uma fatia de torta de mirtilo e dois copos de leite.

Na rua do outro lado, ela viu um hotel barato, embora soubesse que não tinha dinheiro para ficar mais que duas noites. Não se quisesse alugar uma casa. Mas por enquanto teria que bastar, e, depois de acomodar Tommie no quarto decadente porém funcional, ela voltou até a lanchonete e pediu emprestado à garçonete o celular para uma ligação rápida, além de uma caneta e um guardanapo. A mulher – que lembrava um pouco a mãe de Beverly – pareceu perceber a urgência em seu pedido.

Em vez de fazer a ligação, Beverly fingiu que telefonava e, de costas, fez uma busca por imóveis para alugar. Não havia muitos, mas ela copiou endereços e apagou o histórico antes de devolver o aparelho. Depois disso, pediu informação a estranhos na rua e conseguiu encontrar os apartamentos malcuidados primeiro, mas não eram bons. Nem o duplex igualmente malcuidado. Nem a única casa que havia encontrado. Mas ela ainda tinha um imóvel para visitar.

No dia seguinte, após levar Tommie até a lanchonete para tomar café da manhã e depois de volta ao hotel, ela saiu mais uma vez. Tirando as duas maçãs e as barrinhas de cereal, fazia três dias que não comia. Caminhava devagar, mesmo assim precisou parar para descansar de vez em quando e demorou bastante para encontrar a casa, que ficava longe, nos arredores da cidade, em uma área rural.

Era uma casa de dois andares, grande, rodeada de carvalhos enormes, os galhos crescendo em todas as direções como dedos retorcidos com artrite. Na frente, a grama esburacada estava coberta de dentes-de-leão, capim e ervas daninhas. Um caminho de terra levava até uma varanda coberta com duas cadeiras de balanço antigas. A porta da frente era da cor de maçã do amor, ridícula no contraste com a tinta branca suja e descascando, e as laterais da casa eram cheias de azaleias e lírios, as florações se deteriorando como respingos de tinta em uma floresta esquecida. A casa podia ter cinquenta ou cem anos e ficava isolada o bastante para se manter a salvo de olhares curiosos.

Ela encostou as mãos em concha em várias janelas para tentar ver o interior. As cores do primeiro andar eram berrantes – tinta laranja nas paredes da cozinha, uma parede bordô na sala. Móveis que não combinavam; piso de tábuas corridas de pinho, largas e arranhadas, coberto por tapetes finos no corredor e na sala; linóleo na cozinha. Soleiras pintadas tantas vezes que ela se perguntou se conseguiria abrir as janelas. Mas voltou para a cidade e perguntou à garçonete da lanchonete se poderia usar seu celular mais uma vez. Ligou para a proprietária e voltou lá à tarde, para poder conhecer a casa por dentro. Tomou o cuidado de apagar a ligação, só por precaução. Para aquela visita, usou o mesmo disfarce da noite em que fugiu.

Caminhando pela casa, percebeu que daria trabalho. Havia um círculo de limo na pia, gordura no fogão, uma geladeira cheia de comida que deveria estar lá há semanas ou meses. No andar de cima, dois quartos, dois banheiros e um armário para roupas de cama no corredor. Pelo lado positivo, não havia manchas de água no teto, e as descargas e os chuveiros funcionavam. Na varanda dos fundos, encontrou uma lavadora e uma secadora, as duas enferrujadas mas funcionando, e um aquecedor que parecia quase novo. Ao lado e acima dos aparelhos havia prateleiras repletas de bugigangas, e latas e mais latas de tinta látex, o bastante para pintar todo o interior, de várias cores diferentes, pelo menos uma dúzia. No chão, no canto, um balde de plástico cheio de rolinhos e pincéis, e uma bacia cercada de panos que não pareciam nada novos.

Não lembrava em nada a casa onde ela morava com Gary, com a fachada moderna, os móveis de linhas retas e os armários de cozinha organizados, nada fora do lugar, jamais. A casa deles parecia futurista, tão fria e vazia de sentimentos quanto o espaço sideral, ao passo que aquela casa antiga irradiava uma sensação de conforto familiar.

Para melhorar, a proprietária tinha um faz-tudo para qualquer reparo, então, caso ela tivesse algum problema, era só chamar. Todas as taxas estavam inclusas, e a casa vinha mobiliada, embora os móveis não fossem nem um pouco novos. O sofá era gasto mas confortável; tinha uma televisão de modelo mais novo e um aparelho de DVD antigo em uma estante, mesinhas de canto e abajures em tons que não combinavam. Havia camas e cômodas nos quartos e toalhas nos banheiros.

Na pequena despensa ao lado da cozinha, viu uma vassoura e um esfregão, vários produtos de limpeza – a maioria pela metade – e outras coisas aleatórias. Havia lâmpadas e duas extensões, uma escova de vaso sanitário e um desentupidor, um mata-moscas, uma caixa com pregos e parafusos e um martelo pequeno. Também tinha uma chave inglesa e dois tipos de chave de fenda. Ao lado das ferramentas, meia caixa de pilhas AA e duas baterias. Um desumidificador. Trapos, lixas e uma escada de tamanho médio. Havia lençóis e fronhas no armário do corredor, embora precisassem ser lavados. Pratos, copos e utensílios nas gavetas da cozinha e panelas, frigideiras e até alguns tupperwares no armário.

Era como se as pessoas que haviam morado ali antes tivessem desaparecido no ar, escapulido no meio da noite, levando apenas o que conseguiam carregar. Sabendo que precisavam sair dali, sabendo que era hora de fugir. Da lei, de algo perigoso. Pegando apenas o que caberia no porta-malas e abandonando todo o resto simplesmente porque precisavam ir embora.

Exatamente como ela e Tommie.

Beverly passou o dedo no balcão, ouvindo uma mosca passar e percebendo manchas de digitais na geladeira e de gordura no alto das paredes da cozinha. Daria para viver ali, pensou, e a ideia quase a deixou em êxtase. Poderia transformar aquela casa em um lar de verdade, que seria dela e de Tommie, só dos dois.

Pelas janelas, ela tinha identificado um celeiro, mas fora informada de que era usado como depósito e que o acesso era proibido. Isso não tinha importância, uma vez que Beverly não havia trazido quase nada, muito menos coisas que precisasse armazenar em um celeiro.

Seus olhos viajaram até Tommie, que estava sentado em um tronco de árvore cortado, perto da estrada. Tinha levado o filho dessa vez, mas pedido a ele que esperasse do lado de fora. Ele estava examinando os dedos da mão, e ela se perguntou em que o menino estaria pensando. Às vezes queria que ele falasse mais, mas Tommie era o tipo de criança que guardava os pensamentos para si, como se seu desejo mais profundo fosse passar pelo mundo despercebido, atraindo o mínimo de atenção possível. Com o tempo, talvez isso mudasse, e, enquanto o fitava, ela soube que o amava mais do que jamais tinha amado qualquer outra pessoa.

Agora era de manhã, e eles estavam na casa nova, mas outros detalhes continuavam um borrão. Ela se lembrava de a proprietária não ter feito muitas perguntas nem pedido referências, o que foi uma bênção e uma surpresa; ela dera o depósito-caução e o primeiro aluguel em dinheiro, mas há quanto tempo havia sido isso? Quatro dias? Cinco? Fosse quando fosse, ela tinha conseguido matricular Tommie na escola e providenciado para que o ônibus fosse buscá-lo; também comprara comida, para que ele tivesse leite e cereal para o café da manhã e sanduíches para o almoço na escola.

Em um mercadinho no final da rua, comprou apenas o que conseguiria carregar e procurou o que estivesse em promoção. Para ela, comprou aveia, feijão, dois pacotes de arroz, manteiga, sal e pimenta, mas Tommie precisava de uma dieta mais variada, então ela esbanjou incluindo meia dúzia de maçãs. Também comprou hambúrguer e coxinhas da asa de frango, embora as duas embalagens estivessem quase vencidas e tivessem custado quase um terço do preço normal. Havia separado o hambúrguer e o frango em porções individuais imediatamente e colocado tudo no freezer. Tirava uma porção por dia para o jantar de Tommie, que comia com feijão ou arroz.

À noite, depois de ver televisão, ela lia *Vai, cachorro. Vai!* para ele e se certificava de que escovasse os dentes. Com o clima esquentando, prometeu que eles explorariam o terreno atrás da casa.

No entanto, não tinha energia para fazer muito mais que isso. Passava horas sentada na cadeira de balanço da varanda e dormia bastante quando Tommie estava na escola e a casa estava silenciosa. Embora a exaustão fosse quase esmagadora desde o dia em que chegaram, a cozinha alaranjada não a deixava esquecer que ela tinha trabalho a fazer para que a casa ficasse com a cara deles.

Depois de colocar o copo vazio na pia, tirou um pote de biscoitos do armário. Abriu a tampa e encontrou o bolo de dinheiro que tinha guardado. Pegou algumas notas, sabendo que precisaria fazer compras de novo, uma vez que estava tudo acabando.

Depois disso, quis limpar a cozinha do chão ao teto, começando pelo fogão. Também tinha que remover da geladeira tudo o que os outros haviam deixado. Para se livrar das paredes alaranjadas horrorosas, precisaria primeiro dar uma boa esfregada, a fim de prepará-las para receber a tinta. Sempre sonhou com uma cozinha amarelo-vivo, algo alegre e convidativo, principalmente se passasse uma demão de tinta branca acetinada nos armários. Depois disso, poderia colher flores do campo e fazer um arranjo com um dos potes de geleia que tinha encontrado no armário. Fechando os olhos, sentiu uma pontinha agradável de ansiedade ao imaginar como ficaria quando terminasse.

Contou o dinheiro que restava antes de escondê-lo de novo. Embora guardasse um total na cabeça, tocar e contar as notas tornava a quantia mais tangível de alguma forma. Não era suficiente para sustentá-los para sempre, mas, desde que não se importasse em viver à base de arroz, feijão e aveia, ela tinha tempo, mesmo se incluísse o aluguel do mês seguinte. Mas era difícil. Na ida anterior ao mercado, tinha tirado escondida duas uvas de um cacho pelo qual não podia pagar, e o sabor natural e açucarado da fruta quase a fez gemer de prazer.

Porém, por mais que ela fosse cuidadosa ou por mais que economizasse, o dinheiro acabaria logo. Teria que conseguir um emprego, mas isso implicava em papelada e documentos; número de identidade, talvez até uma carteira de motorista. Alguns empregadores exigiriam também número de telefone. Ela não poderia usar os dois primeiros de jeito nenhum; Gary com certeza já teria configurado um alerta on-line, por isso ela nem tinha se preocupado em levar documentos. Também não possuía celular. No primeiro dia, encontrara um celular abandonado na mesinha de cabeceira, mas exigia uma senha ou digital para acessar, então não tinha adiantado de nada – sem contar que era de outra pessoa, ainda que essa pessoa tivesse deixado o aparelho para trás.

Tudo isso significava que ela estava fora do radar: exatamente como precisava, mas se tratava de uma solução que trazia problemas. Talvez pudesse mentir – simplesmente rabiscar números de identificação falsos no formulário –, só que isso também era arriscado. Os salários eram relatados à Receita Federal, e o empregador acabaria descobrindo a verdade. O que queria dizer que Gary descobriria a verdade também. Com o cargo elevado no Departamento de Segurança Interna, ele tinha acesso a praticamente qualquer informação que quisesse.

Ela sabia que precisava conseguir um serviço que pagasse em dinheiro vivo – como babá ou faxineira, ou talvez cozinheira, ou quem sabe lendo livros para idosos. Perguntou-se se haveria um quadro de avisos em algum lugar na cidade que listasse esse tipo de oportunidade, e pensou em procurar um.

Hoje, pensou, *vou reunir energia para fazer tudo o que preciso fazer.*

Do andar de cima, ouviu o rangido da porta do quarto de Tommie abrindo. Ficou observando o filho descer a escada e esfregar os olhos sonolentos, vestindo uma das duas camisetas que ela tinha jogado dentro da mochila. Pensou em quanto tempo demoraria até que as outras crianças começassem a tirar sarro dele por usar sempre as mesmas roupas. Pegou o leite na geladeira e uma caixa de cereal matinal no armário. As pessoas que tinham morado ali antes haviam deixado açúcar, mas ela não achava seguro consumi-lo. Como saber se alguma criatura nojenta decidira se reproduzir ali?

Despejou o cereal em uma tigela e a levou até a mesa com uma colher. Ela pegou o gel que deixava no balcão e colocou um pouco nas mãos. Enquanto arrumava o cabelo do filho, beijou seu rosto.

– Dormiu bem, querido?

Ele só deu de ombros, mas ela já esperava isso. Ele era quieto sempre, mas fazê-lo falar de manhã às vezes era como arrancar um dente. Ela pegou a manteiga de amendoim e a geleia do armário e as duas últimas fatias de pão. Fez um sanduíche, envolveu em filme plástico e colocou dentro de um saco de papel, com a última maçã e dinheiro para que ele comprasse leite. Queria ter dinheiro suficiente para um salgadinho, uma barrinha de cereal ou biscoitos, ou até mesmo uma fatia de peito de peru ou presunto, mas não era possível. Com o almoço pronto, enfiou o pacote na mochila de Tommie e se sentou à mesa, e o amor que sentiu por ele foi tanto que quase lhe doeu.

– Filho? Eu fiz uma pergunta.

Ele levou uma colherada à boca e só respondeu depois de engolir.

– Dormi.

– Mesmo?

Quando ele assentiu, ela esperou.

– Teve algum pesadelo?

Assim que perguntou, ela percebeu que talvez estivesse falando de si mesma.

Ele fez que não com a cabeça.

– Querido, estou tentando conversar com você. Aconteceu alguma coisa ontem à noite?

– Barulho.

– Como assim? – perguntou ela, tentando não demonstrar preocupação.

Não poderia ter sido Gary; não havia nenhuma chance de ele já ter encontrado os dois.

– De grilos. Tipo um milhão de grilos. Acho que sapos também.

Ela sorriu.

– Estamos no campo, então deve ter sido isso mesmo.

Ele assentiu. Levou mais uma colherada à boca.

– Você gosta da escola? E da professora?

Beverly não conseguia se lembrar do nome da professora de jeito nenhum, mas o ano letivo já estava quase acabando e ela só tinha ido até a escola para matriculá-lo, então imaginou que seu lapso fosse perdoável.

– Tommie?

– Ela é legal – respondeu ele, com um suspiro.

– Você já fez amigos?

Ele comeu mais uma colherada de cereal, então finalmente olhou para ela.

– A gente pode ter um cachorro?

Tommie já tinha pedido um cachorro antes, mais um lembrete de como ela queria poder fazer muito mais por ele. Gary nunca permitiu, mas, embora aquela vida tivesse ficado para trás, ela sabia que não tinha como se dar ao luxo de cuidar de um animal agora. E se eles tivessem que fugir de novo?

– Vamos ver – respondeu ela, se esquivando.

Ele fez que sim com a cabeça, sabendo exatamente o que aquilo queria dizer.

Quando Tommie terminou de comer, Beverly esticou a camiseta dele para desamassar e o ajudou com a mochila. Ainda descalça, ela subiu até o quarto e calçou o sapato antes de ir com o filho até o tronco cortado perto da estrada, onde eles se sentaram e esperaram pelo ônibus escolar. O ar estava ficando abafado, e ela sabia que seria mais um dia quente.

O ônibus chegou alguns minutos depois, e, ao ver Tommie embarcando em silêncio, Beverly percebeu que o calor já estava derretendo a linha do horizonte.

9

O mercadinho mais próximo só abriria dali a uma hora, então, depois que o ônibus desapareceu em um redemoinho de poeira, Beverly voltou para dentro de casa, pensando que finalmente era chegada a hora de encarar o fogão.

Foi até o banheiro e fez um rabo de cavalo usando um elástico que tinha encontrado em uma das gavetas, depois procurou os produtos de limpeza embaixo da pia da cozinha e na despensa. Borrifou a superfície do fogão e começou a esfregar, observando as queimaduras e os arranhões, mas alguns dos respingos pareciam grudados para sempre. Com uma estranha sensação de satisfação, ela envolveu a ponta de uma faca de manteiga em um pano e, raspando com força, viu os restos secos saírem devagar.

Após limpar o fogão, sua camiseta estava toda suada por causa do esforço. Ela espirrou um produto de limpeza profunda no forno, sabendo que precisaria de um tempo para agir, subiu até o banheiro e tirou a camiseta. Lavou-a com um pouco de xampu e a pendurou na cortina do boxe para secar. Era inútil colocar uma única peça de roupa na máquina de lavar. Depois, começou a se arrumar. Vestiu uma camiseta limpa, prendeu o cabelo com grampos e colocou a peruca, transformando-se novamente na morena de cabelo curto antes de prender os seios com a faixa. Passou uma base escura, mudando a cor de sua pele, e um batom escuro. Depois de colocar os óculos de sol e o boné de beisebol, mal se reconheceu no espelho. Perfeito.

Saiu de casa e caminhou pisando firme pela estrada de cascalho que levava até o centro, sentindo as pedrinhas sob os pés. Parou duas vezes a fim de olhar para a casa por sobre o ombro, tentando estimar em que ponto deixaria de ficar visível da estrada. Desde a mudança para lá, ela corria até as janelas sempre que ouvia um carro se aproximando, tentando perceber se desacelerava, e queria saber a que distância um veículo poderia estacionar sem ser visto.

Levou quase uma hora para caminhar os cinco quilômetros até o mercadinho; a volta seria mais demorada, porque estaria carregando sacolas cheias, incluindo um galão de leite. Sabia que era bom se exercitar, mas também sabia que já estava muito magra e que exercício em excesso era o oposto do que ela precisava agora. Ao se olhar no espelho enquanto pendurava a camiseta, tinha conseguido contar quase todas as costelas.

O mercadinho era de família, não fazia parte de uma rede. O nome era Red's e parecia estar em funcionamento desde quando Kennedy era presidente. Do outro lado da rua, havia um posto de gasolina que também parecia antigo, ao lado de uma lojinha de ferragens. Depois disso, não tinha nenhum estabelecimento por pelo menos um quilômetro e meio, até o hotel e a lanchonete. Talvez as compras saíssem mais baratas se ela se aventurasse a ir até a cidade, nos mercados maiores, mas isso exigiria uma caminhada bem mais longa.

Diferente do que encontraria nos supermercados, a oferta de produtos ali era limitada, mas isso não importava, porque sua lista também era. No carrinho, pôs maçãs, leite, pão e mais uma caixa de cereal matinal. Encontrou mais hambúrguer e frango, mas dessa vez nada estava com desconto. Apesar das preocupações com o dinheiro, esbanjou comprando cenouras e couve-flor, sabendo que Tommie precisava comer legumes e verduras. Poderia cozinhar a couve-flor no vapor, acrescentar leite e manteiga e servir como purê ou simplesmente assá-la. A cada item acrescentado ao carrinho, ela subtraía o valor mentalmente do dinheiro que sabia que tinha. Não queria ter que pedir à atendente que tirasse alguma coisa que ela já houvesse registrado. Não queria chamar atenção.

Havia uma mulher na fila do caixa, e Beverly já tinha percebido que a atendente era do tipo que gostava de puxar papo. Ao lado do caixa havia uma prateleira com revistas, e Beverly pegou uma. Na sua vez, a atendente puxou o carrinho e foi tirando os itens, já começando a conversar. Beverly ficou de perfil – mais de costas que de frente para ela –, a cara enfiada na revista para evitar que a mulher falasse com ela. Pelo canto do olho, ela viu a mulher registrar os itens. Seu crachá dizia PEG. Beverly largou a revista quando ela passou o último item e pegou as notas que tinha enfiado no bolso, lembrando-se de repente de que precisava de uma informação.

– Tem um quadro de avisos com oferta de trabalho em algum lugar? Tipo como faxineira ou babá?

– Tem um quadro perto da saída, mas não faço ideia do que tem lá –

respondeu Peg, dando de ombros. Ela colocou os itens em sacolas plásticas. – Você encontrou tudo de que precisava?

– Encontrei – disse Beverly.

Ela pegou a primeira sacola, pendurando uma das alças no braço.

Peg olhou para ela e então pareceu observá-la com mais atenção.

– Desculpa, mas eu não te conheço? Você me parece familiar.

– Acho que não – murmurou Beverly.

Ela pegou as outras sacolas e começou a caminhar em direção à saída, sentindo o olhar de Peg e se perguntando se a mulher estava no mercado na última vez em que viera, com uma sensação de pavor cada vez maior. Por que outro motivo Peg acharia seu rosto familiar? O que poderia ser?

A não ser que...

Por um instante, ela achou que ia derrubar as sacolas no chão; as perguntas começaram a girar e rodopiar em sua mente como roupas na secadora.

E se o marido de Peg fosse policial?

E se o marido de Peg tivesse visto um alerta sobre Beverly e levado para casa?

E se o marido de Peg tivesse pedido a ela que ficasse de olho?

E se...?

Ela parou e fechou os olhos, tentando permanecer firme, tentando desacelerar a mente.

– Não – disse em voz alta, abrindo os olhos.

Isso não poderia ter acontecido. Com certeza Gary já havia promovido uma busca em nível nacional – *sequestradora à solta!* –, mas o marido de Peg iria levar o alerta para casa? Para que a esposa o estudasse e ficasse de olho em estranhas aleatórias caso elas entrassem no mercado? Em uma cidade como aquela? Ela nem sabia se o marido de Peg era policial; na verdade, não sabia nem se Peg era casada.

Era só sua mente pregando peças de novo. A ideia era altamente improvável. Além disso, mesmo que o improvável acontecesse, Beverly lembrou que ela agora estava muito diferente do que mostravam suas fotos recentes. Peg devia tê-la visto no outro dia, só isso. Talvez Peg dissesse a mesma coisa para todos os desconhecidos que entrassem no mercadinho, só para puxar conversa.

Respirando fundo, concluiu que Peg não a tinha reconhecido.

Concluiu que estava apenas sendo paranoica.

10

No quadro de avisos perto da saída não havia nenhum anúncio do tipo de trabalho de que Beverly precisava, logo ela provavelmente teria que se aventurar indo mais longe. Talvez devesse conversar com a garçonete da lanchonete de novo; de repente ela conhecia alguém necessitando de uma cozinheira, faxineira ou babá. Mas para isso precisaria ir na direção oposta – com as compras –, então ia ter que ficar para outro dia.

Em vez disso, no caminho de volta para casa, ela pensou nas roupas de que Tommie precisava, só porque talvez isso a impedisse de sentir dor nos braços. Mas eles doeram mesmo assim, e ela desejou ter um carro ou uma bicicleta com cesto.

Já em casa, Beverly guardou as compras e foi até o banheiro. Como antes, lavou a camiseta que estava usando com xampu, pois estava praticamente encharcada. O calor estava insuportável, como um vapor invisível, pegajoso e espesso. Pensou em colocar a camiseta de antes, mas ainda estava úmida, e que diferença fazia? Tommie nem estava em casa. Então, sabendo que tinha mais coisas para limpar, tirou o disfarce e soltou a faixa. Pensando *Por que não?*, tirou a calça jeans também. Deveria pelo menos ficar confortável. De sutiã e calcinha, voltou à cozinha para terminar de limpar o forno.

Imaginou que estaria cansada da ida até o mercado, mas na verdade se sentia... *bem*. Como se ainda tivesse energia para gastar. *Eu escapei*, disse a si mesma. *Tommie está seguro, agora temos uma casa e não há como Peg ter me reconhecido.* Esse pensamento quase a deixou zonza de esperança, e ela riu alto. No balcão da cozinha havia um rádio antigo, que ela ligou, girando o dial até encontrar a música que queria. Pela janela, agricultores trabalhavam nos campos, mas estavam tão distantes que ela não se preocupava que a vissem seminua.

Além disso, pensou, *a casa é minha e eu tenho mais o que fazer.*

Primeiro, precisava se livrar de toda a comida velha. Os produtos de limpeza ela iria manter. Quem envenenaria produtos de limpeza? Lembrou-se de ter visto sacos de lixo embaixo da pia, então pegou alguns da caixa, abriu-os, chacoalhando, e os posicionou perto da geladeira. Não tinha por que olhar as datas; era só jogar tudo fora, exceto o que ela mesma tinha comprado. Para o lixo foram: queijo, condimentos, picles, geleia, azeitonas, molhos para salada e alguma coisa nojenta que tinha sido embrulhada em papel-alumínio e esquecida. Além de uma caixa de pizza velha com uns pedaços que poderiam ser usados no lugar do concreto. Fez a mesma coisa com o freezer, ou seja, descartou tudo, menos o frango e o hambúrguer. Tudo isso levou dez minutos, e ela arrastou o saco de lixo agora cheio até a lata de lixo verde e enorme que tinha visto atrás da casa, perto da estrada. Deveria ter perguntado à proprietária quando o caminhão de lixo passava, mas supôs que acabaria descobrindo.

Em seguida, esvaziou os armários e levou outro saco de lixo para fora. Depois, ficou diante da geladeira e dos armários, abrindo uma porta após a outra, vendo como estavam vazios, exceto pela comida de que precisava para Tommie e para si mesma, e subitamente se sentindo melhor.

Estou finalmente seguindo adiante pra valer.

Voltou a direcionar os esforços para o forno. O produto de limpeza profunda tinha feito sua parte, e a sujeira saiu mais fácil do que ela esperava. Não ficou parecendo novo quando ela terminou – ainda havia marcas de queimado em ambos os lados, impossíveis de tirar –, mas ela imaginou que fazia anos que ele não ficava tão limpo. Feito isso, colocou o feijão de molho na água.

Ver os feijões a lembrou que deveria comer – não tinha comido nada o dia todo –, mas ela não quis perder o embalo. Em vez disso, limpou os balcões, dando atenção especial aos cantos, e esfregou a mancha de limo na pia.

Ao subir no balcão para alcançar os armários que ficavam no alto, mais uma vez reparou nas manchas de gordura na parede e no teto. Pegou a escada e começou a limpar o teto, espirrando produto com uma mão e esfregando com a outra. Quando seus braços cansavam – o que acontecia muito –, ela os sacudia e voltava ao trabalho. Em seguida, vieram as paredes. Nem o teto nem as paredes precisavam ficar perfeitos, é óbvio – só limpos o bastante para que a tinta pegasse –, mas ainda assim ela demorou quase três horas para terminar.

Depois, guardou os produtos e a escada, colocou os panos sujos em cima da máquina de lavar e finalmente foi para o chuveiro. Ela se deleitou com o jato de água quente e a sensação de dever cumprido.

Em frente ao espelho, vestiu-se e, após secar o cabelo com a toalha, desfez os nós com a escova. Tommie logo chegaria da escola.

11

Ela esperou no tronco cortado em frente à casa, observando os agricultores a distância, até ouvir o ronco baixo do ônibus ressoando no calor sufocante. Quando Tommie se levantou do assento na parte de trás do veículo, ela ficou de pé também. Observando-o pela janela, desejou que ele estivesse conversando com uma das outras crianças e parasse à porta para se despedir. Mas isso não aconteceu; ele só desceu e caminhou até ela como se sentisse sobrecarregado pelo peso da mochila – e da vida. Ela pegou a mochila e deu um aceno rápido para o motorista, que acenou de volta.

– Como foi a escola? – perguntou ela enquanto o ônibus arrancava.

Tommie deu de ombros, mas dessa vez ela sorriu, sabendo que era uma pergunta idiota. A mãe dela costumava fazer a mesma pergunta, mas a escola era sempre... a escola.

Ela passou a mão no cabelo dele.

– Que tal uma maçã quando a gente entrar? Fui ao mercado hoje.

– Comprou Oreo?

– Desta vez não.

Ele assentiu.

– Então acho que pode ser uma maçã.

Ela apertou o ombro dele e os dois entraram em casa juntos.

12

Tommie não tinha dever de casa – não havia dever de casa no primeiro ano, graças a Deus –, então, depois que ela lhe deu uma maçã, eles saíram para explorar a propriedade. Não que houvesse muito para ver além do celeiro *proibido*, que parecia mais antigo que a casa e provavelmente desabaria com a próxima tempestade. Ainda assim, acabaram encontrando um riacho sinuoso à sombra de cornisos. Ela não se lembrava de como sabia que tipo de árvore era aquela, assim como não se lembrava de como sabia que elas floresciam na primavera. Imaginou que tivesse lido em algum lugar. Quando Tommie jogou o miolo da maçã na água, ela teve uma ideia, algo que fazia quando era criança.

– Vamos ver se tem girinos? Tire o sapato e a meia.

Quando Tommie ficou descalço, ela enrolou a bainha da calça dele, e então a da dela. Eles entraram na água, mantendo-se na margem rasa.

– O que é girino? – perguntou Tommie.

– É um filhote de sapo – respondeu ela. – Antes de desenvolver pernas.

Com o tronco inclinado para a frente, eles caminharam devagar, e Beverly avistou as familiares criaturas pretas se contorcendo. Tommie não sabia como pegá-las, então Beverly se abaixou, fazendo uma concha com as mãos. Ela pegou um e o manteve ali para que o filho conseguisse observar. Pela primeira vez desde que estavam morando naquela casa, viu o que parecia ser entusiasmo e fascinação no rosto dele.

– Isto é um girino? E vai virar um sapo?

– Em breve – disse ela. – Eles crescem bem rápido.

– Mas não foram esses sapos que eu ouvi ontem à noite, né?

– Não. Você ouviu sapos adultos. Mas talvez seja melhor a gente soltar este carinha aqui pra que ele volte pra água, certo?

Ela devolveu o girino ao riacho enquanto Tommie procurava outro. Logo ele tentou pegar um, mas o animal escapou. Na terceira tentativa ele finalmente conseguiu mostrar um para ela. Mais uma vez, sua expressão aqueceu o coração de Beverly, e ela sentiu uma onda de alívio ao pensar que ele poderia se acostumar a morar em um lugar como aquele.

– Posso levar alguns pra minha apresentação da escola? No dia ao ar livre?

– Dia ao ar livre?

– A professora disse que, em vez de ficar dentro da escola, a gente fica ao ar livre o dia todo. E faz uma apresentação.

Beverly se lembrava vagamente de dias assim quando estava na escola: tinha corridas, jogos e prêmios, o corpo de bombeiros aparecia com o caminhão e pais voluntários levavam biscoitos, bolos e outros lanches. Ela lembrou que a mãe havia participado de um, mas por algum motivo fora convidada a se retirar e tinha saído pisando firme, gritando com todo mundo.

– Quando é o dia ao ar livre?

– Não lembro direito. Mas é esta semana com certeza.

– Você vai se divertir. Eu adorava o dia ao ar livre, porque brincava com meus amigos o dia todo. Quanto aos girinos, acho que poderíamos colocá-los em um pote, mas não sei quanto tempo eles vivem assim, principalmente se passarem muitas horas no sol. Não quero que aconteça nada de ruim com eles.

Por um instante, ele ficou quieto. Soltou o girino e coçou o rosto com o dedo sujo.

– Estou com saudade do meu quarto de antes.

A pessoa que dormira no quarto atual de Tommie certamente não era uma criança. O armário e a cômoda estavam cheios de roupas de adulto, e a cama era grande. Não havia pinturas nem pôsteres na parede.

– Eu sei – disse ela. – É difícil se mudar pra um lugar novo.

– Por que não pude trazer mais brinquedos?

Porque eu não conseguiria carregá-los. Porque as pessoas na rodoviária se lembrariam da gente. Porque quando a gente foge tem que levar pouca coisa.

– Não tinha como.

– Quando vou encontrar o Brady e o Derek de novo?

Eram seus melhores amigos, que também tinham ficado para trás. Ela sorriu ao pensar na coincidência. Quando era criança, havia alunos com aqueles nomes na turma dela.

– Vamos ver – disse. – Mas deve demorar um pouco.

Ele fez que sim com a cabeça, então se abaixou, voltando a procurar girinos. Descalço, com as pernas da calça enroladas, ele parecia um menino de antigamente. Ela rezava para que ele não perguntasse sobre o pai, mas ele parecia saber que isso não seria uma boa ideia. Afinal, ainda havia hematomas no braço dele da última vez que Gary o agarrara.

– É diferente aqui – disse ele depois de um tempo. – Consigo ver a lua pela janela do quarto à noite.

Como era mais do que ele geralmente dizia por iniciativa própria, ela não pôde deixar de sorrir de novo.

– Eu lia *Boa noite, Lua* pra você quando era pequeno.

Ele franziu a testa.

– É aquele que tem uma vaca pulando por cima da Lua?

– Esse mesmo.

Ele assentiu de novo e retornou aos girinos. Pegou um, soltou. Pegou mais um e soltou também. Olhando para ele, Beverly se sentiu repleta de amor, feliz por ter arriscado tudo para mantê-lo seguro.

Afinal, o pai de Tommie era, normalmente, um homem muito nervoso e perigoso.

Mas, naquele momento, com a esposa e o filho desaparecidos, provavelmente estaria ainda pior.

13

O restante da tarde foi tranquilo. Enquanto Tommie via desenhos na televisão, Beverly examinou as latas de tinta empilhadas perto da máquina de lavar e da secadora e encontrou não só uma lata de *primer* como também pelo menos meia lata de uma tinta chamada Amarelo Margarida, que talvez não fosse o tom exato que ela escolheria, mas que era mil vezes melhor que aquele bendito laranja. Tinha um bege que talvez usasse na sala, ainda que fosse um pouco sem graça, e uma lata quase cheia de branco acetinado para os armários da cozinha. Era meio bizarro encontrar tanta tinta, mas no bom sentido, como se a casa estivesse esperando para ser deles.

Também deu uma olhada nos pincéis e rolos. Examinando mais de perto, dava para perceber que foram usados, mas pareciam razoavelmente limpos. E, a não ser que ela quisesse ir até a loja de ferragens e gastar um dinheiro que não possuía, teriam que bastar.

Ela levou tudo aquilo que achou que iria precisar até a cozinha antes de começar a preparar o jantar. O cardápio seria frango, cenoura cozida e feijão. Colocou mais cenouras no prato de Tommie que no dela, mas, como ele não comeu tudo, ela foi pegando uma a uma de volta. Embora Tommie quisesse ligar a televisão de novo depois do jantar, ela sugeriu um jogo. Tinha visto uma caixa de dominós na estante da sala e, embora fizesse muito tempo que não jogava, sabia que as regras eram simples o bastante para que Tommie entendesse. E deu certo; ele até ganhou algumas vezes.

Quando ele começou a bocejar, ela o mandou tomar banho. Ele já tinha idade para tomar banho sozinho – ultimamente começara a lembrá-la disso –, então ela deixava. Como ele não tinha pijama, dormia de cueca e com a camiseta que havia usado na escola. Ela pensou mais uma vez nas provocações das crianças; sabia que teria que encontrar outras roupas para ele, desde que fossem baratas.

Dinheiro. Precisava de mais dinheiro. A vida sempre se resume a dinheiro, e ela sentiu a ansiedade surgir de repente antes de afastar aquele sentimento. Sentou-se com Tommie na cama dele, leu *Vai, cachorro. Vai!* antes de cobri-lo e foi para a cadeira de balanço na varanda. O calor remanescente do dia deixava a noite agradável; o ar vibrava com o coaxar dos sapos e o canto dos grilos. Sons rurais, sons do interior. Sons que lembravam sua infância. Sons que ela nunca ouvia no subúrbio.

Balançando-se, pensou nos anos que tinha passado com Gary e em como o comportamento doce e encantador pelo qual tinha se apaixonado mudou no primeiro mês de casamento. Lembrou-se de quando ele surgiu atrás dela para beijar seu pescoço depois de ela ter servido uma taça de vinho – *branco*, não tinto – e de como trombou com ele ao se virar. O vinho espirrou na camisa dele, que era nova, e, embora tenha pedido desculpa imediatamente, ela riu, já planejando dar uma esfregadinha antes de deixar a camisa na lavanderia na manhã seguinte. Estava prestes a provocá-lo, maliciosa – *Acho que vou ter que tirar essa sua camisa, gato* –, mas, antes mesmo de abrir a boca, ele lhe deu um tapa na cara, fazendo um barulho ensurdecedor e deixando um ardor intenso.

E depois disso?

Olhando para trás, ela sabia que deveria ter ido embora naquele instante. Deveria ter compreendido que Gary era um camaleão, um homem que aprendera a esconder seu verdadeiro eu. Ela não era ingênua; tinha assistido a reportagens de TV e lido matérias em revistas sobre homens abusivos. Mas o desejo de acreditar e confiar havia sobrepujado seu bom senso. *Esse não é ele*, declarou a si mesma. Gary pediu desculpa chorando, e ela acreditou quando ele disse que estava arrependido. Acreditou quando disse que a amava, que tinha apenas reagido sem pensar. Acreditou quando disse que aquilo nunca mais se repetiria.

E, como ela tinha virado um clichê ambulante, a vida também se tornou um. É óbvio que ele acabou batendo nela de novo; com o passar do tempo, os tapas viraram socos. Sempre no estômago ou na lombar, onde ninguém veria os hematomas, embora os golpes a deixassem caída no chão, com dificuldade de respirar, a visão embaçada. Nesses momentos, o rosto dele ficava vermelho e a veia na testa saltava enquanto ele gritava com ela. Ele jogava pratos e copos na parede da cozinha, deixando o vidro estilhaçado ao redor de Beverly. Esse era sempre o fim do ciclo. A raiva fora de controle. A gritaria. A dor infligida.

No entanto, em vez de parar de vez, o ciclo sempre recomeçava. Com desculpas, promessas e presentes como flores, brincos ou lingerie. E, embora ela continuasse ouvindo os sinais de alerta em sua cabeça, o som era sempre abafado por um desejo crescente de acreditar que dessa vez ele tinha mudado. E, durante dias e semanas, Gary voltava a ser o homem com quem ela se casara. Quando saíam com os amigos, as pessoas comentavam sobre o casamento perfeito deles; as amigas solteiras diziam como ela era sortuda por ter se casado com um homem como Gary.

Às vezes ela até acreditava nisso. Com o passar do tempo, passou a lembrar a si mesma para não fazer nada que o deixasse com raiva. Seria a esposa perfeita, e eles viveriam em um lar perfeito, exatamente como ele queria. Ela arrumava a cama com a colcha bem esticadinha, os travesseiros afofados na medida certa. Dobrava e guardava as roupas dele nas gavetas, organizadas por cor. Engraxava os sapatos dele e organizava os mantimentos nos armários. Certificava-se de que o controle da TV estivesse na mesinha de centro e direcionado exatamente para o canto da sala. Sabia do que ele gostava – ele garantia que ela tivesse entendido – e passava os dias fazendo tudo o que era importante para ele.

No entanto, assim que ela achava que o pior já tinha passado, alguma coisa acontecia. O frango que ela havia preparado estava seco demais, ou ele encontrava toalhas ainda na secadora, ou uma das plantas no parapeito da janela estava murcha, e o rosto dele de repente se contraía. Suas bochechas ficavam vermelhas, as pupilas diminuíam e ele bebia mais à noite, três ou quatro taças de vinho em vez de uma só. Então os dias e as semanas seguintes eram como andar em um campo minado, e um passo em falso levava à explosão inevitável, seguida de dor.

Mas aquela era uma história antiga, certo? Sua experiência era igual à de milhares, talvez até milhões, de outras mulheres. Àquela altura ela entendia que tinha algo de errado com Gary, algo que jamais poderia ser corrigido. E Gary possuía uma espécie de radar intuitivo doentio, que parecia captar até que ponto ele podia ir. Quando ela estava grávida, ele não havia encostado a mão dela; sabia que o deixaria se ele fizesse qualquer coisa que machucasse o bebê. E também não encostara nela nos primeiros meses depois que Tommie nasceu, quando ela estava dormindo muito pouco. Foi a única época durante o casamento em que ela deixou de lado as responsabilidades com a casa. Ainda preparava as refeições, lavava a roupa, engraxava os sapatos dele e o beijava do jeito que ele queria, mas às vezes a sala estava bagunçada quando ele voltava do trabalho, e outras vezes tinha baba ou respingos na roupa de Tommie. Foi só quando Tommie já estava com cinco ou seis meses que ele bateu nela de novo.

Naquela noite, Gary comprara para ela um négligé, que veio numa caixa envolta em um belo laço vermelho. Ela sempre soube que Gary gostava de vê-la de négligé e que ele tinha certas exigências no que dizia respeito ao sexo. Sempre queria que ela sussurrasse determinadas coisas, que estivesse com o cabelo arrumado e maquiada, que ela implorasse, que falasse coisas picantes. Naquele dia, no entanto, quando ele voltou para casa com o négligé, ela estava exausta. Tommie tinha chorado sem parar durante boa parte da noite anterior e continuado enquanto Gary estava no trabalho. Àquela altura, ela já baixara a guarda; tinha se convencido de que a raiva, a gritaria e a dor haviam ficado para trás, então disse a ele que estava muito cansada. Prometeu usar o négligé no dia seguinte, quando teriam uma noite especial. Mas não era isso que Gary queria. Ele a queria naquela noite, não na noite seguinte, e de repente ela estava engolindo as lágrimas, o rosto ardendo com a marca da mão dele.

Mais uma vez, o pedido de desculpas. Mais uma vez, os presentes na sequência. Mais uma vez, a consciência de que ela deveria ter ido embora. Mas para onde? De volta para a casa da família, com o rabo entre as pernas, para que os outros pudessem dizer que ela tinha se equivocado ao se casar tão jovem? Ao se apaixonar pelo homem errado? Ainda que fosse capaz de encarar o julgamento alheio, ele a encontraria lá. *Seria o primeiro lugar onde ele a procuraria.* Quanto a chamar a polícia, Gary *era* a polícia, a polícia mais poderosa do mundo inteiro, então quem acreditaria nela?

Acima de tudo, ela também precisava pensar em Tommie. Durante muito tempo, Gary teve adoração pelo filho. Conversava com ele, brincava com ele e segurava suas mãozinhas quando ele começou a andar pela casa. Ela sabia como era difícil para uma criança crescer com apenas um dos pais; tinha jurado que nunca faria isso com Tommie. O fato de Gary não trocar fraldas não parecia ter muita importância quando ele estava disposto a passar tanto tempo com o filho, a ponto de Beverly às vezes se sentir negligenciada.

Depois Beverly entendeu que Gary estava fazendo com Tommie a mesma coisa que fizera com ela: fingia ser outra pessoa. Fingia ser um pai perfeito e amoroso. Mas Tommie foi ficando mais velho, e às vezes largava no chão um brinquedo e Gary pisava em cima, ou havia poças no chão do banheiro depois de Tommie tomar banho. A raiva dentro de Gary podia hibernar, mas não ficaria adormecida para sempre, e, conforme Tommie crescia, Gary começou a ver cada vez mais imperfeições no filho. Reconheceu características de Beverly na personalidade de Tommie. Voltou a ser o homem que realmente era. Beverly conhecia a voz austera e os gritos ocasionais, mas não esperava pelos hematomas que começou a encontrar nas coxas e nos braços de Tommie. Como se Gary tivesse apertado forte demais, ou talvez até beliscado o filho.

Ela não queria acreditar que Gary seria capaz de fazer aquilo. Quando Beverly fazia algo errado, Gary dizia que havia sido de propósito. Mas Tommie era só uma criança, e Gary tinha que entender que crianças erram, certo? Que Tommie não fazia nada para irritar o pai de propósito.

Beverly foi até a biblioteca, mas as informações que encontrou não ajudaram muito. Ah, ela leu de tudo. Livros, artigos, dicas da polícia, teorias de psicólogos e psiquiatras, mas a realidade era confusa. Às vezes um marido abusivo também se tornava abusivo com os filhos, outras não.

Mas os hematomas estranhos...

Além disso, Tommie passara de uma criança risonha, sorridente e extrovertida para o garotinho quieto e introspectivo que ela agora conhecia. Tommie nunca admitia nada, mas Beverly começou a ver o medo em seu rosto quando o carro de Gary parava na entrada de casa depois do trabalho. Via o entusiasmo forçado quando Gary incentivava o filho a chutar a bola no quintal. Ela também se lembrou de quando Tommie caiu enquanto aprendia a andar de bicicleta alguns meses antes. As rodinhas deveriam tê-lo ajudado a se equilibrar, mas não foi o que aconteceu, e Tommie chorou nos braços dela com os joelhos e os cotovelos ralados enquanto Gary reclamava que o filho não tinha coordenação motora. Ela se lembrou de que, com o tempo, Gary foi demonstrando cada vez menos interesse em Tommie; de como ele passou a tratar Tommie mais como uma propriedade do que como uma criança que ele deveria amar. Lembrou-se de Gary volta e meia dizendo que ela estava mimando Tommie e que ele ia ser um filhinho da mamãe. Lembrou-se de que, no primeiro dia de Tommie no jardim de infância, Gary não pareceu se importar com mais nada no café da manhã além do fato de seus ovos estarem cozidos demais.

E os hematomas estranhos, inexplicáveis...

Gary podia ser o pai de Tommie, mas Beverly era a mãe. Ela o tinha carregado em sua barriga e dado à luz. Amamentado e o embalado em seus braços noite após noite até ele finalmente passar a dormir mais que algumas poucas horas seguidas. Era quem trocava suas fraldas, preparava sua comida, garantia que ele recebesse as vacinas e o levava ao médico quando a febre estava tão alta que ela tinha medo de que ele sofresse algum dano cerebral. Quem o ajudava a se vestir, quem dava banho nele e quem amava cada minuto de tudo isso, festejando a inocência e o desenvolvimento contínuo dele, mesmo quando Gary retomou os intermináveis ciclos de abuso, sempre depois que Tommie ia dormir.

No fim, disse a si mesma, ela não teve escolha. Procurar a polícia estava fora de cogitação; voltar para casa, idem. *Qualquer coisa* que estivesse associada à sua vida anterior estava fora de cogitação. Ela precisava desaparecer, e deixar Tommie para trás era inconcebível. Se ela não estivesse por perto, em quem Gary descontaria a própria raiva?

Ela sabia. No fundo da alma, sabia exatamente o que aconteceria com Tommie. Então, quando planejou fugir, o plano sempre envolveu os dois, mesmo que isso significasse que Tommie teria que deixar os amigos, os brinquedos e praticamente todo o resto para trás, para que eles pudessem começar uma vida totalmente nova.

14

Embora fosse tarde, Beverly não estava cansada. Fervilhava nela uma energia constante e inquieta – provavelmente porque vinha pensando em Gary –, então se levantou da cadeira de balanço e voltou para a cozinha. Ao avistar as latas de tinta amarela e de *primer*, sentiu o ânimo melhorar, apesar das lembranças. A cozinha ia ficar muito alegre quando ela terminasse. Ligou o rádio, com o volume baixo para não acordar Tommie, e a música começou a operar sua magia, abafando seus pensamentos anteriores.

Com o mundo escuro lá fora, ela se lembrou do sorriso de Tommie enquanto ele pegava girinos e se permitiu acreditar que tudo iria ficar bem. Sim, haveria desafios, mas todo mundo passava por isso, e as pessoas tinham que aprender a não fazer tempestade em copo d'água, certo?

No momento, ela tinha comida, abrigo, segurança e anonimato, Tommie estava na escola, e ela ia dar um jeito quanto ao dinheiro. Era inteligente e capaz, e sempre haveria pessoas precisando de uma faxineira, cozinheira ou babá, ou de alguém que lesse para elas porque a visão fora comprometida pela idade. E Tommie se adaptaria. Mesmo que ele ainda não tivesse falado de nenhum amigo novo, logo conheceria um garoto ou uma garota da turma e eles brincariam juntos no recreio, porque era isso que as crianças faziam. As crianças não se apegavam a quem era quem, ao que as pessoas faziam para viver ou ao fato de usarem a mesma roupa todos os dias. As crianças só queriam brincar. E quanto a Peg?

Ela riu alto de como tinha sido boba ao sair do mercadinho, riu do fato de aquela ideia ter chegado a criar raízes. Não que fosse baixar a guarda, é claro. Era provável que Gary já tivesse espalhado a notícia pelos canais governamentais, distribuído um informe ou uma lista de procurados, mas ele não tinha como falar pessoalmente com cada policial ou xerife do país.

Por enquanto, ela era só um nome e uma foto em um cartaz na parede dos correios ou em uma caixa de entrada de e-mail, junto com imagens de terroristas, supremacistas brancos ou assaltantes de banco. Em um mundo onde a criminalidade corre solta e as pessoas fazem coisas terríveis todos os dias, era simplesmente impossível que qualquer policial acompanhasse nomes, rostos e descrições de todos os lugares do país. Já era difícil por si só acompanhar as coisas ruins que aconteciam em âmbito local.

Onde ela estivera com a cabeça?

– Só estou garantindo nossa segurança – sussurrou.

Mais uma vez desejou ter trazido mais roupas para ela e para Tommie. Em seu closet... Não, ela se corrigiu. Não era seu closet, não mais. Em seu *antigo* closet, tinha um belo par de sapatos Christian Louboutin, com solas vermelhas maravilhosas, do tipo que as celebridades usavam em festas de gala ou estreias de filmes. Havia ganhado de aniversário de Gary, um dos poucos presentes que recebeu sem que fosse precipitado pela violência. Nunca tivera um par de sapatos como aquele. Provavelmente teria conseguido enfiá-los na mochila, e talvez devesse ter feito isso. Seria bom calçá-los de vez em quando, só para olhar para eles, como Dorothy em *O Mágico de Oz* com os sapatinhos de rubi, mas na verdade não. Não era o mesmo, pensando bem, porque a última coisa que ela queria era voltar para a vida que vivia antes. Aquela ali era sua nova casa, e ela estava em sua nova cozinha.

– E amanhã as paredes serão amarelas – sussurrou.

Elas precisavam de mais uma limpeza, no entanto. Então, pegando o mesmo pano que tinha usado antes, ela começou a esfregar de novo, sem pressa, a fim de garantir que o *primer* iria pegar. Já conseguia imaginar como a cozinha ficaria bonita quando o sol da manhã entrasse pelas janelas.

Já era tarde quando terminou. Bem tarde. E, como queria ter certeza de que ouviria Tommie quando ele acordasse, Beverly se deitou no sofá da sala. Acabou cochilando, como se seu cérebro tivesse simplesmente decidido se desligar, mas acordou antes mesmo de ouvir Tommie descendo a escada.

O alívio da noite anterior tinha desaparecido. A sensação não era a mesma de quando acordou depois do pesadelo com o pirata ou de quando sua mente surtou após Peg dizer que ela parecia familiar. Não, era uma leve sensação de pavor, como um zumbido desagradável, sugerindo que ela tinha deixado passar algo importante na hora da fuga.

Gary teria encontrado seus documentos e seu celular na casa, sinalizando sua intenção de ficar fora do radar. Sem documento de identificação, ela não poderia viajar de avião para lugar nenhum, então ele começaria a busca pelas estações de trem e rodoviárias. Mas ela já sabia disso, e era esse o motivo de todas as precauções que tomara. Também sabia que havia uma dezena de ônibus indo em várias direções naquela manhã, e Gary também ficaria sabendo disso, mas, como ele não fazia ideia do horário em que ela tinha partido, seria mais difícil rastreá-la. O que ele faria em seguida?

Falaria com os vendedores de passagens, mas o que descobriria com isso? Ninguém se lembraria de uma mãe e um filho. Ninguém se lembraria de uma loira de cabelo comprido. Depois, ele começaria a interrogar os motoristas de ônibus, mas, com tantas possibilidades naquele fim de semana, isso levaria tempo. Ele poderia acabar encontrando o motorista certo, de fato, mas o que descobriria com isso? Mais uma vez, nada de mãe e filho viajando juntos. Ele também descobriria que o motorista tinha sido substituído e que nenhuma mãe tinha chegado ou partido de algum lugar com o filho. Ainda que um dos motoristas houvesse visto Beverly e Tommie sentados juntos ao olhar pelo retrovisor – difícil, já que Tommie era tão pequeno –, será que o segundo motorista recordaria exatamente onde e quando eles tinham descido? Quem se lembraria de uma coisa dessas, principalmente depois de tanto tempo, tantas paradas e tantas pessoas embarcando e desembarcando a cada trecho do trajeto? Seria como se lembrar de um rosto aleatório em uma multidão.

Ela estava segura, concluiu, porque tinha sido cuidadosa. Estava segura porque havia pensado em tudo, porque sabia exatamente como Gary conduziria a busca. E, no entanto, ainda sentia a ansiedade subindo lentamente dentro dela como bolhas surgindo na água, e, quando ela se deu conta, foi como se o próprio Gary tivesse socado seu estômago.

Câmeras, pensou.

Meu Deus.

E se as rodoviárias tiverem câmeras?

PARTE III

Colby

15

De manhã, saí para correr sob o céu sem nuvens da Flórida. O ar estava pesado de tanta umidade, e, quando cheguei à praia, precisei tirar a camiseta e usar como uma bandana improvisada para que o suor parasse de escorrer nos meus olhos.

Corri na areia firme à beira da água, passando pelo Bobby T's e por vários hotéis, incluindo o Don, antes de virar e pegar o caminho de volta para o apartamento. Torci a camiseta, a bermuda e as meias antes de entrar embaixo do chuveiro. Depois, todas as roupas foram para a máquina de lavar, e só após duas xícaras de café me senti pronto para iniciar o dia.

Peguei o violão e passei as duas horas seguintes mexendo na música que tinha cantado para Morgan; mais uma vez achei que estava quase no ponto e que havia algo especial ali – eu só precisava encontrar. Enquanto fazia ajustes, no entanto, eu não parava de pensar se veria Morgan de novo.

Almocei, dei uma caminhada na praia e continuei experimentando variações na canção até chegar a hora de ir para o Bobby T's. Como era domingo, eu não esperava que tivesse muita gente, mas, quando cheguei lá, todas as mesas já estavam ocupadas. Ao passar os olhos pela multidão, não encontrei Morgan e as amigas e tentei ao máximo ignorar uma pontada de decepção.

Toquei a primeira sequência – um mix de favoritas do público e composições minhas –, depois a segunda e a terceira, e só então comecei a aceitar pedidos. Na metade do show, a plateia tinha aumentado. Não era exatamente a multidão da sexta-feira, mas havia algumas pessoas em pé e não parava de chegar gente vindo da praia.

Quando faltavam quinze minutos para o fim do show, Morgan e as amigas apareceram. De algum jeito, embora o lugar estivesse lotado, elas conseguiram uma mesa. Meu olhar encontrou o de Morgan, e ela deu um aceno discreto. Antes de cantar a última música, pigarreei e falei ao microfone:

– Esta vai para aqueles que estão aqui pra se divertir na praia ou na piscina – declarei, com um sorriso especial para Morgan, antes de tocar os primeiros acordes de "Margaritaville".

O público vibrou e começou a cantar junto. Logo vi Morgan e as amigas se juntarem ao coro, o que fez com que o show terminasse com chave de ouro para mim.

16

Quando finalmente larguei o violão, o sol já tinha se posto, deixando apenas uma faixa amarela no horizonte. Comecei a organizar meus equipamentos e algumas pessoas se aproximaram do palco, com os elogios e as perguntas de sempre, mas encurtei a conversa e fui direto até Morgan e suas amigas.

Assim que me aproximei, percebi a alegria na expressão de Morgan. Ela estava de short branco e uma blusa amarela com decote em U que deixava a pele bronzeada à mostra.

– Que bonitinho – disse ela. – Você dedicou aquela música pra gente porque eu contei o que elas estavam bebendo na piscina?

– Pareceu apropriado – admiti. A luz fraca do bar lançava uma sombra melancólica no rosto delicado dela. – Como foi o seu dia? O que vocês fizeram?

– Nada de mais. Dormimos até tarde, passamos uma hora e meia ensaiando e depois ficamos na piscina. Mas tomei sol demais. Minha pele está até ardendo um pouco.

– O que vocês ensaiaram?

– Nossas coreografias novas. São três músicas, o que é bastante pra gente. Já sabemos todos os passos, mas precisamos repetir várias vezes pra garantir uma sincronia perfeita.

– Quando vão filmar?

– Sábado na praia. Logo atrás do Don.

– Tem que me dizer a hora, pra eu assistir.

– Vamos ver – respondeu ela. – O que você vai fazer agora? Tem planos?

– Tava pensando em ir comer alguma coisa.

– Quer vir com a gente? Vamos ao Shrimpys Blues.

– Suas amigas não se importam?

– Foi ideia delas – contou ela, abrindo um sorriso largo. – Por que acha que ficamos te esperando?

17

Coloquei meus equipamentos na caminhonete enquanto elas chamavam um Uber no estacionamento. Imaginei que iria só seguir o carro, mas Morgan veio correndo na minha direção.

– Encontramos vocês lá! – gritou ela para as amigas. – Se você não se importar, é claro – disse para mim ao se aproximar.

– Nem um pouco.

Ajudei-a a subir na caminhonete e fui até o outro lado. O Uber já tinha chegado, e as amigas dela estavam se espremendo no banco de trás do sedã prata. Assim que ele arrancou, eu fui atrás.

– Tenho mais uma pergunta sobre a sua fazenda.

– É mesmo?

– É que eu acho interessante.

– Qual é a pergunta?

– Se as suas galinhas não ficam em gaiolas, por que elas não fogem? E como você acha os ovos? Eles não ficam espalhados pelo terreno? É tipo a caça aos ovos de Páscoa?

– Temos cercas ao redor do terreno, mas as galinhas são criaturas sociais, então tendem a ficar próximas umas das outras. Além disso, elas gostam de sombra, que é também onde ficam a comida e a água. Quanto aos ovos, elas são treinadas a usar as caixas de ninho, onde os ovos caem em uma gaveta pra que a gente possa pegar.

– Vocês treinam as galinhas?

– Temos que fazer isso. Quando chegam galinhas novas, eu fico com elas, e, sempre que uma se agacha para botar um ovo, eu a pego e a coloco na caixa de ninho. As galinhas preferem botar os ovos em lugares escuros e silenciosos, então, quando estão na caixa elas pensam "Ah, aqui está ótimo" e começam a usar a caixa regularmente.

– Isso é muito legal.

– Sei lá. É só parte do trabalho.

– Você faz outras coisas de fazenda? Tipo… dirige trator também?

– Claro. E ainda tenho que saber consertar os tratores. Também faço muitos serviços de carpintaria, encanamento e até elétrica.

A expressão dela se iluminou.

– Olhe só pra você. Um homem prendado. Deve ser bom saber que, se houver um apocalipse zumbi, você será um dos sobreviventes.

Comecei a rir.

– Nunca pensei por esse lado.

– Minha vida parece um tédio em comparação com a sua.

– Não sei se eu diria isso.

– E como é a sua irmã? Quer dizer, ela é artista e vocês moram juntos, mas como você a descreveria? Em três palavras?

Encostei a cabeça no apoio, sem saber quanto eu queria compartilhar com ela, então me restringi ao básico.

– Inteligente – comecei. – Talentosa. Generosa.

Eu poderia ter acrescentado que ela era uma sobrevivente também, mas não foi o que fiz. Em vez disso, expliquei que Paige tinha praticamente me criado, e essa era em grande parte a razão de sermos tão próximos.

– E a sua tia? – prosseguiu ela.

– Durona. Trabalhadora. Honesta. Não foi fácil pra ela quando o meu tio morreu, mas, depois que começamos a fazer as mudanças na fazenda, ela voltou a ser quem era. A vida dela hoje basicamente se resume à fazenda, mas ela adora. Nos últimos tempos tem tentado me convencer a expandir para bovinos orgânicos alimentados com capim, embora a gente nunca tenha criado gado e eu não saiba nada sobre isso.

– Pode ser uma boa ideia. As pessoas gostam de ter opções saudáveis no mercado.

– É, mas envolve muitas coisas. Ter áreas de pastagem suficientes, por exemplo, encontrar um bom processador e conseguir transporte, escolher a linhagem certa e obter clientes, além de um zilhão de outras coisas. Pode dar um trabalhão que talvez não valha a pena.

À nossa frente, o sedã prata desacelerou antes de entrar no estacionamento do restaurante. Quando ele parou, dei a volta e encontrei uma vaga.

No restaurante, a hostess nos levou até uma mesa em um canto nos fundos.

Assim que nos sentamos, depois de alguns elogios efusivos ao meu show, começou o interrogatório. Como Morgan, suas amigas não conseguiam acreditar que eu era agricultor e demonstraram a mesma curiosidade sobre minhas atividades diárias. Também perguntaram sobre minha infância, minha família e os anos de banda. Entre os comes e bebes, consegui arrancar alguns detalhes sobre elas também. Stacy havia sido criada em Indianápolis, tinha um namorado chamado Steve e queria ser pediatra; Holly era de uma cidadezinha do Kentucky e crescera praticando tudo que era esporte. Maria vinha de Pittsburgh, também tinha namorado e sonhava em trabalhar na versão americana do *Dança dos famosos*.

– Mas, sendo realista, provavelmente vou acabar trabalhando em um estúdio de dança e talvez um dia consiga abrir o meu. A não ser que minha mãe me deixe coreografar com ela.

– E ela vai deixar?

– Ela diz que tenho muito o que aprender ainda. – Ela revirou os olhos. – Minha mãe pega pesado.

Ao contrário de Morgan, Maria não viu nenhum problema em me mostrar o perfil delas no TikTok. Ela abriu um vídeo das quatro dançando e me passou o celular. Quando o vídeo terminou, ela abriu outro, e mais outro.

– Acho que ele já entendeu – interrompeu Morgan, tentando pegar o celular.

– Só mais alguns – protestou Maria, afastando a mão dela.

Deu para ver por que elas eram populares. As performances tinham coreografias no estilo K-pop e eram sensuais de um jeito divertido e nada exagerado. Não sei bem o que esperava, mas fiquei impressionado.

O interrogatório voltou a se concentrar em mim depois disso; como Morgan, elas se mostraram interessadas principalmente pelas galinhas e pelos tomates, mas torceram o nariz ao saber que a fazenda cultivava tabaco. E, como eu tinha feito com Morgan, contei sobre minha rebeldia, os anos de banda e como acabei virando fazendeiro. Morgan demonstrava estar conformada com o escrutínio feito pelas amigas; mas, de vez em quando, nossos olhares se encontravam e ela parecia pedir desculpas em silêncio.

Elas se recusaram a deixar que eu pagasse a conta; em vez disso, todos colocamos dinheiro no centro da mesa, com o bastante para uma gorjeta generosa. Eu me peguei pensando que todas elas eram tão impressionantes quanto Morgan, cada uma à sua maneira. Sem exceção, eram autoconfiantes, ambiciosas e donas de si.

Quando saímos do restaurante, Morgan e eu ficamos para trás. Olhando para ela sob as luzes fracas da entrada, tive a sensação de que, se a visse mais uma vez, eu estaria ferrado.

– Gostei das suas amigas – comentei. – Obrigado por me deixar vir com vocês.

– Obrigada por ser tão compreensivo – disse ela, apertando de leve o meu braço.

– Quais são os seus planos pra amanhã?

– Não tem nada definido. Vamos ensaiar de manhã e talvez passar parte do dia na piscina, mas Holly também falou que queria fazer compras ou ir ao Dalí. – Então, como se de repente tivesse se dado conta de com quem estava conversando, ela continuou: – É um museu em St. Petersburg dedicado às obras de Salvador Dalí. Um pintor surrealista.

– Minha irmã me recomendou esse museu – respondi.

Ela devia ter percebido algo no meu tom de voz.

– Você não se interessou?

– Não sei o bastante sobre arte pra ficar interessado ou desinteressado.

Ela deu aquela risada profunda e retumbante mais uma vez.

– Pelo menos admite. E você, o que vai fazer?

– Ainda não decidi. Provavelmente vou correr, mas, depois disso, quem sabe?

– Vai compor outra música?

– Se a inspiração vier.

– Queria que isso acontecesse comigo. Que a inspiração simplesmente viesse. Tenho que me esforçar muito.

– Eu adoraria ouvir uma composição sua. Ainda mais depois que te vi dançar.

– É – disse ela. – A Maria tem muito orgulho das nossas coreografias.

– É pra ter mesmo. Vocês são todas ótimas. Se eu soubesse, teria seguido vocês como aqueles milhões de pessoas.

Nesse momento, a luz de um farol surgiu, sinalizando a chegada do Uber das garotas. Vi Holly conferindo a placa enquanto elas iam em direção ao carro antes mesmo que ele parasse completamente.

– Se quiser, posso te dar uma carona até o hotel.

– Vou voltar com elas, mas obrigada. – Então, um instante depois: – Fiquei feliz por você ter conhecido melhor as meninas.

– Foi ótimo.

Ela ficou ali parada mais um segundo, parecendo relutar em ir embora.

– É melhor eu ir.

– É.

– Talvez a gente vá ao seu próximo show.

– Acho bom.

– E, se você escrever outra música, quero ser a primeira a ouvir.

– Pode deixar. – Senti que nós dois estávamos enrolando. As próximas palavras saíram quase sem pensar. – Você já andou de caiaque?

– Oi?

– O meu amigo Ray falou de um lugar que aluga caiaques pro pessoal remar pelo mangue. Disse que é um passeio bem legal.

– E por que está me dizendo isso?

– Queria saber se gostaria de ir comigo. De repente amanhã, já que não tem nada planejado.

Não era o jeito mais elegante de chamar uma garota para sair, mas naquele momento foi tudo o que consegui fazer.

Ela colocou as mãos na cintura.

– Está pensando em ir que horas?

– Lá pelas nove? Assim você pode voltar a tempo de ir ao Dalí ou ficar na piscina ou sei lá.

– Pode ser às dez? Por causa do ensaio?

– Claro. Que tal a gente se encontrar no saguão do hotel?

Ela tocou meu braço mais uma vez, e seu olhar encontrou o meu.

– Não vejo a hora.

18

Se alguém me dissesse, antes de eu vir para cá, que eu sairia com uma garota em St. Pete, eu teria achado que era uma piada. Vendo Morgan ir embora, no entanto, não pude deixar de ficar alegre, ainda que me perguntasse onde é que eu estava me metendo.

Tinha algo de... *carismático* nela. A palavra surgiu na minha cabeça enquanto o carro delas se afastava, e, quanto mais eu pensava nisso, mais a descrição parecia precisa. Embora muito do que eu tinha descoberto sobre ela ampliasse as diferenças entre nós, me dei conta de que só eu parecia preocupado com isso. De alguma forma, o fato de nós dois termos paixão pela música era suficiente para ela. Por enquanto. Ou pelo menos o suficiente para um primeiro encontro.

Mas aonde aquilo iria nos levar? Isso eu não conseguia deduzir. Era um primeiro passo sério ou seria apenas uma aventura? Tenho certeza de que muitos caras ficariam felizes com a segunda opção, e se fosse com qualquer outra pessoa eu talvez ficasse também. Mas eu estava atraído por Morgan de um jeito que parecia mais profundo que isso.

Eu gostava dela, pensei. Então balancei a cabeça de repente, sabendo que não era exatamente isso.

Eu gostava muito dela.

19

Não acho que tenha sido nervosismo, mas, por algum motivo, acordei assim que o sol nasceu e não consegui voltar a dormir. Em vez disso, fui correr e dei uma arrumada no apartamento. Após o banho, passei no mercado para comprar lanches e reabastecer o cooler.

Prevendo que iria me molhar, vesti uma bermuda por cima da sunga, peguei uma camiseta extra e calcei os chinelos. Àquela altura já eram nove e meia, então fui para o hotel.

O saguão era tão grandioso quanto o resto do palácio cor-de-rosa e movimentado ao sol da manhã. Dando uma olhada no celular, vi uma mensagem do Ray me dizendo que eu entraria às quatro no dia seguinte, não às cinco, o que significava que eu tocaria uma hora a mais. Tudo bem; respondi que chegaria no horário. Quando Morgan finalmente apareceu, estava com roupas casuais, um biquíni turquesa aparecendo sob uma frente única branca e um short jeans desbotado. Ela estava com uma bolsa de praia da Gucci pendurada no ombro e uns óculos de sol que pareciam caros na cabeça.

– Oi – disse ela. – Desculpe, estou um pouco atrasada. Eu não sabia o que vestir.

– Acho que está ótima – garanti. – Pronta?

Quando ela assentiu, fiz um gesto em direção à porta, e no minuto seguinte estávamos descendo a rampa extensa da entrada do hotel.

– Como foi o ensaio?

– Ah, o de sempre. Quando acho que estamos quase lá, Maria percebe mais alguma coisa que ainda precisamos melhorar.

– Onde vocês ensaiam? Não vejo vocês quando saio pra correr de manhã.

– Usamos uma das salas de conferências do térreo. Acho que nem é permitido, mas ninguém do hotel reclamou até agora.

– Então está dizendo que gosta de quebrar as regras.

– Às vezes – respondeu ela. – Acho que todo mundo gosta.

– Eu não teria imaginado isso a seu respeito.

– Ainda tem muitas coisas sobre mim que você não sabe.

– Gostaria de compartilhar?

– Só se você fizer as perguntas certas.

– Tá bom. – Fingi considerar as possibilidades. – Me conte sobre o seu ex-namorado.

– Eu nunca disse que tive namorado.

– Então me considere um bom adivinho.

– O que quer saber?

– Qualquer coisa. Como ele era? Quanto tempo vocês namoraram?

Ela soltou um suspiro.

– Ele estava cursando direito, é dois anos mais velho que eu e nos conhecemos no meu primeiro ano de faculdade. Mas eu estava muito envolvida com a música, a dança e as aulas, e queria sair com as minhas amigas também. Ele tinha dificuldade de entender isso. Ficava chateado quando não conseguíamos passar tanto tempo juntos quanto ele queria, ou sugeria que eu faltasse a aula de piano ou alguma outra, e isso começou a me irritar. Então, depois de uns meses, eu terminei, e foi isso. E você? Me conte sobre sua ex-namorada. Ou talvez seja… namorada?

Ela me olhou com o canto do olho.

– Definitivamente ex – garanti, antes de fazer um breve resumo sobre Michelle, nossos horários incompatíveis e o fato de ela ter ido embora da cidade.

Enquanto ouvia, Morgan limpava as lentes dos óculos com a blusa, a expressão séria.

– Você lamenta que não tenha dado certo?

– Talvez, um pouco no início. Agora não.

– Nunca me arrependi de ter terminado – disse ela.

– É bom saber que você é capaz de dar um pé na bunda como se não fosse nada.

– Ele mereceu.

– Azar o dele.

Ela sorriu.

– Aliás, minhas amigas aprovaram você. Elas te acharam legal, ainda que não tenham se convencido totalmente de que foi uma boa ideia eu sair com você hoje.

– Elas podiam ter vindo junto.

– Não é que elas tenham medo de que você faça alguma coisa – explicou ela. – É que eu sou a mais nova, e às vezes parece que elas acham que precisam cuidar de mim.

– Como seus pais?

– Exatamente. Segundo elas, eu sempre fui superprotegida, por isso sou um pouco ingênua.

– E elas têm razão?

– Talvez um pouco – admitiu ela, rindo. – Mas acho que a maior parte das pessoas é ingênua na faculdade. É meio que natural, principalmente pra quem cresceu em uma vizinhança bacana e vem de uma família estruturada. O que a gente sabe de verdade sobre o mundo real, né? É claro que, se eu dissesse isso pras minhas amigas, elas diriam que estou só tentando me defender.

Olhei para ela.

– Se a minha opinião vale de alguma coisa, não acho que pareça ingênua – falei. – Você anda por aí com spray de pimenta.

– Acho que elas se referem aos meus sentimentos.

Eu não sabia ao certo o que responder, então desviei a conversa para assuntos mais fáceis. Conversamos sobre filmes e músicas de que gostávamos, e, depois que expliquei que meu tio me ensinou a tocar violão, ela me contou que já tinha decorado a letra de praticamente todas as músicas de uns seis filmes da Disney antes mesmo de entrar na escola. Falou sobre os anos de dança e as apresentações, e elogiou muito o professor particular de canto de Chicago. Mesmo quando estava na faculdade, ela viajava a cada duas semanas para ter aula com ele, apesar das exigências do curso, que ocupavam bastante tempo.

Quando mencionou o nome dos empresários com quem teria reuniões em Nashville e dos cantores que eles representavam – além de seus pontos fortes e fracos – e comentou sobre os caprichos do negócio da música em geral, mais uma vez concluí que Morgan era muito mais que um rostinho bonito. Havia uma sofisticação nela que eu nunca tinha visto em alguém tão jovem, e percebi com perplexidade que minha tentativa de conquistar meus sonhos não tinha chegado nem perto daquilo. Enquanto ela desenvolvia suas habilidades com dedicação, um passo de cada vez, e preparava as bases para o sucesso que viria, eu só pensava em me divertir.

O estranho era que eu não sentia inveja disso, nem das vantagens e das oportunidades que não tive. Ao contrário, me sentia feliz por ela, sobretudo porque me lembrava de como esse sonho havia sido importante para mim um dia. Eu também simplesmente gostava de ouvi-la falar, e notei que, quanto mais eu sabia sobre ela, mais queria saber.

Quando chegamos ao Fort De Soto Park, segui as placas e estacionei em um terreno coberto de cascalho perto de uma cabana de madeira que alugava caiaques. Descemos da caminhonete e fomos em direção ao atendente, que pegou o dinheiro e entregou a cada um de nós um remo e um colete salva-vidas.

– Se estiverem com trajes de banho, talvez seja uma boa ideia deixar as outras roupas no carro – sugeriu ele, guardando o dinheiro na caixa registradora. – A não ser que não se importem de viajar molhados.

De volta à caminhonete, me esforcei muito para não ficar olhando enquanto Morgan se despia, ficando só de biquíni. Coloquei as roupas dela e as minhas no banco da frente e peguei meus óculos de sol e um boné de beisebol no porta-luvas. Vi Morgan enfiar o celular em uma capinha à prova d'água, que eu nem tinha pensado em trazer.

– Precisa de protetor solar? – perguntou ela, me fazendo lembrar de mais uma coisa que tinha esquecido. – Eu tenho se você não tiver.

– Se não se importar.

Ela apertou a embalagem, deixando o creme cair na minha mão, e eu espalhei pelos braços e pelo rosto.

– Quer que eu passe nas suas costas? – indagou.

Eu não ia negar isso – gostava da ideia das mãos dela em mim –, então fiz que sim com a cabeça, e logo senti o creme sendo espalhado pela minha pele, uma sensação mais íntima do que ela devia ter imaginado que seria.

– Quer que eu passe nas suas costas também? – perguntei.

– Eu pedi pra Maria passar, obrigada.

Quando terminamos, vestimos os coletes salva-vidas e carregamos os remos até os caiaques, que já estavam à beira da água. O atendente nos deu uma aula breve sobre como segurar os remos, a importância de remadas longas e suaves e como remar para trás para mudar de direção. Finalmente, ele ensinou o caminho até um canal que entrava pelos manguezais.

– Tem risco de a gente virar? – perguntou Morgan, aflita, olhando para a água.

– Os caiaques são bem largos, então eu não me preocuparia com isso – respondeu o homem. – Entrem que eu empurro vocês.

Cada um de nós entrou em seu próprio caiaque, sentindo-o balançar um pouco. Seguindo as instruções do homem, dobrei um pouco os joelhos e vi Morgan deslizar na minha direção quando ele empurrou o caiaque dela. Viramos e começamos a remar.

– Quase não balança – comentou Morgan, surpresa.

– É porque você pesa vinte quilos.

– Eu peso bem mais que isso.

– Quanto?

– Não vou responder essa pergunta de jeito nenhum.

Dei risada, e nós dois fomos nos acostumando com a remada, começando a desfrutar da paisagem. Havia nuvens fofas a distância, mas o céu era de um azul-claro intenso sobre a nossa cabeça, transformando a água em um espelho reluzente. Nas folhagens vimos andorinhas-do-mar e águias-pescadoras, e tartarugas tomando sol em troncos parcialmente submersos.

Ao meu lado, Morgan remava com uma graciosidade natural.

– Então… é isso que você faz quando tem um encontro na Carolina do Norte? Leva as garotas pra curtir a natureza?

– Eu também nunca tinha andado de caiaque.

– Isso não responde a minha pergunta.

– Moro numa cidade pequena. Não tem muita coisa pra fazer a não ser curtir a natureza. Tomar banho de rio, ir até a praia, fazer trilha pelas florestas. Não existem muitos bares e boates por lá.

Um peixe saltou na nossa frente, e Morgan apontou com o remo.

– Que peixe é aquele?

– Acho que é um tarpão, mas não tenho certeza. Dizem que são bons de pescar, porque dão trabalho.

– Você pesca?

– Já pesquei algumas vezes, mas não é muito a minha praia. Acredite se quiser, Paige gosta mais de pescar do que eu, mas não me pergunte onde ela aprendeu. A gente não fazia muito isso na infância.

– Como é morar com a sua irmã? Não conheço irmãos que moram juntos depois de adultos.

110

Mais uma vez, me perguntei até que ponto deveria contar a ela, antes de perceber que não era o momento certo.

– Sei que pode parecer estranho pros outros – admiti. – Às vezes parece estranho pra mim também. Mas nunca morei sozinho, então acho que estou acostumado. Não penso muito nisso.

– Minha irmã e eu somos bem próximas, mas não sei se quero morar com ela daqui a alguns anos.

– Você comentou antes que ela não tem nada a ver com você. O que quis dizer com isso?

– Ela não liga a mínima pra música, dança ou piano. Sempre foi uma atleta talentosa, desde pequena. Demonstrava ter aptidão pra qualquer esporte: futebol, softbol, corrida e vôlei, que descobriu ser sua paixão. Ela foi selecionada por uma dezena de universidades e vai pra Stanford no outono. O fato de ela ter quase um e oitenta de altura e só tirar dez na escola ajuda, claro.

– Ela é alta…

– É. Puxou ao lado da minha mãe. Eu sempre fui a tampinha da família.

– Deve ser um desafio e tanto pra você – falei, fingindo uma expressão triste. – Se eu estivesse com o meu violão, tocaria uma música triste em sua homenagem.

– Ah, cala a boca – retrucou ela, espirrando um pouco de água com o remo, o que fez com que eu me abaixasse.

Continuamos remando tranquilos, apreciando a calmaria. Depois de um tempo, lembrando-me das instruções, fiquei procurando o trecho que levava ao canal que passava pelos manguezais. Localizei o lugar e virei na direção dele. A abertura tinha uns três metros de largura, mas logo estreitava, e seria difícil remar lado a lado.

– Quer ir na frente ou eu vou?

Ela hesitou.

– Normalmente, eu pediria a você que fosse primeiro, na hipótese de ter um urso ou uma cobra gigante ou sei lá o quê. Mas acho que vou preferir que você vá atrás, caso meu caiaque vire. Pra que você não me deixe pra trás.

– Eu não deixaria você pra trás – protestei. – Além disso, acho que não tem ursos aqui. E você provavelmente não pesa o bastante pra virar o caiaque nem que tentasse.

– O que deixa apenas a preocupação com as cobras gigantes.

– Tenho quase certeza de que isso também não vai ser um problema. Mas, só pra você saber, geralmente é a segunda ou terceira pessoa da fila que é atacada por uma cobra. A primeira já passou quando a cobra percebe o que está acontecendo e se prepara pro bote.

– Então, sem dúvida, eu vou na frente.

Dei um sorriso, seguindo-a a alguns metros de distância. Em um minuto, o canal estreitou ainda mais e os galhos acima de nós formaram algo parecido com um túnel. A água era lisa como o tampo de uma mesa, e o ar, mais fresco à sombra. Observando Morgan remar, reparei que ela se movimentava com a suavidade da bailarina que era. Em ambos os lados, caranguejos corriam nos galhos das árvores. Eu observava um deles quando ouvi Morgan chamar.

– Você ainda tá aí?

– Logo atrás de você.

– Só pra saber.

Não sei qual era a extensão do canal, mas ficamos embaixo do túnel de galhos por dez ou quinze minutos. Às vezes ela apontava para alguma coisa que tinha visto – geralmente um caranguejo ou um grupo deles – e gritava para se certificar de que eu ainda estava atrás dela, o que me pareceu bobo, porque seria quase impossível dar meia-volta mesmo que eu quisesse. Na maior parte do tempo, no entanto, remamos em silêncio naquele que parecia um outro mundo, misterioso e sereno ao mesmo tempo.

Um momento depois, o canal começou a se alargar, o sol atravessou os galhos e, com mais algumas remadas, saímos para um grande estuário.

– Foi incrível – disse Morgan, com os olhos arregalados. – Durante alguns minutos, parecia que eu estava perdida no tempo.

– Tive a mesma sensação.

– Onde estamos?

– Não faço a menor ideia.

– Você sabe voltar?

– Pelo mesmo caminho que a gente veio, eu acho.

O sol estava alto no céu, e a falta repentina de alguma sombra fez com que parecesse ainda mais intenso. Morgan descansou o remo no colo e continuou admirando a paisagem, e me esforcei para não ficar olhando para sua pele exposta, que reluzia com um delicado brilho de suor.

A corrente estava fraca, mas era suficiente para que nossos caiaques se separassem cada vez mais. Quando mergulhei meu remo no canal para diminuir a distância, percebi uma sombra na água, talvez a uns dois metros da Morgan. De onde eu estava, lembrava um tronco ou uma pedra, mas, estranhamente, parecia estar se mexendo.

Com algumas remadas rápidas eu passei por ela. Assim que olhei para a água pela lateral do caiaque me dei conta do que estava vendo.

– O que você está fazendo? – perguntou Morgan, girando o caiaque.

– É um peixe-boi – respondi em voz baixa.

O dorso do animal parecia estar a um metro da superfície, e vi suas nadadeiras largas e enormes se moverem quase em câmera lenta. Morgan se aproximou, com entusiasmo e apreensão no rosto.

– Eles são perigosos?

– Não, mas deve ser proibido chegar muito perto. Não tenho certeza.

– Quero ver – disse ela, remando na minha direção.

Inclinei o tronco para a frente e segurei seu caiaque, fazendo-o diminuir a velocidade até parar. Morgan olhou para a água.

– É enorme! – sussurrou.

Eu não tinha ideia de qual era o tamanho médio de um peixe-boi, mas aquele parecia ser só um pouco menor que o comprimento dos nossos caiaques, talvez do tamanho de um hipopótamo pequeno. Embora às vezes aparecessem na Carolina do Norte, era raro, e nunca tive a sorte de vê-los. Enquanto eu observava, Morgan pegou o celular e começou a fotografar. Olhando as fotos, ela franziu o cenho.

– Não dá pra ver muito bem. Parece uma bolha grande e cinza.

– Quer que eu pule e veja se consigo trazê-lo mais pra perto da superfície?

– Você faria isso?

– Sem chance.

Vi Morgan revirar os olhos, então ela ficou entusiasmada de repente.

– Olhe! Ele está subindo! Consegue empurrar um pouco o meu caiaque?

Usando o remo, dei um empurrão de leve, e ela chegou mais perto do peixe-boi. Embora eu estivesse mais longe, percebi que ele parecia mesmo estar subindo. O contorno começou a ficar mais nítido, e deu para ver a cabeça e a cauda larga e circular quando o animal girou primeiro em uma direção, depois na outra. Meus olhos passeavam do animal para Morgan, que estava tirando fotos enquanto eu manobrava meu caiaque.

113

– Ele continua se afastando! – lamentou ela.

Usei meu remo para empurrá-la outra vez. Depois de mais algumas fotos, ela abaixou o celular.

– Será que estamos incomodando?

– Tenho certeza de que eles veem caiaques o tempo todo.

Com o canto do olho, percebi mais uma sombra à direita.

– Acho que logo teremos companhia. Tem mais um ali.

Era um pouco menor que o primeiro, e Morgan estreitou os olhos para enxergá-lo.

– Será que são uma família? Tipo a mãe e o filhote? – perguntou ela.

– Não faço ideia.

– Será que tem mais? Tipo, será que eles nadam em bando? Ou sei lá como se chama um grupo de peixes-boi.

– Por que você fica me fazendo essas perguntas? Sou um fazendeiro da Carolina do Norte. Não sei nada sobre peixes-boi.

O olhar dela reluziu, alegre.

– Você pode tirar os óculos agora que estou com o celular? E levantar a aba do boné?

– Por quê?

– Quero tirar uma foto sua no caiaque. Você está todo atleta.

Obedeci e ela tirou uma foto – se bem que, pelo jeito como seu polegar se mexia, estava mais para uma dezena. Ela analisou as fotos na sequência.

– Perfeito. Tem algumas boas.

Ficamos com os peixes-boi até eles começarem a migrar para águas mais profundas. Aquela foi a nossa deixa para voltar, e fui na frente até a embocadura.

– Quer ir primeiro ou prefere que eu vá?

– Vai na frente dessa vez. Mas, como eu já disse, não me deixe pra trás.

– Que tipo de cara você acha que eu sou?

– Ainda estou analisando essa questão, mas prometo dar uma resposta assim que eu souber.

Abri um sorriso largo ao seguir em direção aos manguezais, remando devagar e olhando por sobre o ombro de vez em quando para garantir que eu não estava indo rápido demais. Enquanto isso, Morgan seguia fazendo perguntas sobre os peixes-boi para as quais eu não tinha respostas. Será que os dois peixes-boi iriam acasalar? Quando era a época de reprodução?

Será que eles passavam a maior parte do tempo em lugares assim ou em mar aberto? Eu disse a ela que pesquisaria no Google e responderia.

– Pare um pouco – pediu ela.

Parei, virando o corpo no caiaque. Ela estava com o celular, digitando, e logo começou a rolar a tela.

– Os peixes-boi podem pesar até quinhentos quilos – leu em voz alta – e se reproduzem o ano todo, mas a maioria nasce na primavera e no verão. Eles geralmente habitam áreas pantanosas e costeiras como esta e podem ser encontrados daqui até a Virgínia. Têm habilidades similares às dos golfinhos, então são inteligentes. Pelas fotos da internet, parecem um cruzamento de um golfinho rechonchudo com uma baleia em miniatura.

– Olhe só pra você, ajudando os desinformados.

– Fico feliz por ser útil – disse ela. – Pode ir.

Seguimos, e, mais ou menos na metade do caminho de volta, encontramos dois remadores se aproximando na direção contrária. Fomos para a direita, abaixando a cabeça, os outros dois foram para a esquerda, abaixando também, e ainda assim havia apenas alguns centímetros entre nós quando eles passaram.

Finalmente chegamos ao canal maior e continuamos nossa trajetória, conversando com facilidade, os dois relembrando as travessuras favoritas da infância. Quando nos aproximamos da praia, o atendente nos viu e nos guiou, puxando nossos caiaques para o solo molhado e duro. Senti o corpo meio rígido ao sair, mas Morgan parecia perfeitamente ágil enquanto andávamos até a caminhonete.

Ela pegou a bolsa de praia na cabana.

– Vire de costas e não olhe – avisou, afastando-se e deixando um aroma de óleo de coco no ar. – A parte de baixo do meu biquíni está molhada e quero vestir o short.

Fiz o que ela pediu e, ao seu sinal, virei de frente e vi que ela também tinha colocado a frente única.

– Minha vez – falei, e dessa vez ela virou de costas.

Vesti a bermuda seca e joguei a sunga molhada na caçamba. Morgan ficou com a parte de baixo do biquíni ao seu lado no banco, e percebi que era tão pequena que eu poderia pendurá-la no retrovisor.

Perguntei ao atendente como chegar à área de piquenique, que ficava a poucos minutos dali. Enquanto dirigia, vi Morgan rolando as fotos.

115

– Não sei se gosto mais das fotos do peixe-boi ou das suas.

– Hum – respondi, inclinando a cabeça. – Isso é um elogio ou um insulto?

– Nenhum dos dois. Posso tirar mais fotos suas, mas duvido que vou ver outro peixe-boi enquanto estiver aqui.

– Tá com fome?

– Um pouco – disse ela. – Tomei café da manhã, então não estou faminta.

– Comeu o quê?

– Tomei um chá verde antes do ensaio e um suco verde depois.

Assenti, embora não fizesse a menor ideia do que seria um suco verde.

Reduzi a velocidade ao ver as mesas de piquenique, então parei no estacionamento. Nenhuma das mesas estava ocupada, e reparei em uma que ficava à sombra de uma árvore que eu não sabia ao certo qual era, mas imaginava que fosse uma espécie de carvalho. Após descer da caminhonete, peguei o cooler na caçamba e fui em direção à mesa, com Morgan ao meu lado. Pus o cooler em cima da mesa, abri a tampa e tirei uvas, castanhas, queijo e bolachas salgadas, além de duas maçãs.

– Eu não sabia o que você ia querer, então escolhi algumas coisas ao acaso.

Ela pegou uma maçã.

– Tá ótimo – disse ela. – Trouxe alguma coisa pra beber?

– Chá gelado e água.

– Por acaso trouxe algum chá sem açúcar e sem cafeína?

– Por acaso trouxe.

Entreguei a garrafa, e ela examinou o rótulo.

– Romã e hibisco – leu. – Arrasou.

Eu me sentei, abri uma garrafa de água e peguei as castanhas e o queijo. Após um instante de dúvida, peguei umas uvas e a outra maçã também.

– Ao contrário de você, não tomei café da manhã. Estou faminto.

– Coma o que quiser. Foi você que trouxe tudo. Só queria que tivesse trazido algum biscoito doce também. Eu adoraria um cookie caseiro. Ou até uns Oreos.

– Você come biscoito?

– Claro que eu como. Todo mundo come, não?

– Você não parece alguém que come biscoito.

Ela revirou os olhos.

– Ok, sim, em geral tento ingerir coisas nutritivas, mas também tenho um metabolismo doido, então, se quiser comer um ou dois biscoitos, como com gosto. Se quer saber, acho que as mulheres sofrem pressão demais pra serem magras em vez de fortes e saudáveis. Conheci muitas garotas que tiveram distúrbios alimentares.

Mais uma vez, fiquei impressionado não só com sua autoconfiança, mas também com suas preocupações – principalmente para alguém que tinha acabado de sair da adolescência –, e pensei nessas coisas enquanto abria o pacote de castanhas e desembalava o queijo. Morgan bebeu o chá e comeu a maçã enquanto conversávamos. Perguntei sobre seus hobbies e interesses além da música; também respondi a mais algumas perguntas sobre a fazenda.

Com o tempo, acabamos ficando em silêncio. Além do canto dos pássaros, não havia barulho algum, e me dei conta de que eu gostava do fato de ela não sentir necessidade de quebrar o encanto.

Ela bebeu mais um gole de chá, então senti seus olhos se concentrarem em mim com uma atenção renovada.

– Tenho uma pergunta, mas você não precisa responder.

– Pode perguntar o que quiser.

– Como a sua mãe morreu? Imagino que tenha sido por câncer ou algum acidente, já que ela obviamente era jovem.

Eu não disse nada de início. Sabia que a pergunta iria surgir, porque quase sempre surgia. Geralmente, eu tentava mudar de assunto ou dar uma resposta vaga, mas percebi que queria que Morgan soubesse.

– Minha mãe sempre foi uma pessoa triste, mesmo na adolescência – comecei. – Isso segundo a minha tia, pelo menos. Ela acredita que era depressão, mas, considerando todas as informações que consegui reunir desde que ela morreu, tenho quase certeza de que a minha mãe era bipolar. Mas acho que no fundo isso não tem importância. Qualquer que tenha sido o motivo, ela estava se sentindo bem mal, e cortou os pulsos na banheira. Foi a Paige quem a encontrou.

Morgan levou a mão à boca.

– Meu Deus. Que horror! Sinto muito...

Assenti, voltando ao passado por um instante, algumas lembranças vívidas, outras nebulosas quase a ponto de desaparecerem.

– Tínhamos acabado de chegar da escola e, quando chamamos nossa mãe, ninguém respondeu. Acho que a Paige foi até o quarto procurando por ela... não me recordo muito bem dessa parte. Mas me lembro da Paige me pegando pela mão e me arrastando até a casa do vizinho. Depois disso, lembro-me de ver carros de polícia e da ambulância e de todos os vizinhos na rua. Não me lembro da minha tia e do meu tio vindo nos buscar, mas eles nos levaram pra fazenda.

– Coitado de você – sussurrou ela, o rosto pálido. – Coitada da Paige. Não consigo nem imaginar.

– Pois é.

Ela ficou em silêncio, então pegou minha mão.

– Colby, desculpe por ter perguntado. O dia estava tão gostoso... e eu estraguei tudo.

Balancei a cabeça, sentindo o calor de sua mão sobre a minha.

– Você não estragou nada. Como eu disse, isso foi há muito tempo, e eu não me lembro de muita coisa. Além do mais, não importa o que aconteça, nunca vou esquecer que vimos peixes-boi enquanto andávamos de caiaque hoje.

– Então você me perdoa?

– Não tem nada pra perdoar – insisti.

Ela me encarou do outro lado da mesa, como se estivesse tentando decidir se acreditava em mim. Finalmente, soltou minha mão e pegou as uvas, tirando um cacho pequeno.

– O peixe-boi foi muito legal *mesmo* – disse, claramente tentando mudar de assunto. – Os dois. Quase pareceu que estávamos naqueles programas de TV sobre o mundo animal.

Abri um sorriso.

– Quer fazer o quê agora? Levo você de volta até suas amigas pra irem ao Dalí ou pra fazerem compras?

– Sabe o que eu queria muito fazer?

Ela inclinou o tronco para a frente, descansando os braços sobre a mesa.

– Não faço ideia.

– Queria ver você compor uma música – disse ela.

– Assim, do nada? Acha que é algo que consigo abrir e fechar que nem uma torneira?

– Foi você que disse que as coisas simplesmente surgem na sua cabeça.

– E se não tiver surgido nada desde a última música?

– Talvez você possa pensar em como se sentiu ao ver o peixe-boi.

Estreitei os olhos, desconfiado.

– Não é o bastante.

– Que tal pensar em nós dois fazendo um piquenique?

– Também não sei se é o bastante.

Então, ela ficou de pé. Caminhou até o meu lado da mesa e se aproximou. Antes que eu me desse conta do que estava acontecendo, seus lábios encostaram de leve nos meus. Não foi um beijão, nem um beijo apaixonado, mas foi delicado, e senti o gosto de maçã em sua boca, tão suave que parecia quase perfeita. Ela se afastou com um sorrisinho no rosto, sabendo que tinha me pegado de surpresa.

– E que tal uma música sobre uma manhã maravilhosa e um primeiro beijo?

Pigarreei, ainda um pouco zonzo com o que tinha acabado de acontecer.

– É – respondi. – Isso pode funcionar.

20

No trajeto até o apartamento, falamos de amenidades enquanto Morgan trocava várias mensagens com as amigas.

– Mantendo suas amigas atualizadas? – perguntei.

– Contei a elas sobre o peixe-boi. Mandei fotos.

– Elas ficaram com inveja?

– Estão fazendo compras, então duvido. Depois, planejam ficar de bobeira na piscina.

– Nada do Dalí?

– Acho que não. E também falaram em ir ao Busch Gardens, em Tampa, amanhã.

– Parece divertido.

– Quer ir com a gente? Estamos pensando em partir logo após o ensaio, lá pelas dez. E passar o dia lá.

– Meu show amanhã é às quatro, então não posso.

– Aaah – disse ela, parecendo mais decepcionada do que eu esperava.

Embora tenhamos mantido a conversa leve no caminho, minha mente ficava voltando ao beijo e ao que ele significava, se é que significava alguma coisa. Ela só estava mesmo querendo inspirar uma música? Tinha se sentido mal por ter mencionado a minha mãe? Ou realmente quis me beijar porque se sentia atraída por mim?

Por mais que eu tentasse, não conseguia decifrar o enigma, e Morgan não tinha ajudado em nada. Logo depois do beijo, ela enfiou uma uva na boca e voltou ao lugar onde estava sentada, do outro lado da mesa, como se nada tivesse acontecido. Então perguntou meu signo. Após eu dizer que era de Leão, ela disse que era de Touro e que as pessoas desses signos tinham dificuldade de se dar bem. Mas mencionou isso rindo, o que me deixou ainda mais confuso.

No apartamento, estacionei na vaga de sempre, então peguei o cooler e subi a escada de madeira até o segundo andar. Morgan seguiu atrás de mim com a bolsa no ombro, nossos chinelos fazendo barulho no piso.

– Não sei por quê, mas eu achava que você tivesse alugado um apartamento na praia.

– Nem todo mundo tem pais médicos pra bancar a hospedagem.

– Isso é verdade, mas você também disse que era a primeira vez em anos que tirava férias de verdade. Talvez valesse a pena pegar um lugar com vista para o pôr do sol.

– Não achei necessário. Eu canto na praia, então sempre vejo um pôr do sol incrível. Este lugar é só pra dormir, tomar banho e lavar a roupa.

– E escrever músicas – acrescentou ela.

– Só quando entro no clima.

Enquanto eu abria a porta, agradeci a mim mesmo por ter arrumado o lugar antes e também por ter mantido o ar-condicionado ligado. O dia estava ficando cada vez mais quente, com o verão que se aproximava já marcando presença.

Do lado de dentro, larguei o cooler no chão, sentindo um nervosismo inesperado.

– Quer beber alguma coisa? Água, cerveja? Acho que tem mais um chá gelado no cooler se preferir.

– Aceito o chá – respondeu ela.

Peguei o chá e uma garrafa de água para mim. Fiquei observando Morgan abrir a tampinha enquanto dava uma conferida na sala.

– É bacana aqui. Gostei da decoração.

Era um imóvel padrão de aluguel por temporada na Flórida, com móveis funcionais e baratos, almofadas em tons pastel e quadros simples de peixes, barcos e praias pendurados na parede.

– Obrigado – respondi. – Quando aluguei, mal olhei as fotos, porque estava focando principalmente no preço.

Ela apontou para os equipamentos musicais e o violão amontoados em um canto perto do sofá.

– Então é aqui que a magia acontece?

– Geralmente componho sentado no sofá, mas consigo fazer isso em qualquer lugar desde que possa tocar violão.

Ela colocou o chá em cima da mesinha de centro, então se sentou no sofá cheia de dedos. Recostou-se, depois inclinou o corpo para a frente, acomodando-se nas almofadas.

– O que você está fazendo? – perguntei.

– Tentando absorver isso aí que você tem e que faz com que seja tão fácil compor.

Balancei a cabeça.

– Você é engraçada.

– Tenho muitas qualidades – disse ela. – Mas também tenho uma confissão a fazer. Eu trouxe um pouco do meu trabalho. Uma música que estou compondo. Tenho boa parte da letra e um pouco da melodia, acho, mas queria saber se você podia ouvir o que fiz até agora. Queria sua opinião.

– Pode me mostrar – falei, sentindo-me honrado.

Peguei o violão e me sentei ao lado dela no sofá. Enquanto isso, Morgan pôs o celular na mesinha de centro antes de vasculhar a bolsa. Tirou um caderno em espiral, como aqueles que os estudantes usam no ensino médio e na faculdade. Quando viu que eu estava olhando para o caderno, ela deu de ombros.

– Gosto de usar caneta e papel – explicou. – Não me julgue.

– Não estou julgando. – Eu me aproximei da mesinha lateral e mostrei meu caderno para ela. – Eu faço a mesma coisa.

Ela sorriu antes de posicionar o caderno no colo.

– Mostrar a música pra você me deixa nervosa.

– Por quê?

– Não sei. Talvez por você ser tão talentoso.

De início, eu não soube o que responder. Por fim, soltei:

– Você não precisa ficar nervosa. Eu já te acho incrível.

Eu não sabia de onde aquelas palavras tinham surgido; pareciam ter vindo direto do inconsciente, sem filtro. Por um instante, percebendo que ela baixara os olhos, desejei não ter dito aquilo, antes de perceber que ela estava ficando vermelha. Sem querer pressioná-la, respirei fundo.

– De que gênero você gosta? – perguntei. – E que estilo de música tem em mente?

Vi seus ombros caírem um pouco antes que ela respondesse.

– Neste momento estou interessada sobretudo em country pop. Tipo Taylor Swift no início da carreira. Mas provavelmente mais pop que country, se isso faz algum sentido.

– O que fez até agora?

– A melodia da parte inicial e um pouco da letra do refrão. Mas estou penando com todo o resto.

– Toda música tem que começar em algum lugar. Anotou a melodia?

– Gravei com o celular. No piano. – Ela abriu o caderno na página certa, então me entregou e apontou. – Bem aqui – disse, antes de pegar o celular.

Em um instante, ela achou a gravação.

– É só pro refrão, tá?

– Beleza.

Ela tocou a gravação e, em alguns segundos, acordes de piano em tom menor ressoaram, fazendo com que eu me ajeitasse no sofá, me aproximando do aparelho. Imaginei que ouviria Morgan cantando, mas ela só tinha gravado o acompanhamento ao piano. Chegando mais perto de mim, com o dedo na página onde havia anotado a letra, cantou baixinho com a melodia, quase como se estivesse com vergonha.

A composição ainda estava muito no início – talvez dez ou quinze segundos de música –, mas de fato era o bastante para lembrar algo que Taylor Swift teria produzido no início da carreira. Refletia os pensamentos de uma mulher que, após um término, percebe que está melhor do que nunca e que está florescendo sozinha. Não era uma ideia nova, mas tinha tudo para cativar o público – principalmente feminino –, uma vez que remetia à verdade universal de autoaceitação. Era um tema que nunca ficava datado, ainda mais quando acompanhado de uma melodia cativante que faria todo mundo querer cantar junto.

– O que achou? – perguntou ela.

– É um excelente começo. Gostei muito.

– Você está falando da boca pra fora.

– Não estou. O que vem depois disso? Está pensando em música ou letra?

– Foi aí que empaquei. Tentei várias coisas, mas nada parece funcionar. É como se eu não conseguisse me decidir sobre a música porque não estou decidida sobre a letra, e vice-versa.

– Isso é comum no início.

– O que você faz quando isso acontece?

– Começo a experimentar, sem editar ou julgar. Acho importante dar uma chance pra todas as ideias que surgem na minha cabeça, por mais estranhas que sejam – comentei. – Vamos fazer isso?

Ouvi a gravação mais uma vez, acompanhando a letra. Ouvi uma terceira vez e uma quarta, dedilhando o violão distraidamente. Quando parei a gravação e toquei só no violão, deixei meus instintos aflorarem. Morgan permaneceu em silêncio enquanto variações brotavam e se sobrepunham na minha cabeça. Reuni alguns acordes para entrarem depois do refrão, mas eles não encaixaram – eram genéricos demais. Tentei mais uma vez, mas pareceu estranho. Continuei experimentando por um tempo, esquecendo-me da presença de Morgan enquanto procurava pelo compasso exato.

Depois de um tempo, consegui uma progressão que parecia encaixar e ajustei o ritmo para que ficasse mais sincopado. Parei e toquei mais uma vez, e de repente tive a certeza de que a música poderia ser bem comercial – talvez até um hit. Toquei de novo com mais confiança, o que chamou a atenção da Morgan. Antes que eu pudesse perguntar o que achava, ela bateu palmas, dando um pulinho no sofá.

– Uau! – exclamou. – Isso foi incrível!

– Gostou? – perguntei com um sorriso largo.

– Amei, mas observar você e o seu processo foi a melhor parte. Ouvir você experimentar até encontrar algo que funcionasse...

– Acabei de começar.

– Está tocando há uns vinte minutos.

Como sempre, o tempo havia parado para mim enquanto eu me perdia na música.

– Mas tem certeza que gostou?

– Amei. E até tive umas ideias novas pra letra.

– Tipo o quê? – perguntei.

Ela falou sobre a história que queria contar e o sentimento que pretendia capturar. Improvisou algumas frases cativantes que me pareceram provocadoras porém animadas e com um forte apelo, e me perguntei por que não tinha ido naquela direção. Também brincamos com o andamento e o ritmo, e, em meio a nossas experimentações, fui percebendo que Morgan tinha um dom muito maior do que demonstrava reconhecer. Seu instinto para a música comercial era afiado, e, quando ela acertou a letra e a melodia da primeira estrofe, as comportas se abriram e a música ganhou impulso. Uma hora se passou, depois mais uma. Enquanto trabalhávamos, senti que seu entusiasmo crescia.

"Isso!", "Assim mesmo!", ela exclamava. Ou sugeria "Pode tentar algo assim?" e cantarolava um ou dois compassos. Ou: "Que tal este trecho pra letra?"

De vez em quando, ela me fazia cantar a música desde o início. Em determinado momento, sentou-se perto de mim, a perna quente contra a minha, enquanto rabiscava a letra no caderno, riscando as palavras ou frases que eram rejeitadas. Aos poucos, escrevemos a música inteira, terminando no mesmo tom menor em que começava. Quando paramos, o céu do outro lado das portas de vidro tinha mudado de azul para branco com reflexos rosados. Virando-se para mim, ela não conseguiu esconder a alegria.

– Não acredito.

– Fluiu bem – comentei, com sinceridade.

– Ainda quero ouvir mais uma vez desde o início. Gostaria de gravar a música inteira também, pra não esquecer.

– Você não vai esquecer.

– *Você* pode não esquecer, mas não vou arriscar. – Ela tirou uma foto da letra e preparou o celular para a gravação. – Certo, vamos do início.

– Que tal desta vez você cantar no meu lugar? A música é sua.

– A música é nossa – protestou ela. – Eu não teria conseguido sem você. Balancei a cabeça.

– É aí que você se engana. Posso ter organizado seus pensamentos, mas a ideia, a história e, em grande parte, a música são suas. Essa música já estava dentro de você há um tempo. Só te ajudei a trazer à tona.

A expressão de Morgan era de desconfiança.

– Não concordo.

– Leia a letra – insisti, batendo na página. – Me mostre um verso que eu tenha escrito inteiro.

Ela sabia que não havia nenhum; eu podia ter acrescentado umas palavras aqui e ali, mas eu mais editei que criei, e havia sido ela quem compôs o refrão e as frases fáceis de memorizar.

– Tá, mas a melodia é sua.

– Você já tinha tudo, só precisava de ajuda pra romper o bloqueio. Foi você quem guiou cada mudança de verso e alteração de tom – afirmei. – Morgan, nunca escrevi uma música country pop. Não é o que eu faço. Acredite… essa música é sua, não nossa. Nós dois sabemos que é uma música que eu jamais seria capaz de escrever, até porque eu sou homem.

– Isso eu aceito – disse ela, rindo e concordando antes de voltar a ficar em silêncio. – Ainda não consigo acreditar em como foi rápido – murmurou. – Fazia semanas que eu vinha trabalhando nessa música. Tinha quase desistido.

– Isso também acontece comigo – admiti, assentindo com a cabeça. – Acabei aceitando a ideia de que as músicas surgem apenas quando estão prontas pra isso, nunca antes. Estou feliz por ter feito parte do processo.

Ela sorriu e colocou a mão no meu joelho.

– Obrigada – disse, a voz rouca de... o que era aquilo? Gratidão? Fascínio? – Essa foi... a melhor experiência de aprendizado que já tive.

– De nada. E agora quero ouvir você cantar.

– Eu?

– A música é sua. É você quem deve cantar.

– O dia foi longo – retrucou ela. – Minha voz vai parecer cansada.

– Pare de inventar desculpas.

Enquanto ela hesitava, sua mão continuou no meu joelho, seu calor se espalhando pelo meu corpo.

– Tá – disse ela, cedendo, e limpou a garganta. Tirando a mão do meu joelho, ela pegou o caderno. – Só me dê um tempinho.

Fiquei observando quando ela se levantou do sofá e foi até o centro da sala.

– Comece a gravar quando eu estiver pronta, tá? – instruiu.

Ela juntou as mãos na frente do corpo, preparando-se. Quando finalmente ergueu o caderno e fez que sim com a cabeça, apertei o botão de gravar e coloquei o celular na mesinha de centro entre nós dois.

Ao ouvir os primeiros acordes, Morgan pareceu ganhar vida. Seus braços e pernas de repente se soltaram; seu rosto brilhou como se fosse incandescente. Antes do final da primeira estrofe, eu estava extasiado.

Adele, Taylor Swift ou Mariah Carey não eram melhores que a voz que saía daquela mulher jovem e miúda à minha frente. Seu alcance e seu controle eram incríveis e sua ressonância, *imensa*. Eu não conseguia acreditar que aquela figura delicada era capaz de produzir o som profundo e cheio de alma de uma diva em seu ápice. Fiquei embasbacado. Obrigando-me a me concentrar no acompanhamento, me esforcei para garantir que não ia errar nenhum acorde. A performance de Morgan, por sua vez, parecia natural, como se ela cantasse aquela música havia anos. Fez ajustes na hora, improvisando a letra e completando o refrão com trinados e vibratos inesperados. Sua presença ocupava a sala inteira – mas, quando olhou nos meus olhos, a sensação era de que ela estava cantando só para mim.

As pessoas se perguntam o que é necessário para ser uma estrela, e cada músico de sucesso tem a sua história. Naquele momento, no entanto, tive certeza de que estava na presença de um talento do mais alto nível.

– Você é incrível – finalmente pude dizer quando sua voz se dissipou.

– Isso é muito gentil – devolveu ela. – Eu disse a mesma coisa de você, lembra?

– A diferença é que estou sendo sincero. A sua voz... Nunca ouvi nada igual.

Ela pôs o caderno sobre a mesa e veio na minha direção. Abaixando-se, inclinou o meu rosto em direção ao seu e beijou meus lábios suavemente.

– Obrigada. Por tudo.

– Você vai ser uma estrela – murmurei, acreditando no que estava dizendo.

Ela sorriu.

– Tá com fome?

A mudança de assunto me trouxe de volta à terra.

– Estou.

– Por um acaso sabe onde tem um cheeseburger bem gostoso?

Observei Morgan contornar a mesa de centro, e as lembranças do dia que passamos juntos voltaram com tudo – o passeio de caiaque, o sol em seu cabelo, a sensação de seus lábios no piquenique, seus olhos se fechando enquanto cantava. Quando me levantei do sofá, minhas pernas pareciam meio bambas. *Estou me apaixonando por ela*, percebi de repente.

Ou talvez, quem sabe, já estivesse apaixonado.

Pigarreei, quase incrédulo, e falei:

– Conheço o lugar certo.

21

Saímos do apartamento e seguimos em direção à praia, esperando para atravessar o sempre agitado Gulf Boulevard.

O céu não parava de mudar de cor, e ainda havia centenas de pessoas por ali, chapinhando na beira do mar e juntando seus pertences sem pressa. Caminhei ao lado de Morgan, estudando o modo como os raios de sol realçavam os reflexos avermelhados em seu cabelo escuro e brilhoso. Não pude deixar de sentir que alguma coisa em meu mundo tinha mudado no pouco tempo desde que a conhecera. Eu achava que a minha vida estava mais ou menos resolvida; mas passar um tempo com Morgan havia alterado tudo isso. Não sabia dizer por que ou quando tinha acontecido, mas sem dúvida eu me sentia diferente.

– Você está pensando em alguma coisa – disse Morgan.

– Acontece às vezes.

Ela cutucou meu ombro, como tinha feito naquela noite no hotel.

– Me conte – insistiu.

– Estou pensando na música – respondi, saindo pela tangente.

– Eu também – concordou ela, antes de se virar para me fitar. – Quer trabalhar em outras músicas comigo? Já fiz parceria com outros compositores, mas nunca tinha sido como hoje.

Eu a observei enquanto ela voltava a seguir adiante, a brisa fazendo a roupa grudar em seu corpo.

– Claro – respondi. – Eu adoraria. Mas acho que toparia qualquer coisa se isso significasse passar mais tempo com você.

Minhas palavras pareceram pegá-la de surpresa. Olhando para a água, ela deu alguns passos em silêncio, e percebi que não fazia ideia do que ela estava pensando.

– Então – disse ela, em tom alegre, como se quisesse disfarçar o desconforto. – Onde fica esse lugar do cheeseburger?

Apontei para um lugar um pouco adiante na praia, onde um telhado coberto de palha aparecia atrás das dunas.

– Bem ali.

– Acha que vamos conseguir mesa? – Ela franziu o cenho. – Na hora do pôr do sol? Ou será que vai estar muito cheio?

– Você gosta de fazer umas perguntas que não faço a menor ideia de como responder, né?

Ela jogou a cabeça para trás e deu risada, expondo o pescoço bronzeado. Minha mente viajou até a sensação de seus lábios nos meus.

– Tá bom, então vamos falar de algo que você *sabe*. Tem alguma história engraçada da fazenda? – indagou ela.

– Tipo o quê?

– Tipo… uma vez um cara cortou o pescoço de um frango porque ia comê-lo. Mas o bicho acabou vivendo por mais um ano. Acho que o tronco encefálico não foi afetado, algo assim. Enfim, o fazendeiro o alimentava com um conta-gotas, porque ele não tinha mais cabeça.

– Isso não é verdade.

– É, sim! Eu vi o vídeo uma vez quando estava em Nova York, no *Acredite se quiser*.

– E você acreditou, claro.

– Pode jogar no Google. O fazendeiro fez até um show itinerante com o frango, que ele batizou de Mike. Eu mostro o vídeo quando estivermos comendo.

Balancei a cabeça.

– Não tenho nenhuma história de frango sem cabeça. Eu poderia falar sobre os vermes do tabaco, mas eles não são engraçados.

– Que nojo.

– Pois é – concordei. – Então por que você não me diz alguma coisa que eu não saiba? Tipo… sei que você vinha pra cá com a família e que ia pra casa no lago em Minnesota, mas vocês passavam férias em outros lugares?

– Que importância tem isso?

– Nenhuma. Como é a primeira vez que tiro férias, estou tentando viver indiretamente por meio da sua infância. Pra eu saber o que perdi.

– Você não perdeu muita coisa – garantiu ela.

– Faça de conta que sim.

Ela chutou um pouco de areia, deixando redemoinhos para trás.

– Bom – começou –, a gente viajava muito quando eu era criança. A cada dois anos a gente ia pras Filipinas, onde meus avós paternos moram. Quando era pequena, eu odiava. Não falo chinês nem tagalo. A família do meu pai é de ascendência chinesa, mas vive nas Filipinas há muitos anos... e faz bastante calor lá no verão! Mas, conforme fui crescendo, passei a gostar das visitas... de ver os meus primos e de saborear a comida que minha avó fazia. Eles sempre mimavam minha irmã e eu, já que a gente se via pouco.

Ela fez uma pausa, com um sorriso nostálgico no rosto.

– Meus pais amam viajar – continuou –, então às vezes a gente ia pro Havaí ou pra Costa Rica, mas a melhor viagem que fiz foi depois do primeiro ano do ensino médio, quando meus pais nos levaram pra Europa. Londres, Paris, Amsterdã e Roma.

– Parece incrível.

– Na época não fiquei tão animada quanto você deve estar imaginando. A gente visitou principalmente museus e igrejas, e hoje consigo entender o valor de ver obras de Da Vinci ou Michelangelo, mas na época quase morri de tédio. Eu me lembro de olhar pra *Mona Lisa* e pensar: "É só isso? O que tem de tão especial?" Mas meus pais acreditavam que essas coisas culturais eram importantes na formação da mente dos jovens.

Dei um sorriso quando viramos na direção do Sandbar Bill's. Embora todas as mesas estivessem ocupadas, demos sorte e pegamos um casal deixando os assentos no bar, que além de tudo tinha vista para o pôr do sol.

– Olhe só – falei. – Deve ser o nosso dia de sorte.

Ela sorriu.

– Não tenho dúvida.

22

Pedimos o chá gelado da casa, o que fez de nós os únicos que não estavam bebendo cerveja ou drinques. Quando o garçom entregou o cardápio, nós dois pedimos cheeseburger, sem nem olhar outras opções.

Enquanto esperávamos, ela me mostrou o vídeo do Mike, o frango sem cabeça, no YouTube e, por insistência minha, me contou mais sobre sua infância. Tinha estudado em escola particular – nenhuma surpresa, uma vez que seus pais valorizavam muito uma educação de qualidade. Descreveu as panelinhas, as inseguranças e os alunos que a surpreenderam tanto de forma positiva quanto negativa.

Embora nossas histórias fossem completamente diferentes, ficou óbvio que – como tinha acontecido comigo – a música fora o fio condutor de todas as suas experiências. A música era para nós dois uma maneira de assumir o controle na formação de nossas identidades e fugir de nossos traumas; quando eu disse isso, ela franziu a testa de leve.

– Acha que foi por isso que a Paige se tornou artista também?

– Pode ser. – Cocei o queixo, recordando. – Ela desenhava animais e paisagens incríveis, mas um dia desenhou meus tios, e o resultado ficou tão realista que parecia uma foto. Eu me lembro de pedir a ela que desenhasse nossa mãe, pois eu não me lembrava muito bem de como ela era, mas Paige disse que também não lembrava. – Pensando em Paige, acrescentei: – Talvez tenha sido melhor assim.

Senti os olhos de Morgan em mim enquanto ela bebia um gole do chá.

– Eu queria que você pudesse ir ao Busch Gardens com a gente amanhã. Deve ser divertido – disse, chegando mais perto.

– Tenho certeza de que vai ser divertido. Mas o dever me chama. – Então, olhando para ela: – Será que não podemos nos encontrar quando você voltar? Depois do show? Posso preparar um jantar ou podemos sair.

Vi suas covinhas surgirem.

– Eu adoraria.

– Ótimo – falei, já sabendo que iria ficar contando as horas. – E com certeza irei à sua apresentação de dança no sábado… isso se você me disser o horário e não me obrigar a acampar lá o dia inteiro, claro.

– Vai ser por volta do meio-dia.

– Sei que vocês têm um zilhão de seguidores, mas quantos vídeos já postaram?

– Provavelmente algumas centenas – respondeu ela.

– Vocês têm tudo isso de coreografias?

– Não, não – disse ela, balançando a cabeça. – Não sei quantas coreografias fizemos. Mas basicamente criamos sequências pra uma ou duas músicas, e desmembramos cada uma em dez ou quinze segmentos.

– Então… como vocês vão dar continuidade? Já que cada uma vai pra um canto?

– A gente tem conversado muito sobre isso, principalmente esta semana. Elas sabem que sábado será minha última apresentação com o grupo. E, até pouco tempo atrás, a Holly e a Stacy também diziam que tinham outros planos. Mas, agora que está entrando dinheiro, acho que elas vão tentar achar um jeito de continuar, pelo menos durante o verão. Talvez ensaiando por FaceTime e pessoalmente nos fins de semana. Ainda estão tentando definir.

– Mas você tá saindo de vez?

Ela ficou em silêncio, e tive a sensação de que estava tentando escolher as palavras com cuidado.

– Você já sabe como me sinto a respeito de ser influenciadora, porém, mais do que isso, não quero errar na hora de lançar minha carreira musical. Tipo… não quero que as pessoas pensem que o único motivo pelo qual tive sucesso foi por ter seguidores nas redes sociais. Me dediquei demais à música. Estudei canto lírico, pelo amor de Deus. Talvez um empresário, se eu conseguir um, me diga o que fazer. Por enquanto, só vou postar o que já concordei em postar, e isso vai me manter por um mês mais ou menos, mas, depois disso... quem sabe? Vamos ver no que dá.

– Vai sentir falta?

– Sim e não – admitiu ela. – Amo minhas amigas, e no início as coreografias eram muito divertidas, e é óbvio que foi emocionante ver nossos perfis bombarem. Mas ultimamente parece que tudo tem que ser ainda melhor, perfeito, sempre que a gente grava, então é muito mais estressante. Ao mesmo tempo, tento me lembrar de que aprendi bastante. Cheguei a um ponto em que acho que conseguiria até coreografar meu próprio videoclipe.

– Sério?

– Talvez. Mas, se eu não conseguir, é só chamar a Maria.

Dei um sorriso. O garçom trouxe nossos cheeseburgers, e os devoramos enquanto contemplávamos o pôr do sol.

– A gente falou muito de mim, mas o que você vai fazer quando voltar pra casa? – perguntou ela entre uma mordida e outra.

Diferente de mim, ela tinha tirado o pão e estava comendo o cheeseburger de garfo e faca; no entanto, atacava a batata frita com gosto.

– O mesmo de sempre. Trabalhar na fazenda.

– Qual é a primeira coisa que você faz de manhã quando começa a trabalhar?

– Verifico se os ovos foram recolhidos e mudo o galinheiro móvel de lugar.

– Galinheiro móvel?

Pensei em qual seria o melhor jeito de descrever para alguém que nunca tivesse visto um.

– Lembra que eu disse que as galinhas gostam de sombra? É isso que o galinheiro móvel faz. É como uma tenda grande montada sobre uma plataforma, com caixas de ninho ao longo de uma das laterais. Mas, enfim, as galinhas gostam de comer insetos, e também fazem muito cocô. Então temos que mudar o galinheiro de lugar todos os dias para garantir que elas tenham um ambiente limpo e fresco. Isso também ajuda a fertilizar o solo.

– Você faz isso com um trator?

– Claro.

– Quero ver você dirigindo um trator.

– Você será sempre bem-vinda na fazenda.

– E depois disso faz o quê?

– Depende da estação. Dou uma olhada na estufa ou nas plantações, verifico a colheita, treino as galinhas novas, ajudo a arar o solo, e tem também toda a questão do gerenciamento dos funcionários, além da interação com os clientes. Nem preciso dizer que sempre tem algo quebrado ou que precisa de reparos. Todos os dias eu acordo com mil coisas pra fazer. Você ficaria surpresa com tudo o que é necessário pra levar um ovo ou um tomate da fazenda pro supermercado.

– Como dá conta de tudo?

– Minha tia faz muitas coisas, assim como o gerente. Também aprendi a estabelecer prioridades.

– Acho que eu não daria conta de uma vida como a sua – disse ela, balançando a cabeça. – Quer dizer, eu sou responsável, mas não *tanto* assim.

– Você não precisa dar conta de uma vida como a minha. Você vai ser famosa.

– Deus te ouça.

– Acredite em mim – garanti, sabendo que nunca tive tanta certeza de alguma coisa na vida.

23

Quando terminamos de comer, caminhamos pela areia até o Don. O restaurante à beira da praia estava com metade das mesas ocupadas; outras pessoas curtiam a noite nas espreguiçadeiras à beira da piscina. Um casal que caminhava do hotel até a praia estava tão envolvido na própria conversa que pareceu nem notar nossa presença. Morgan parou na areia a alguns passos do deque e se virou para mim. Olhando para ela, pensei outra vez que nunca tinha visto uma mulher tão linda.

– Então é isso – falei.

Ela pareceu analisar o hotel antes de se voltar para mim.

– Obrigada por hoje – disse. – Por tudo.

– Eu é que agradeço – respondi. – Foi o melhor dia da minha viagem.

– O meu também – disse ela com tanta doçura que o que aconteceu em seguida pareceu inevitável.

Eu me aproximei e a puxei para perto com delicadeza. Vi seus olhos se arregalarem discretamente, e por um instante me perguntei se deveria parar. Embora ela tivesse me beijado duas vezes, acho que nós dois sabíamos que daquela vez seria diferente, que aquele beijo estaria carregado de emoções que nenhum de nós tinha previsto.

Mas não consegui mais me conter e, inclinando a cabeça, fechei os olhos quando nossos lábios se uniram, suavemente no início e depois com mais paixão. Senti seu corpo contra o meu, e, quando nossas línguas se encontraram, o calor se espalhou como uma corrente subterrânea. Abraçando-a, ouvi Morgan gemer de leve, e sua mão subiu até o meu cabelo.

Enquanto nos beijávamos, minha mente buscava respostas, tentando entender quando e como aquilo havia acontecido. Talvez tivesse sido enquanto andávamos de caiaque, ou quando a ouvi cantar, ou até mesmo quando jantamos juntos – mas de repente entendi que eu tinha me apaixonado por aquela mulher, uma mulher que eu só conhecia havia dois dias, mas que eu sentia como se conhecesse desde sempre.

Quando nos separamos, meus sentimentos ameaçaram transbordar, mas me obriguei a permanecer em silêncio. Ficamos só olhando um para o outro até eu finalmente soltar o ar, sem perceber que estava prendendo a respiração.

– Te vejo amanhã à noite, Morgan – falei, a voz quase rouca.

– Boa noite, Colby – respondeu ela, analisando o meu rosto como se quisesse memorizá-lo.

E, minutos depois, caminhando pela praia, me peguei revivendo o beijo, certo de que minha vida nunca mais seria a mesma.

Parte IV

Beverly

24

Beverly não conseguia parar de pensar nas câmeras das rodoviárias.

Como pôde ter sido tão burra? Não havia milhões de filmes e séries de TV em que o governo usava aquelas câmeras para pegar espiões e criminosos? Ah, ela sabia que a vigilância eletrônica não era tão sofisticada quanto Hollywood dava a entender, mas até os telejornais confirmavam que as câmeras estavam por toda parte hoje em dia. Eram instaladas nas esquinas das ruas, em semáforos, acima de caixas registradoras em pequenos estabelecimentos. Ela se lembrou das câmeras quando levou Tommie até a loja de conveniência para comer alguma coisa, então por que não pensou naquilo, que era tão mais óbvio?

Com as pernas trêmulas e a mente acelerada, de alguma forma Beverly conseguiu ir até a mesa, e ainda estava sentada ali quando Tommie entrou na cozinha. Ele se jogou na cadeira, esfregando os olhos. Para acalmar os nervos, ela se obrigou a se levantar. Serviu uma tigela de cereal, acrescentou leite e levou o café da manhã do filho e uma colher até a mesa.

Deu um sorriso rápido, esperando que Tommie não percebesse que ela mal conseguia se manter em pé, e foi preparar o almoço dele. Sanduíche de manteiga de amendoim com geleia e uma maçã, e também umas moedas para comprar leite na cantina. Nada de salgadinhos ou biscoitos, infelizmente, mas no momento ela só conseguia se concentrar em não olhar pela janela, pois imaginava encontrar Gary no quintal.

– Ouvi alguém ontem à noite – disse Tommie.

Aquelas palavras quase a fizeram se sobressaltar. Beverly tentou se lembrar da última vez que ele tinha puxado assunto pela manhã, sem que ela tivesse que estimulá-lo. Quando finalmente registrou aquelas palavras, sentiu mais uma pontada de ansiedade.

– Deve ter sido eu – respondeu. – Fiquei acordada até tarde limpando a cozinha.

– Ouvi alguém *lá fora*.

Pingava água da torneira, um *ping-ping-ping* constante e ritmado que se chocava contra o canto dos pássaros. Um caminhão velho passou na estrada de cascalho, e ela viu um braço acenar da janela do motorista antes de o veículo desaparecer. A névoa subia dos campos como se uma nuvem tivesse caído do céu.

– Não tinha ninguém lá fora – disse ela. – Eu teria ouvido.

– Ele tava no telhado.

Um ano antes, Tommie começara a ter pesadelos. Ela pensou que fosse por causa dos programas a que ele assistia, ou talvez do livro *Onde vivem os monstros*. Nos primeiros pesadelos, ele acordava gritando, dizendo que estava sendo perseguido por um monstro. Às vezes o monstro era como um dinossauro; outras, era um animal selvagem ou um vulto encapuzado. E sempre, sempre, Tommie jurava que o monstro estava chamando o nome dele.

– Tem certeza de que não foi só um sonho?

– Eu tava acordado. Ouvi a música na cozinha.

Se fosse Gary, ela disse a si mesma, ele já estaria na cozinha. Se fossem seus comparsas, eles já teriam colocado os dois em um SUV preto com vidros escuros. Tentando manter as próprias preocupações sob controle, ela pegou o gel e alisou o cabelo de Tommie, embora suas mãos estivessem ligeiramente trêmulas.

– Vou dar uma olhada depois que você for pra escola, mas devem ser esquilos.

– A pessoa chamou o meu nome.

Beverly fechou os olhos, sentindo uma ponta de alívio. Com certeza tinha sido um sonho, graças a Deus. Mas o alívio teve vida curta, destruído pelo pavor que sentira antes como um castelo de areia quando a maré sobe.

– Eu estava cantando com o rádio na cozinha. Deve ter sido isso que você ouviu – declarou ela, a voz soando estranhamente baixa e distante até para si mesma.

Tommie olhou para ela, parecendo de repente mais velho e mais novo ao mesmo tempo.

– Pode ser – disse ele por fim.

Ela achou melhor mudar de assunto.

– Se quiser, pode trazer algum amigo depois da escola.

– Não tenho nenhum amigo aqui.

– Mas vai ter – afirmou ela. – Com certeza tem muitas crianças legais na sua sala. Talvez vocês se conheçam melhor no dia ao ar livre. Você disse que está chegando, né?

Ele deu de ombros e ficou em silêncio enquanto terminava o cereal. Depois, inclinou a tigela, bebendo o leite. Beverly pensou mais uma vez que deveria comer assim que ele saísse para a escola, pois não tinha se alimentado bem no dia interior. Sentia que poderia escrever um livro para pessoas que queriam perder peso; o título seria *A dieta da pindaíba*.

Colocou o almoço de Tommie na mochila e foi com ele até o tronco à beira da estrada. Eles se sentaram, esperando.

– Se quiser pegar mais girinos à tarde, posso tentar achar um pote de vidro – sugeriu ela. – Talvez não dê pra levá-los pra escola, mas você pode deixá-los em casa por um tempinho.

Tommie ficou olhando para o chão.

– Eu não quero morrer, mãe – disse.

Beverly só piscou, atônita.

– O que você disse?

Ele se virou para ela, a testa franzida.

– Eu disse que não quero que eles morram, mãe.

– Ah – respondeu ela, de repente pensando em câmeras, pesadelos, privação de sono e falta de comida.

No calor crescente da manhã, era difícil manter os pensamentos organizados. Ela precisava fazer melhor do que isso. Precisava garantir que Tommie se sentisse seguro.

O ônibus amarelo parou com um gemido; a porta rangeu ao se abrir. Tommie se levantou e embarcou no ônibus sem olhar para trás, sem nem se despedir.

25

Câmeras.

A palavra ricocheteava em sua mente como uma bola de *pinball*. Ela precisava de uma distração – qualquer coisa que acalmasse seus nervos –, mas suas mãos ainda não estavam firmes o bastante para começar a pintar. Então subiu até o quarto de Tommie. Embora tivesse sido um pesadelo, ela disse ao filho que daria uma olhada para ter certeza, e era isso que boas mães faziam. A janela era do tipo saliente, e era impossível ver se alguém conseguiria alcançar o telhado. Ela se deitou na cama de Tommie e olhou para o teto. Tentou imaginar de onde o som poderia ter vindo, se é que tinha vindo mesmo, mas fingir ser o filho não ajudou.

Ela se levantou e se afastou da casa, caminhando para trás a fim de ter uma visão melhor. O quarto de Tommie ficava na lateral, e uma olhada confirmou que, pela inclinação do telhado, era ainda mais improvável que alguém tivesse andado por ali. Mas um dos carvalhos tinha um galho que se estendia sobre parte do telhado, o que fazia dele uma ótima ponte para esquilos. Com vento, o galho talvez até arranhasse as telhas, e ela tentou lembrar se havia ventado na noite anterior.

A única certeza que tinha era a de que ninguém havia subido no telhado; ninguém havia sussurrado o nome de Tommie. Ela já sabia disso; ainda assim, estava feliz por ter certeza. Assim como agora tinha certeza de que havia câmeras nas rodoviárias. Devia ter sido uma exigência após o 11 de Setembro, pensando bem, e ela sabia que Gary tinha acesso a todas elas.

Embora sua mente parecesse ainda mais confusa que nos dois dias anteriores, ela se obrigou a pensar. Após voltar para dentro de casa, sentou-se à mesa e massageou as têmporas, pressionando firme com os dedos.

Gary certamente exigiria ver imagens da rodoviária local de sexta à noite, sábado, domingo e talvez até segunda de manhã. Ele se sentaria com o rosto grudado no monitor, por vezes acelerando o vídeo, observando com atenção, *procurando*. Ainda que ele não a reconhecesse de pronto, com certeza reconheceria o filho. Talvez levasse horas ou dias, mas ela tinha certeza de que Gary acabaria descobrindo exatamente em qual ônibus eles tinham embarcado na fuga.

E depois? A não ser que houvesse câmeras nos ônibus – o que ela duvidava –, ele não faria ideia de onde os dois teriam descido. Àquela altura ele tentaria conversar com os motoristas, mas o segundo motorista lembraria onde eles tinham desembarcado? Improvável, logo, Gary iria para o próximo passo, que seria verificar as câmeras de outras rodoviárias ao longo da rota. E, mais uma vez, talvez reconhecesse Tommie. E continuaria repetindo o processo, como um lobo com o focinho no chão atrás da presa, chegando cada vez mais perto. Talvez até encontrasse um vídeo dela na loja de conveniência.

Mas e depois disso?

Os rastros chegariam ao fim, porque ela e Tommie tinham pegado carona com uma mulher que dirigia uma perua. A mulher que sabia que não deveria fazer perguntas.

Será que ele conseguiria encontrar a mulher? E o vendedor de tapetes que cheirava a Old Spice?

Difícil.

Mas será que havia outras câmeras na estrada? Câmeras de monitoramento de trânsito? Câmeras que fotografavam placas de automóveis?

Possivelmente.

Ainda que ela imaginasse o pior – que Gary, de alguma forma, tivesse conseguido chegar até a cidade –, e depois? Talvez ele desse uma olhada no hotel de beira de estrada, talvez fosse até a lanchonete, talvez até falasse com a garçonete, mas os rastros ficariam ainda mais difusos depois disso. A garçonete não sabia que Beverly estava procurando um lugar para morar e, tirando a proprietária da casa, ninguém sabia que eles estavam na cidade. Segundo todas as informações que Gary teria, ela talvez tivesse pegado carona com outra pessoa, seguindo em uma direção totalmente diferente.

Gary podia ser obstinado e inteligente e ter influência nos governos federal e estaduais a ponto de intimidar até mesmo o cidadão mais corajoso, mas ele não era Deus.

– Estou segura – disse ela, no tom mais convincente possível. – Não tem como ele me encontrar.

143

26

Ainda assim, a ansiedade custou a diminuir, mesmo após ela ter repassado tudo mais uma vez, só por garantia. Ela estava na beira do precipício, sem dúvida, ou talvez estivesse mais para uma corda bamba lá nas alturas, sem rede de proteção. De qualquer forma, ela sabia que não estava raciocinando bem. Concentrava-se demais em certas ideias e esquecia outras coisas, e tinha que voltar a pensar direito, se não por si mesma, por Tommie. O filho precisava dela, eles estavam recomeçando a vida e as paredes alaranjadas da cozinha pareciam estar se fechando sobre ela, provocando o início de uma dor de cabeça.

– Preciso pintar a cozinha – sussurrou. – Vou me sentir melhor depois disso.

Levantando-se da mesa, ela pegou um dos pincéis, um rolinho e uma bacia. Como no dia anterior, tirou a camiseta e a calça, pois não queria estragá-los com respingos. Usou uma faca de manteiga para abrir a lata de *primer*. Lojas de tintas têm máquinas que agitam as latas, mas, como essa não era uma opção, ela encontrou uma espátula de madeira em uma das gavetas e a usou para mexer o líquido. O *primer* estava mais grosso no fundo, como a lama de um pântano, mas ela mexeu e mexeu, tentando trazê-lo de volta à vida para poder se livrar das paredes alaranjadas da cozinha de uma vez por todas.

Quem em sã consciência escolheria aquela cor horrorosa para começo de conversa? Como era possível analisar todas as amostras de tinta que as lojas tinham a oferecer – todos os tons neutros e pastel ou cores primaveris – e pensar: "Quero que as paredes da minha cozinha pareçam uma abóbora"?

Quando achou que o *primer* já estava bem misturado, despejou um pouco na bacia e passou o rolinho para a frente e para trás, absorvendo o líquido.

Ela o espalhou pelas paredes, cobrindo o alaranjado e chegando o mais perto possível dos armários. Depois usou o pincel, satisfeita ao perceber como era fácil chegar perto dos armários sem deixar nem uma manchinha sequer.

– Eu devia arranjar um emprego como pintora de cozinhas feias – disse, com uma risadinha.

Deixando o *primer* secar, ela enxaguou o pincel e o rolo e os colocou perto do aquecedor na varanda dos fundos para secar também. Devolveu o que restou do *primer* para a lata, lavou a bacia e secou com papel-toalha, então despejou nela a tinta branca acetinada. Pegou outro pincel e outro rolo e direcionou a atenção aos armários, absorta na tarefa. Ao terminar, ficou em pé no centro da cozinha, observando tudo.

Os armários ficaram ótimos, pareciam quase novos. Mas o alaranjado feioso tinha se misturado ao *primer*, deixando as paredes cinzentas e com aparência de sujas. Ela sentiu que estava ficando com dor de cabeça.

Preciso comprar roupas pro Tommie, lembrou a si mesma.

Não só porque não queria que as outras crianças o ridicularizassem, mas porque não queria que a professora percebesse. Isso poderia levar a uma reunião, e a última coisa de que ela ou Tommie precisavam agora era que alguém prestasse atenção neles.

Olhando para o relógio, calculou quanto tempo seria necessário para ir até a cidade, encontrar uma loja e voltar. Se saísse logo, daria tempo, então, depois de enxaguar rapidinho o pincel e o rolo, ela subiu e colocou a peruca e o boné de beisebol e prendeu os seios com a faixa. Pegou um pouco de dinheiro escondido e saiu de casa, os pés levantando a poeira do cascalho ao andar. E andar. E *andar*. Ao passar pelo mercado onde tinha feito compras, aproximando-se da lanchonete e do hotel, ela se perguntou se os estabelecimentos tinham câmeras. E, caso tivessem, por quanto tempo costumavam armazenar as imagens? Alguns dias? Uma semana? Um mês? Elas não ficavam armazenadas para sempre, ficavam?

De qualquer forma, ela precisava percorrer o local o mais despercebida possível. Com isso em mente, atravessou a rua, mantendo o boné com a aba abaixada ao passar pela lanchonete, e voltou a atravessar ao passar pelo hotel. Em um excesso de cautela, parou e fingiu amarrar o tênis. Olhou na direção da lanchonete e depois do hotel para ver se alguém tinha saído para observá-la. Mas não viu nada fora do comum, e lembrou a si mesma que precisava ter o mesmo cuidado quando retornasse.

145

Voltou a caminhar e acabou chegando ao distrito comercial. Aos poucos, as lojas foram ocupando os dois lados da rua, e ela desejou ter um celular para que pudesse procurar o endereço de um brechó. Em vez disso, pediu informação a estranhos. Duas mulheres. A primeira estava abastecendo o carro; a segunda, saindo de um restaurante. Mesmo do lado de fora, Beverly sentiu o cheiro de fritura e se arrependeu de não ter tomado café da manhã. A mulher que estava saindo do restaurante disse que havia um brechó dois quarteirões adiante, em um centro comercial que ficava um pouco afastado da estrada.

Beverly encontrou o centro comercial e o brechó, que ficava em uma das extremidades. Chamava-se Segunda Chance, e ela entrou. Manteve a cabeça baixa ao passar pelo caixa, operado por uma mulher na casa dos 60 anos com um cabelo grisalho sem brilho que lembravam as paredes de sua cozinha.

A maioria dos itens na seção infantil era para bebês e crianças bem pequenas, mas depois de um tempo ela encontrou os tamanhos de que precisava. As roupas, embora usadas, estavam limpas, sem rasgos ou manchas, e, como ela esperava, o preço era baixíssimo. No fim, selecionou quatro camisetas, duas bermudas, uma calça jeans e um par de tênis. Pensou que teria sido uma boa ideia trazer a mochila, o que facilitaria a tarefa de levar as coisas para casa, mas teve que se contentar com uma sacola plástica.

Então deu início à longa caminhada de volta. O sol estava alto e reluzente, e o dia, quente e abafado. Tonta por não ter comido nada, ela teve que parar algumas vezes a fim de recuperar o fôlego. Desejou estar de carro, mas sabia que Gary havia instalado um rastreador no que ela usava. Tinha visto o rastreador embaixo do para-choque traseiro meses antes de ir embora de vez, a luzinha vermelha piscando, tentando-a a arrancá-lo dali e ver o que aconteceria.

A peruca e o boné deixavam sua cabeça quente e davam coceira, e ela sentiu a maquiagem derretendo. Ao chegar em casa, tirou a roupa e entrou no chuveiro. Depois se vestiu, saiu de casa e se sentou no tronco, bem na hora. O ônibus apareceu menos de um minuto depois, e ela sentiu uma pitada de orgulho por ter conseguido chegar a tempo. Como no dia anterior, trocou um aceno amigável com o motorista, pensando que talvez, quem sabe, tudo fosse ficar bem.

146

27

– Comprei roupa pra você hoje – disse –, pra que não precise ficar usando sempre as mesmas.

Eles estavam à mesa, e Tommie assentiu enquanto comia o sanduíche que ela havia preparado. Ela também tinha lhe servido um copo de leite, impressionada com quanto um ser humano tão pequeno era capaz de comer e beber.

– Como deve ter percebido, também comecei a pintar a cozinha – acrescentou ela.

Tommie levantou a cabeça, como se não houvesse percebido a diferença.

– Por que pintou de cinza?

– É o *primer*, um produto que a gente aplica antes da tinta – respondeu ela. – Vou pintar as paredes de amarelo.

– Ah – disse Tommie.

Não pareceu muito interessado, mas ela imaginou que crianças da idade dele não dessem mesmo bola para tinta de parede.

– Quer pegar girinos de novo quando terminar?

Ele fez que sim com a cabeça, mastigando.

– Também dei uma olhada no telhado – informou ela. – É íngreme demais pra alguém andar lá em cima, mas tem um galho que os esquilos podem ter escalado, ou o galho pode ter arranhado as telhas. Provavelmente foi isso que você ouviu, ou, como eu disse, você pode ter sonhado.

– Eu tava acordado, mãe.

Ela sorriu, ciente de que ele sempre dizia a mesma coisa depois de um pesadelo.

– Quer mais leite?

Quando ele balançou a cabeça, ela notou que o modo como seu cabelo caía sobre os olhos lembrava Gary e se perguntou quando Tommie perguntaria pelo pai.

– Quando o papai chega?

Ela o conhecia tão bem que às vezes beirava a clarividência.

– Ele ainda está trabalhando – respondeu ela. – Você se lembra de quando eu disse isso? Quando saímos de casa?

– Lembro – disse ele, enfiando o resto da comida na boca, mas ela sabia que não tinha respondido à pergunta.

Beverly levou o prato dele até a pia, jogou água e fez o mesmo com o copo quando ele terminou o leite. Abriu com cuidado os armários ainda não totalmente secos e encontrou um pote velho de vidro com tampa em uma das prateleiras mais altas. Estendeu a mão com o vidro, mostrando-o a Tommie.

– Que tal a gente pegar uns girinos?

28

Eles caminharam até o riacho, mas dessa vez Beverly não entrou com Tommie na água. Em vez disso, depois de enrolar as pernas da calça dele e tirar sapatos e meias, ela se sentou na grama perto da margem. Tommie segurava o pote de vidro enquanto caminhava lentamente em meio à corrente fraca.

– Antes de pegar um girino, coloque um pouco de água do riacho no pote.

Tommie pegou água, enchendo o pote até a boca.

– Jogue fora um pouco da água. Está cheio demais, e os girinos não vão caber.

Ele seguiu a orientação e retomou a caça. Tentou pegar o primeiro girino e não conseguiu, mas depois pegou dois.

– Posso pegar quantos?

Ela pensou.

– Não sei, mas eles são meio pequenos... então, talvez sete ou oito? Quer dizer, se conseguir pegar tudo isso.

– Eu consigo pegar tudo isso – respondeu ele, e ela sentiu uma onda de calor ao perceber sua autoconfiança.

Tommie era sua missão, seu mundo, desde o dia em que nascera. Ela tentava imaginar como ele seria quando adulto. Seria bonito, ela tinha certeza, mas outros detalhes lhe escapavam.

– Como foi a escola hoje? Fez alguma coisa divertida?

– Hoje teve aula de arte. A gente desenhou.

– O que você desenhou?

– Disseram pra gente desenhar a nossa casa.

Ela se perguntou qual casa ele tinha desenhado, a antiga ou a nova, em que moravam sozinhos e finalmente estavam a salvo.

– Está na sua mochila?

Ele assentiu, a cabeça baixa, sem interesse. Logo agachou mais, pegando outro girino.

– Quero ver quando entrarmos, tá? Você me mostra?

Ele assentiu mais uma vez, imerso em sua pequena aventura, e Beverly se lembrou das horas que passara pintando com ele nos meses anteriores à decisão de ir embora. Nunca foi daquelas mães que acham que tudo que o filho faz é uma demonstração incrível de talento, mas Tommie era muito bom em colorir dentro das linhas, e ela não conseguia deixar de achar isso impressionante. Também ensinou as letras do alfabeto a ele, e, quando entrou no jardim de infância, ele já escrevia o próprio nome – e outras palavras – sem sua ajuda.

Deveria ter comprado livros de colorir e giz de cera quando foi à cidade. Isso o ajudaria a se adaptar à nova vida, e ela sabia que ele precisava disso. O sonho da noite anterior revelava que, à sua maneira infantil, ele estava tão tenso quanto ela. Ela odiava o fato de ele sentir saudade do pai, odiava o fato de que, para início de conversa, ele provavelmente não entendia por que eles tiveram que fugir. Beverly se perguntou quantas semanas ou meses se passariam até perceber que dali em diante seriam só os dois.

Eles ficaram no riacho por mais meia hora. Nesse tempo, Tommie pegou oito girinos. Todos estavam no pote, formas meio alienígenas com o corpo estranho se contorcendo. Beverly tampou o pote, observando Tommie calçar as meias e os sapatos. Ela o ensinara a amarrar os sapatos no ano anterior, embora o laço não ficasse muito certinho.

Tommie levou o pote quando voltaram, sem tirar os olhos dos girinos enquanto caminhava ao lado dela. Eles estavam contornando o celeiro em ruínas quando Beverly olhou na direção da casa e viu uma caminhonete velha e suja estacionada na entrada.

Ela piscou algumas vezes, certificando-se de que não era sua cabeça pregando uma peça, e seu coração de repente começou a bater forte no peito quando ela percebeu que o que estava vendo era real. Pegando a mão de Tommie, ela deu um passo para trás, mantendo o celeiro entre os dois e a casa, o coração ainda martelando no peito.

– O que foi? – perguntou Tommie. – Por que a gente parou?

– Acho que perdi minha pulseira – improvisou ela, embora soubesse que nem tinha levado uma quando ela e Tommie fugiram. – Devo ter deixado no riacho. Vamos voltar e dar uma olhada, tá?

Ela levou Tommie até lá com as pernas bambas. Em sua mente, ainda via a caminhonete na entrada da casa. Quem tinha ido até lá e por quê? Tentou acalmar os pensamentos, ciente de que Tommie a observava.

Não era a polícia nem o xerife, não em uma caminhonete como aquela. Não era um SUV preto com os vidros escuros.

E ela também não tinha visto um grupo de homens invadindo a propriedade. Se fosse a equipe de Gary, eles estariam de terno e óculos escuros, então quem mais poderia ser? Ela continuou tentando pensar, mas as ideias se embolavam, até que respirou fundo, o que pareceu ajudar.

– Pense – murmurou. – Pense.

– Mamãe?

Ela ouviu Tommie, mas não respondeu. Em vez disso, tentou lembrar se a proprietária tinha caminhonete, mas não conseguiu – não havia prestado muita atenção. Mas por que a proprietária viria até a casa? Para ver como ela estava? Porque havia documentos que tinha esquecido? Ou talvez houvesse mandado um faz-tudo para consertar alguma coisa – a mulher não explicara que tinha um faz-tudo? Ou foi só a imaginação de Beverly?

Será que era ele? O faz-tudo? Será que ele iria até lá mesmo que ela não tivesse entrado em contato com a proprietária solicitando um conserto? Ou será que era alguém igualmente inofensivo, como um vendedor ou uma pessoa perdida?

Perguntas, perguntas rondando sua mente, sem respostas.

No riacho, ela soltou a mão de Tommie. Suas mãos estavam suadas. A sensação era a de que estava prestes a desmaiar.

– Será que deixei onde eu estava sentada? – perguntou para Tommie. – Você pode ir dar uma olhada? Eu olho por aqui.

Ela se agachou, tentando ficar fora de vista, e percebeu que ainda dava para ver o para-choque traseiro da caminhonete velha e suja lá na entrada, através da folhagem espessa dos cornisos. Mas ela precisava fingir estar procurando a pulseira para que Tommie não ficasse assustado. Teve que desempenhar o papel como uma atriz no palco, ainda que a palavra *caminhonete* piscasse sem parar em sua mente, além das perguntas óbvias. *Quem era? Por que veio?*

Se fosse um dos capangas de Gary, não se contentaria em simplesmente bater na porta. Ele entraria para vasculhar. E veria uma mochila pequena pendurada na cadeira da cozinha. Veria um prato e um copo dentro da pia, mas o que isso revelaria além do fato de que alguém estivera ali? Ele teria que subir até os quartos, mas, como eles não tinham trazido quase nada e os armários estavam cheios de roupas de outras pessoas, não havia nada que ele pudesse ligar a Beverly ou Tommie...

A não ser...

Ela ficou paralisada ao pensar no *Vai, cachorro. Vai!*, o livro favorito do filho, e no boneco do Homem de Ferro.

Os dois estavam na mesinha de cabeceira. Se o homem desse uma olhada no quarto – e ela já tinha concluído que tinha que ser um homem –, ele com certeza encontraria o livro e o boneco, mas a questão era se Gary teria dado falta dos dois itens.

Ela se perguntou se o homem estava na casa naquele momento. Se havia mais de um homem abrindo gavetas, olhando dentro da geladeira e procurando livros como *Vai, cachorro. Vai!* e bonecos do Homem de Ferro. Se ele usava luvas de couro preto e se tinha uma arma embaixo do paletó enquanto outro homem igualmente perigoso ficava de guarda. Se ele esperaria por ela ou decidiria segui-la, e, examinando as pastagens do outro lado do riacho, Beverly percebeu que não teria onde se esconder.

– Talvez tenha caído quando eu estava andando – disse a Tommie. – Continue procurando por aqui, tá? Eu já volto.

As palavras soaram trêmulas a seus ouvidos, mas ela se forçou a refazer seus passos até o celeiro. Colou o corpo em uma das paredes e espiou na direção da casa.

A caminhonete ainda estava ali, mas um instante depois ela viu alguém descer da varanda e ir até o veículo. Definitivamente era um homem – dava para ver pelo modo como ele se movimentava; estava de calça jeans, uma camisa de manga comprida e botinas, além de um boné de beisebol. Estava sozinho. Ela tinha certeza de que ele pararia de repente e viraria em sua direção, mas, em vez disso, ele simplesmente abriu a porta e subiu na caminhonete. Logo ela ouviu o barulho do motor, e a caminhonete deu ré. Ao chegar na estrada de cascalho, virou na direção oposta à da cidade, indo sabe Deus para onde.

Ela esperou, e esperou mais um pouco. Mas, além do canto dos pássaros, não ouvia nada. Depois de um tempo, foi até a casa. Queria ter certeza de que não havia ninguém lá dentro, de que não era uma armadilha. Subiu na varanda e viu pegadas empoeiradas levando até a porta, no capacho e voltando até os degraus.

Quando abriu a porta, não viu pegadas; também não havia nenhuma no piso de linóleo da cozinha ou na escada. No andar de cima, viu *Vai, cachorro. Vai!* e o Homem de Ferro na mesa de cabeceira ao lado da cama de Tommie. No banheiro, suas roupas estavam penduradas no varão da cortina do box e sua peruca, perto da pia, exatamente onde ela tinha deixado. Nada parecia estar fora do lugar.

Ainda assim, ela correu até o riacho trêmula. Tommie continuou chutando a grama e a poeira até perceber que ela estava ali.

– Achou? – perguntou ele.

– Não. Acho que já era.

Ele assentiu antes de pegar o pote de vidro.

– Por quanto tempo posso ficar com eles? – indagou.

O som de sua voz a acalmava, embora ela ainda estivesse muito longe de voltar ao normal.

– Vamos trazê-los de volta depois do jantar, pode ser?

29

De volta à casa, ela abriu a mochila de Tommie e analisou o desenho que ele tinha feito, esperando assim parar de pensar na caminhonete e no homem que havia aparecido do nada. Quando viu o desenho da casa antiga, com o telhado reto e as janelas grandes, ficou triste, mas sorriu assim mesmo.

– Ficou ótimo. Você é um artista.

– Posso ver desenho?

– Um pouquinho. Só enquanto preparo o jantar, tá? Quer que eu leve os girinos pra eles ficarem com você?

– Aham – murmurou ele enquanto iam até a sala.

Ela ligou a TV; por sorte estava mesmo passando desenho.

– Não fique muito perto da tela. Não faz bem pros olhos.

Ele assentiu, vidrado no desenho em apenas alguns segundos.

Ela colocou o pote de vidro na mesinha de centro e voltou para a cozinha. Percebeu que tinha esquecido de descongelar o frango – ou será que era noite do hambúrguer? Como ela não parava de visualizar o homem da caminhonete, era quase impossível lembrar.

– Hoje é noite do frango ou do hambúrguer? – perguntou.

– Hambúrguer – respondeu Tommie.

Ah, verdade, pensou ela. Eles tinham comido frango na noite anterior, com feijão e cenoura, e ela ficara com as cenouras que Tommie não tinha comido...

Do congelador, tirou dois hambúrgueres, hesitou e colocou um de volta. Com o estômago embrulhado daquele jeito não conseguiria fazer uma refeição completa. Percebeu que nem estava com fome.

Pegou um saco com fecho hermético, enfiou o hambúrguer lá dentro e pôs em água quente para descongelar. Picou cenouras e alguns ramos de couve-flor. Dispôs tudo em uma assadeira. Ligou o forno, sabendo que levaria alguns minutos para chegar à temperatura adequada, e viu que suas mãos estavam tremendo.

Ela não conseguia parar de olhar pela janela, em direção à estrada de cascalho lá na frente. Eles estavam seguros ali? Se não estivessem, para onde iriam? Ela não tinha dinheiro para mais uma fuga, para passagens de ônibus, aluguel e comida, e, ao colocar a assadeira no forno, perguntou-se quanto tempo ainda tinha caso Gary realmente houvesse enviado o homem da caminhonete.

Minutos? Horas?

Ou será que estava deixando que suas paranoias a dominassem, como tinha feito em relação a Peg?

Foi até a porta da frente e, após abri-la, olhou novamente para as pegadas no capacho e nos degraus. Não era como Tommie sonhando com alguém no telhado, não mesmo. E não era como Peg, que dissera algo que provavelmente dizia a todos os desconhecidos que entravam no mercadinho.

Aquilo era real, sem dúvida alguma.

Da sala, ela ouvia os desenhos; de vez em quando, Tommie dava risada. Ela fritou o hambúrguer em uma frigideira, sentindo um nó na barriga. Quando os legumes já estavam macios, do jeito que o filho gostava, colocou a maior parte da comida no prato dele e o chamou. Eles fizeram quase toda a refeição em silêncio, com Beverly mordiscando um pouco da couve-flor sem vontade. Estava agitada, pronta para a chegada de sirenes e luzes piscando e batidas raivosas na porta.

Mas não apareceu ninguém.

Ao colocar os pratos na pia, pensou que, se Gary tivesse mesmo mandado o homem, viria atrás deles na mesma hora. Não se arriscaria a vê-la fugir de novo; não se arriscaria a perder Tommie. No ano anterior, depois de ter dado um soco nela, ele avisou que, se ela tentasse fugir ou tirar Tommie dele, iria até o fim do mundo atrás dos dois e que, depois que os encontrasse, ela nunca mais veria o filho.

Mas tudo permaneceu quieto.

– Que tal soltarmos os girinos? – sugeriu a Tommie, e os dois voltaram até o riacho.

Ao ver o filho abrir o pote e soltar os girinos, ela teve a certeza de que a casa estaria cercada quando voltassem.

Ainda assim, além do barulho dos sapos e grilos, não ouvia nada. De volta à casa e cansada demais para um jogo, ela deixou que Tommie assistisse a mais desenho, até ele começar a bocejar. Mandou que ele subisse para tomar um banho e escovar os dentes, e separou uma camiseta, a calça e o tênis que tinha comprado. Tentou contar quantas horas haviam se passado desde o momento em que vira o homem da caminhonete pela primeira vez. Se Gary não pudesse chegar imediatamente, mandaria a polícia local ou o xerife no seu lugar, então onde estavam eles?

Ela leu *Vai, cachorro. Vai!* para Tommie, deu-lhe um beijo no rosto e disse que o amava. Então, no andar de baixo, sentou-se no sofá, esperando. Procurou faróis refletindo nas paredes, esperou pelo som de motores se aproximando.

Mais tempo se passou. E mais horas, até avançar muito além da meia--noite, e o mundo lá fora seguia escuro e calmo. Mas dormir estava fora de questão, e, quando ela finalmente foi até a cozinha pegar um copo de água, as paredes ainda lhe pareciam deprimentes. E se, *Deus me livre*, aquele fosse seu último dia na casa, não ia ser com aquelas pareces cinzentas e sombrias.

Abrindo a lata, ela mexeu a tinta amarela e despejou na bacia. Usou o rolinho e o pincel que tinha deixado secando perto do aquecedor, cobrindo a tristeza cinzenta das paredes, sem pressa, e, antes mesmo de terminar, soube que ia querer passar uma segunda demão, que começou assim que terminou a primeira. Enquanto pintava, decidiu que os armários também precisavam de uma segunda demão, e ainda estava pintando quando o sol nasceu e Tommie desceu a escada para o café da manhã.

30

Apesar da privação de sono, Beverly estava se sentindo bem, principalmente porque nenhum carro havia sequer passado na estrada de cascalho em frente à casa a noite inteira e ela havia conseguido terminar a pintura da cozinha. Tommie também não tivera nenhum pesadelo. Quando ela perguntou se ele tinha dormido bem, ele deu de ombros, disse que sim e comeu o cereal, como quase todo dia.

Ela o levou até o ônibus e acenou quando ele se sentou. Para sua alegria, ele também ergueu a mão, o que a levou a acreditar que o filho estava se acostumando com a vida nova.

Dentro da casa, as paredes da cozinha eram de um amarelo vivo e alegre, e os armários pareciam dignos de um showroom. Era incrível como uma cor era capaz de mudar o clima do lugar, e Beverly de repente se lembrou de sua ideia de colher flores do campo e pôr no vidro de geleia. Saiu de novo, colheu todas as flores que conseguiu, colocou-as no vidro e levou o arranjo até a mesa. Dando um passo para trás, observou a cozinha como um todo, satisfeita. Estava bonita, o tipo de cozinha que sempre quis, e ela questionou mais uma vez quem seria louco de pensar que paredes alaranjadas seriam uma boa ideia.

No entanto, a parede bordô na sala não podia ficar daquele jeito, embora ela talvez precisasse muito de um cochilo. Beverly sabia que estava funcionando à base da energia nervosa decorrente do susto da noite anterior – e também sabia que provavelmente desabaria mais tarde –, mas aquele bordô era inaceitável, parecendo a parede de uma funerária sinistra.

Ela ligou o rádio antes de começar. Primeiro, puxou todos os cabos que estavam conectados à televisão. A estante encostada na parede era pesada e ela teve que tirar tudo o que havia nela, incluindo a televisão e o aparelho de DVD, espalhando as coisas pela sala. Mesmo assim, quase não conseguiu remover a maldita estante do lugar. Quando abriu espaço suficiente para se espremer atrás do móvel, estava com dor nos braços e nas costas. Voltou para a cozinha e lavou o rolo e o pincel, sacudindo-os na varanda para tirar a água e substituindo-os pelos itens secos. O *primer* estava quase acabando, mas teria que bastar. Depois de levar tudo até a sala, ela despejou o resto de *primer* na bacia. Cobriu o bordô horroroso com movimentos longos e largos, como se estivesse conduzindo uma banda marcial, e a sala foi ficando mais bonita a cada pincelada.

De vez em quando, o locutor entrava entre uma música e outra, contando piadas, anunciando shows ou destacando as últimas notícias, sempre sobre outros lugares, onde ela jamais estivera. Aquela cidade, pelo que Beverly estava percebendo, era o tipo de lugar onde nunca acontecia nada interessante, e ela sentiu que sua mente voltava a se concentrar em inquietações como o pesadelo de Tommie, Peg, as câmeras nas rodoviárias e o homem da caminhonete que tinha ido até a casa. Repreendeu a si mesma por permitir que a paranoia a dominasse e se perguntou se passaria o resto da vida preocupada, mas presumiu que provavelmente sim.

– Estamos seguros porque eu me preocupo – sussurrou. – E me preocupo pra permanecermos seguros.

O *primer* acabou quando faltava metade da parede, e Beverly quis saber se tinha mais na varanda dos fundos. Deu uma olhada na sala, e parecia que um tornado tinha passado por ali – Tommie provavelmente acharia que ela tinha enlouquecido –, mas, a não ser que estivesse disposta a colocar tudo no lugar e depois tirar tudo de novo no dia seguinte e voltar a colocar no lugar quando terminasse, a sala teria que ficar naquele estado por um ou dois dias. Além disso, ela não podia deixar a parede pela metade.

A caminho da varanda, pegou a lata de tinta amarela, pensando que seria bom guardá-la já que ia procurar o *primer*. Mas, ao colocar a lata na prateleira, ela derrubou outra sem querer. A lata caiu no chão de concreto, e pelo barulho pareceu estar vazia. Beverly percebeu que a tampa estava meio aberta e, achando curioso que alguém tivesse guardado uma lata de tinta vazia, terminou de abri-la. Dentro havia um saquinho cheio de maconha, um cachimbo e um isqueiro.

Ela não era careta – tinha fumado maconha quando era mais jovem –, mas não gostava da sensação, então não era chegada. Não se tratava de uma quantidade imensa – não como os tijolos que apareciam nos filmes –, mas ela achou que parecia demais para um usuário casual. Erguendo o olhar, percebeu a quantidade de latas nas prateleiras e não pôde deixar de questionar se teria maconha em mais alguma. No canto havia um banquinho. Após posicioná-lo em frente às prateleiras, ela checou todas as latas, uma a uma, sentindo o líquido se mexer lá dentro quando as chacoalhava. Soltou um suspiro de alívio; a última coisa de que precisava era ser encontrada em uma casa cheia de drogas. Se o sequestro não a colocasse na cadeia pelo resto da vida, acusações envolvendo drogas certamente colocariam.

Levou o saquinho até a cozinha, pensando se as pessoas que moravam ali antes – sem dúvida as mesmas que tinham pintado a cozinha com aquele alaranjado horrível – haviam esquecido as drogas ou as deixado para trás de propósito porque não queriam ser pegas com elas. De qualquer forma, isso explicava por que a casa estava pronta para morar quando ela chegou; como havia imaginado, os moradores anteriores provavelmente tinham fugido. Também explicava por que a proprietária não tinha feito muitas perguntas e ficara mais que satisfeita por simplesmente receber em dinheiro. Estava acostumada com inquilinos que tinham problemas sobre os quais preferia não saber.

No entanto, Tommie não podia morar em uma casa onde havia drogas, disso Beverly tinha certeza. Ela pegou uma caneca do armário, esmigalhou a erva, encheu o saquinho de água e jogou tudo no ralo da pia. Acionou o triturador por precaução. Jogou o cachimbo e o isqueiro no mato, o mais longe possível da casa, sabendo que, mesmo que Tommie encontrasse o cachimbo, não teria a menor ideia do que era. Também decidiu que seria uma boa ideia dar uma olhada no restante da casa, só para garantir que Tommie não encontrasse nada que não deveria.

Só quando retornou à cozinha para dar início à busca ela percebeu que tinha um embrulho de papel em cima do balcão. Levou um susto.

O almoço do Tommie.

Devia ter se esquecido de colocá-lo na mochila. O relógio na parede mostrava que já eram quase dez e meia. Ela não sabia que horas ele costumava almoçar na escola, mas sabia que não tinha muito tempo e subiu a escada correndo. Colocou a peruca e o boné com pressa e pegou os óculos de sol, mas não passou a base nem prendeu os seios com a faixa, pois iria só deixar o almoço com a secretária. Entraria e sairia da escola em um minuto.

Mas como chegaria até lá?

A escola ficava a quilômetros de distância, longe demais para ir andando, logo sua única esperança era conseguir uma carona com um bom samaritano. Como a senhorinha da perua, ou o vendedor de tapetes que cheirava a Old Spice. Nunca havia muito movimento na estrada em frente à casa, mas talvez ela tivesse sorte.

Após pegar o embrulho com o almoço, ela saiu apressada pela porta até a estrada, virando em direção à cidade.

Caminhou durante seis ou sete minutos, olhando para trás de vez em quando, até finalmente ver um carro se aproximando. Teve receio de que o motorista a ignorasse se simplesmente levantasse o polegar por isso começou a acenar com os braços, o gesto universal para pedir socorro na estrada. Como esperado, o carro reduziu a velocidade e parou perto dela. A mulher atrás do volante do SUV prata compacto estava na casa dos 30, com o cabelo loiro preso em um rabo de cavalo desleixado. Beverly foi até o lado do motorista e viu a mulher abaixar o vidro.

– Obrigada por ter parado. Sei que pode parecer loucura, mas esqueci de entregar o almoço do meu filho e meu carro não quer pegar – explicou, mostrando o embrulho. – Preciso muito ir até a escola e esperava que você pudesse me dar uma carona. Por favor. É uma emergência.

A mulher hesitou, confusa por um instante, e Beverly achou que ela parecia familiar, como alguém que tivesse visto na televisão. Estava na cara que a mulher provavelmente nunca tinha dado carona a uma pessoa desconhecida, e Beverly quase conseguia ver sua mente pesando as opções.

– Ahn… Sim, acho que posso fazer isso – disse a mulher finalmente. – Estou indo mais ou menos naquela direção mesmo. Está falando da Escola John Small, né?

– Exato. – Beverly assentiu, sentindo uma onda de alívio. – Muito obrigada. Nem sei dizer como é importante pra mim.

Antes que a mulher pudesse mudar de ideia, Beverly deu a volta no carro e entrou. A mulher pareceu estudá-la de um jeito que a fez ter vontade de checar se a peruca e o boné estavam bem colocados.

– Qual é o seu nome mesmo?

– Beverly.

– O meu é Leslie Watkins – disse a mulher. – Acho que já vi você na escola. Minha filha, Amelia, também estuda lá. No quarto ano. Em que ano o seu filho está?

– No primeiro – respondeu Beverly, sabendo que só tinha ido à escola uma vez, quando matriculou Tommie.

– Com a professora Morris ou a professora Campbell? – Ela deu um sorriso hesitante. – Trabalho como voluntária na escola algumas vezes na semana. Conheço quase todo mundo.

Isso explicava como a mulher a reconhecera, pensou Beverly.

– Não tenho certeza – respondeu ela. – Eu *deveria* saber, mas a gente acabou de se mudar para cá, e com todo o caos...

– Entendo – afirmou a mulher, com a voz tranquila. – Fazer mudança é sempre estressante. De onde vocês são?

– Da Pensilvânia – mentiu Beverly. – Pittsburgh.

– E o que trouxe vocês pra cá?

Como se eu pudesse responder a essa pergunta, pensou Beverly.

– Eu queria começar de novo – declarou ela, depois de um instante.

Desejou que a mulher fosse como a senhorinha da perua ou a proprietária da casa, que sabiam que era melhor não fazer muitas perguntas. Do banco de trás, Beverly ouviu uma voz baixinha.

– Mamãe...

A mulher olhou no retrovisor.

– Estamos quase chegando, Camille. Tudo bem, querida?

Beverly deu uma olhada rápida por sobre o ombro, surpresa por não ter percebido que havia uma criança presa à cadeirinha atrás dela. Como pôde não ter visto?

– Quantos anos ela tem?

– Quase 2 – respondeu a mulher, os olhos ainda no retrovisor. – E hoje ela é minha parceira de tarefas. Não é, querida?

– Par... ceira – repetiu Camille, a voz baixa e aguda.

Beverly acenou para a menina, lembrando-se de quando Tommie tinha aquela idade, de quando ele aprendia algo novo todos os dias. Ele era uma criança muito tranquila; ela mal percebeu a suposta crise dos 2 anos.

– Ela é linda – comentou Beverly.

– Obrigada. Também acho. A mamãe tem muita sorte, não tem, Camille?

– Sor... te – ecoou Camille.

Beverly se virou para trás mais uma vez, ainda recordando as imagens de Tommie pequenininho, e logo elas saíram da estrada de cascalho, virando em um trecho asfaltado que se estendia entre as fazendas dos dois lados.

No colo, ela levava o embrulho com o almoço, perguntando-se outra vez como tinha se esquecido de colocá-lo na mochila do filho e rezando para chegar à escola a tempo.

– Você sabe que horas as crianças almoçam?

– Os mais novos comem às onze e quinze – respondeu ela. – Não se preocupe. Vou deixá-la na escola a tempo. O que está achando da nossa cidadezinha até agora?

– É tranquila.

– Ah, isso é mesmo. Levei um tempo pra me acostumar também. Faz cinco anos que viemos pra cá, pra ficar mais perto dos pais do meu marido. Eles são loucos pelas crianças...

Daí em diante, Leslie começou a tagarelar, fazendo umas poucas perguntas de vez em quando e falando como um guia turístico. Contou a Beverly quais eram seus restaurantes favoritos na cidade, falou de algumas lojas perto da orla que valiam a visita e do centro de recreação, onde Beverly poderia inscrever Tommie em praticamente qualquer atividade que fosse do interesse dele. Beverly ouviu sem prestar muita atenção; sabia que não tinha dinheiro para inscrever Tommie em nada.

Alguns minutos depois, elas entraram no terreno da escola, e Beverly teve um *déjà-vu* quando se aproximaram do prédio. Viu os campos esportivos de um lado; o trepa-trepa e os balanços do outro. Perguntou-se se Tommie já tinha brincado ali; quando era criança, ela adorava balanços. Lembrava-se de implorar às amigas que a empurrassem cada vez mais alto, até que tivesse a sensação de estar quase caindo.

Como no sonho com o pirata, há algumas noites...

Beverly estremeceu e Leslie se encolheu ao perceber, com preocupação em seu olhar. Para evitar perguntas, Beverly logo agradeceu mais uma vez assim que o carro parou. Virou-se para trás e acenou para Camille antes de abrir a porta e sair. Acenou uma última vez quando Leslie arrancou com o carro.

Quando entrou no prédio, a familiaridade que tinha sentido deu lugar a uma leve sensação de confusão. Onde achou que encontraria uma secretária sentada a uma mesa só havia um espaço vazio; onde achou que veria a porta da sala da direção havia um corredor comprido, e o lugar parecia mais atulhado e claustrofóbico do que ela se lembrava. Só depois de balançar a cabeça ela percebeu que estava com a escola antiga de Tommie na cabeça.

– A que ficou pra trás – sussurrou.

Ouvindo passos, ela se virou quando uma mulher se aproximou.

– Olá – disse a mulher. – Você estava falando comigo?

– Não, desculpe. Só estou um pouco perdida.

– Como posso ajudar?

– Meu filho está no primeiro ano – respondeu ela, antes de explicar o que tinha acontecido e finalmente estender o embrulho com o almoço para a mulher.

– Levo com o maior prazer – anunciou a mulher, com um sorriso. – Quem é a professora dele?

Ela sabia que perguntariam isso, mas por que não conseguia lembrar? Precisava muito perguntar de novo para Tommie.

– Desculpe, mas não tenho certeza. Ele é novo aqui.

– Sem problemas – disse a mulher, levantando uma das mãos. – As salas do primeiro ano ficam uma ao lado da outra. Como é o nome dele mesmo?

Beverly respondeu enquanto entregava o embrulho.

A mulher pareceu estudá-la antes de decidir o que fazer.

– Não se preocupe. Eu cuido disso.

– Obrigada – disse Beverly, e, depois de ver a mulher retornar pelo corredor, saiu da escola, aliviada.

Voltou pelo mesmo caminho até a estrada e começou a andar a um ritmo constante, sentindo o peso do sol em suas costas. Carros passavam por ela em ambas as direções; alguns diminuíam a velocidade, mas ninguém parava. Ela não se importou; pegou-se pensando na mulher que tinha acabado de ver na escola. Ficou evidente que ela não reconheceu o nome de Tommie, e, embora fizesse pouco tempo que ele estava lá, seria bom acreditar que o filho estava em uma escola onde a equipe conhecia cada criança, principalmente as novas, uma vez que podem precisar de um pouco mais de atenção. E Tommie era tão quietinho que desapareceria facilmente entre as outras crianças. Não era à toa que ele estava com dificuldade para fazer amigos.

Talvez, pensou, ela pudesse redecorar o quarto dele para ajudá-lo a se adaptar e ficar mais confortável. Livrar-se de todas as roupas, quadros e outras coisas de adulto, para que parecesse mais o quarto de uma criança. Não hoje, mas quem sabe no final de semana. Eles poderiam transformar isso em um projeto divertido. Seria ótimo se ela pudesse comprar uns pôsteres para colocar nas paredes, mas se deu conta de que não sabia o que Tommie ia querer. Será que ele gostaria de pôsteres de skate, surfe, futebol americano ou beisebol? Ela poderia perguntar, mas a verdade era que não tinha dinheiro para comprar nenhum.

A ideia de redecorar o quarto do filho trouxe à sua memória o quarto que tinha preparado para ele meses antes de dar à luz. Ela sabia que seria um menino – disse *Sim, com certeza* quando a pessoa que estava fazendo o ultrassom perguntou se queria saber o sexo do bebê –, e no fim de semana seguinte encontrou uma faixa adesiva clássica que combinaria com a parede azul-clara que já estava imaginando. Na faixa havia cenas de um garoto fazendo atividades do campo – pescando em um cais, caminhando com um cachorro desgrenhado mas feliz, cochilando embaixo de uma árvore –, e Gary tirou sarro, apesar de ter concordado em comprar.

Ela passou dias pintando, aplicando a faixa e providenciando os móveis. Eles compraram um berço, um trocador, uma cômoda e uma cadeira de balanço que ela poderia usar para amamentar, e, quando Gary lhe deu dinheiro para as roupinhas, ela visitou várias lojas e quis comprar tudo o que encontrava. As roupas eram lindas, as mais fofas que já tinha visto, e ela já imaginava Tommie em todas elas.

Foi uma época feliz, talvez a mais feliz. Gary não bebia nem batia nela, e ela andava de carro e não a pé por aí. Nem em um milhão de anos imaginaria no que sua vida ia se transformar, e pensou em tudo o que aconteceu desde que tirou Tommie da cama e disse que eles embarcariam em uma aventura.

Perdida em seus pensamentos, ela mal notou a caminhada ou a passagem do tempo. Só quando chegou à estrada de cascalho se deu conta de quanto estava cansada. A sensação era a de estar correndo uma maratona em que a linha de chegada não parava de se afastar, mas ela continuava colocando um pé na frente do outro. Dos dois lados havia plantações, verdes e frondosas ao sol do final da primavera; para além das plantações, havia um pasto com alguns celeiros, anexos estranhos e uma estufa enorme. Perto de um dos celeiros havia um trator e duas caminhonetes, minúsculas de onde ela estava, e, como sempre, havia um aglomerado de pessoas nos campos, fazendo o que quer que os lavradores fazem. Olhando para a estufa, ela pensou na maconha que tinha encontrado na casa.

Dava para cultivar maconha em uma estufa, não dava?

Claro, mas ela imediatamente riu do absurdo que era tentar ligar as duas coisas. Talvez a estufa nem estivesse funcionando, mas a ideia era curiosa o bastante para que ela questionasse outra vez se haveria mais drogas na casa. Pensou em investigar o quanto antes.

Àquela altura ela já enxergava a casa a distância, e passou por um segundo grupo de trabalhadores, este mais perto da estrada que o anterior, talvez a cinquenta metros. Estavam agachados examinando as plantas folhosas, o rosto protegido do sol por chapéu. De canto de olho, no entanto, ela notou um deles se levantando devagar e olhando em sua direção; três outros fizeram a mesma coisa – como suricatos, ou como se tivessem sido coreografados. Abaixando o boné de beisebol, ela apressou o passo, mas quase conseguia sentir o olhar deles sobre si, como se estivessem esperando que ela voltasse.

31

Quando chegou à varanda, seu coração estava acelerado, e ela tentou se acalmar. Mais uma vez pensou que estava sendo paranoica – é claro que havia trabalhadores nas fazendas, e alguém caminhando no meio do nada chamava a atenção. Além disso, nenhum deles a havia seguido até a casa; quando ela olhou por sobre o ombro, eles já tinham voltado a trabalhar. Concluiu que, se não aprendesse a controlar seus pensamentos, não iria ser nada bom nem para ela nem para Tommie.

Tirando a peruca e o boné, subiu a escada e foi até o banheiro. Um banho a ajudaria a clarear a mente. Mas, quando começou a tirar a roupa encharcada de suor, de repente ela se lembrou da maconha. Por impulso, após recolocar a camiseta, abriu o armário acima da pia. Parecia estar diante de uma pequena farmácia. Havia todo tipo de remédios controlados, a maioria deles com nomes que ela não reconhecia, mas um deles sim: Zolpidem, para dormir. Lembrava-se vagamente de ter visto o comercial. Imaginando que todos seriam perigosos para Tommie, jogou os frascos em um cestinho de vime perto da porta. Em seguida, vasculhou as gavetas e o armário embaixo da pia, então pegou o cestinho e o levou até a cozinha, onde jogou o conteúdo em um saco de lixo.

– Onde mais eu esconderia drogas? – indagou em voz alta, percebendo que não fazia a menor ideia, portanto precisaria olhar em todos os lugares.

Não queria acreditar que Tommie fosse o tipo de criança que encontraria comprimidos e os colocaria na boca, mas como ter certeza? As crianças às vezes fazem coisas idiotas simplesmente por falta de noção. E, de qualquer forma, como saber quais outros perigos poderiam existir? Como fiação defeituosa, tinta com chumbo, veneno de rato ou canivetes? E se houvesse outras coisas terríveis, como revistas pornográficas ou fotos com imagens impróprias para crianças? Pior ainda, e se houvesse alguma arma? Todos os garotinhos parecem gostar de armas.

Pensou mais uma vez que deveria ter feito isso assim que se mudou, mas antes tarde do que nunca. Começou pelas gavetas da cozinha, verificando uma a uma, vasculhando a confusão de talheres, utensílios, velas usadas, canetas, blocos de notas adesivas e todo tipo de objeto que se acumulam em gavetas. Como seus pensamentos ainda pareciam confusos – deveria mesmo ter tomado um banho para resolver isso –, ela mantinha as gavetas abertas após vasculhá-las, para não se perder. Depois disso, verificou os armários cheios de potes e panelas e outro cheio de tigelas, assadeiras e tupperwares, deixando as portas abertas também, para confirmar que tinha conferido tudo.

Tirou tudo o que estava embaixo da pia e encontrou todo tipo de produto de limpeza, incluindo os que já tinha usado. Alguns eram tóxicos, logo deveriam ser guardados em outro lugar, talvez nas prateleiras altas da despensa, onde Tommie não alcançasse. Por enquanto, no entanto, deixou-os no chão.

Na despensa, esvaziou as prateleiras, com a intenção de organizar todas elas depois, mas felizmente não havia mais drogas nem outras coisas terríveis. Quanto à sala, ela já tinha tirado tudo da estante, então não havia muitos lugares para vasculhar, e levou só alguns minutos. O próximo passo era o armário do corredor, que estava cheio de casacos e também continha um aspirador pequeno, uma mochila e outras bugigangas variadas. Na prateleira de cima, ela encontrou chapéus, luvas e guarda-chuvas, e, ao retirar tudo e analisar item por item, achou que seria uma boa ideia encaixotá-los e armazenar em outro lugar – não havia motivo para guardar aquilo tudo de volta. Além disso, ela estava no embalo e não queria perder o ritmo ou desacelerar, então foi até a varanda dos fundos.

Uma olhada rápida revelou que as prateleiras precisavam ser totalmente reorganizadas. Em uma das mais baixas havia uma lata de solvente, com um pequeno machado e uma serra enferrujados bem ao lado. Havia uma furadeira na mesma prateleira. Examinando os itens, ela ficou surpresa por Tommie ainda não ter se machucado. Como havia feito com a despensa e o armário, tirou tudo das prateleiras, empilhando as coisas a seus pés.

Verificou as latas de tinta uma segunda vez antes de pegar um pacote meio aberto marcado com uma caveira e ossos cruzados. O rótulo dizia que era um produto contra roedores, e, embora ela pudesse praticamente garantir que havia ratos na casa, nunca espalharia veneno ali, então jogou no lixo. Ela usou um banquinho para guardar o solvente, o machado, a serra e a furadeira na prateleira de cima por enquanto, mas todo o restante poderia esperar. Queria verificar a casa toda antes que Tommie chegasse, então arrastou o saco de lixo de volta e subiu a escada.

No corredor, vasculhou o armário de roupas de cama, pensando em lavar tudo, então deixou a pilha no chão; em seu quarto, deu uma olhada no guarda-roupa, na cômoda e na mesinha de cabeceira, com o saco de lixo a postos. O banheiro de Tommie veio na sequência, até que ela finalmente chegou ao quarto dele.

Foi ali, embaixo da cama, no primeiro lugar em que deveria ter olhado, que encontrou as armas.

32

Eram duas, nenhuma delas um revólver; uma era mais comprida e ambas tinham canos pretos e aterrorizantes como a própria morte. Ao lado havia duas caixas abertas de munição.

 Beverly sufocou um soluço, rezando para que seus olhos estivessem lhe pregando uma peça, mas ao focar novamente nas armas foi tomada por um ódio de si mesma e começou a chorar. Encolhendo-se em posição fetal no chão, soube que tinha fracassado com o filho. Que espécie de mãe era ela? Como pôde ter deixado de garantir que o quarto de Tommie fosse um lugar seguro? Em sua cabeça, imaginou o menino espiando embaixo da cama, os olhos brilhando ao mexer nas armas. Ele as pegaria e se sentaria no chão, sentindo o peso e o metal gelado e liso do cano. Reconheceria o gatilho e saberia exatamente para que servia. Talvez até deslizasse o dedo por ele, só para ver qual era a sensação, e então...

 – Isso não aconteceu – murmurou ela, tentando convencer a si mesma, mas a visão continuou se desenrolando como um pesadelo, soterrando suas palavras.

 Naquele momento, ela desmoronou, cedendo às imagens e chorando até ficar exausta demais para continuar. Não tinha ideia do tempo que passara chorando, mas, ao recuperar um pouco a compostura, percebeu que precisava resolver aquilo imediatamente, antes que Tommie chegasse.

 Decidida, pegou uma das armas, controlando o medo de que ela disparasse. Puxou a carabina com cuidado pela coronha, deslizando-a pelo piso de madeira, garantindo que o cano estivesse apontado para a direção oposta. Enquanto ainda tinha coragem, pegou a outra também com cuidado, com a sensação de que estava tentando desarmar uma bomba. Era uma espingarda. Ela não fazia ideia se alguma das duas estava carregada – não sabia nem como verificar isso –, e, quando ambas estavam no chão ao seu lado, ela pegou a caixa de munições.

Agora, no entanto, olhando para as armas que poderiam ter matado seu filho, não sabia o que fazer. Precisava esconder tudo aquilo: melhor ainda, se livrar de tudo aquilo. Mas não seria fácil. Não se pode simplesmente jogar uma arma nos arbustos, mas ela também não conseguia nem cogitar guardá-las em algum lugar da casa.

Preciso enterrá-las, pensou.

Tentou recordar se tinha visto uma pá em algum lugar. Não tinha, mas imaginou que talvez houvesse uma no celeiro. A ideia de ir até lá a aterrorizava, no entanto. Além de a proprietária ter dito que era proibido acessar o celeiro, se havia armas e drogas na casa, como saber o que poderia estar armazenado lá? Que tipo de lugar era aquele?

Ela não sabia; tudo o que sabia era que as armas tinham que desaparecer antes que Tommie chegasse. Beverly se levantou e desceu a escada cambaleando. Saiu pela porta e seguiu na direção do celeiro. Enquanto tentava se recompor, sentiu o sol abrasador, deixando o ar pesado a ponto de parecer absorver todo o som. Ela não ouvia grilos ou pássaros; até as folhas das árvores estavam paradas. O celeiro estava à sombra, como se a desafiasse a seguir em frente, como se a desafiasse a descobrir por que se tratava de um local proibido.

Ao se aproximar, ela se perguntou se conseguiria entrar. A porta poderia estar acorrentada com um daqueles cadeados indestrutíveis, ou, apesar da aparência do celeiro, talvez houvesse algum sistema de segurança que envolvia...

Câmeras.

A palavra despertou uma necessidade imediata de cautela, e ela parou de repente enquanto as cenas dos últimos dias invadiam sua mente.

Uma proprietária aceitando pagamento em dinheiro sem fazer muitas perguntas... Drogas e armas em uma casa cujo inquilino anterior tinha saído às pressas... Um homem com uma caminhonete aparecendo à porta... Homens nos campos ao redor da casa que pareciam olhar para ela com certo interesse...

A única certeza que ela tinha era a de que não queria descobrir o que a proprietária estaria aprontando e que ela e Tommie precisavam sair dali. Havia algo muito errado naquilo tudo, e ela deveria ter percebido isso antes.

170

Deveria saber que aquele arranjo era bom demais para ser verdade. Embora não tivesse dinheiro suficiente para ir embora, pensaria em alguma coisa, nem que tivesse que segurar um papelão implorando por dinheiro na beira da estrada. Aquele lugar não era seguro, não mais, e, vendo pelo lado bom, seria ainda mais difícil que Gary os encontrasse se eles fossem embora dali.

Ela deu meia-volta, retornando para casa, aliviada com sua decisão. No entanto, não queria que as armas ficassem dentro da casa nem mais um minuto. Sabendo que ainda precisava enterrá-las, foi até a cozinha e encarou o caos. Na gaveta aberta perto do fogão, tinha visto uma colher de metal grande – do tipo que as pessoas usam para mexer um panelão de ensopado –, e foi o que pegou. Talvez demorasse um pouco, mas, se conseguisse encontrar terra fofa, daria certo.

Do lado de fora, perto da casa, começou a procurar um lugar onde a terra não estivesse dura ou seca demais. Não conseguiria cavar perto de árvores grandes, porque as raízes absorviam toda a água, e de repente se lembrou do riacho. A terra lá seria mais macia, certo?

Logo seguiu na direção do riacho, mas, pensando que Tommie poderia querer pegar girinos de novo, avançou alguns metros adiante do lugar que eles frequentavam. Ficando de joelhos, testou a terra, aliviada ao descobrir que cedia facilmente, em colheradas pequenas mas regulares. Trabalhou de forma sistemática, certificando-se de que o buraco fosse comprido e fundo o bastante para enterrar as duas armas e a munição. Não sabia qual era a profundidade necessária, porque não sabia nada sobre o riacho. Será que ele se alargava após chuvas intensas? Será que toda aquela área encharcava depois de um furacão?

Concluiu que isso não fazia diferença. Ela e Tommie estariam longe dali antes que algo assim acontecesse.

Mas estava ficando sem tempo. Tommie logo estaria em casa, e ela precisava terminar o serviço. Voltou correndo em direção à casa, mas ficou paralisada no meio do caminho. Por muito tempo, não conseguiu nem respirar.

A caminhonete do dia anterior estava na entrada de novo.

PARTE V

Colby

33

Naquela noite, demorei horas para pegar no sono. Disse a mim mesmo que era impossível que estivesse apaixonado, que o amor verdadeiro exige tempo e uma infinidade de experiências compartilhadas. Mas meus sentimentos por Morgan ficavam mais fortes a cada minuto enquanto eu tentava entender como algo assim podia acontecer.

Paige provavelmente me ajudaria a compreender tudo aquilo, pensei. Embora fosse tarde, liguei para o celular dela, porém mais uma vez ela não atendeu. Imaginei que me diria que era só uma paixonite, não amor. Talvez houvesse alguma verdade nisso, mas, quando pensei em meu relacionamento anterior, com Michelle, concluí que nunca tinha vivenciado as emoções avassaladoras que estava sentindo com Morgan, nem mesmo no início do relacionamento. Com Michelle, nunca houve um momento em que precisei parar para entender o que estava rolando entre nós. E o mundo também não desaparecia quando nos beijávamos.

Partindo do princípio de que o que eu estava sentindo era real, também questionei que caminho nosso relacionamento seguiria e se alguma coisa concreta poderia mesmo resultar daquilo. Meu lado lógico me lembrou de que cada um iria para um lado em alguns dias, e o que aconteceria depois disso? Eu não sabia; a única coisa que eu sabia era que eu queria, mais que tudo, passar o máximo de tempo possível com ela.

Depois de finalmente pegar no sono nas primeiras horas da manhã, dormi até tarde pela primeira vez desde que tinha chegado à Flórida, acordando com um céu meio agourento. O calor e a umidade já estavam sufocantes – do tipo que prometia tempestades mais tarde –, e, de fato, uma olhada na previsão do tempo pelo celular confirmou isso: iria chover bem na hora em que eu estaria tocando no bar. Após uma troca de mensagens rápida com Ray fiquei sabendo que eu deveria ir até lá assim mesmo. Eles ficariam de olho no clima, ele garantiu, e o show seria interrompido se fosse necessário.

Segui minha rotina matinal normalmente, embora nada mais parecesse normal. Meus pensamentos estavam dominados por Morgan; quando passei correndo em frente ao Don, não pude deixar de procurar por ela; quando parei para fazer flexões em uma plataforma de madeira perto da praia, pensei na maciez de sua pele. Depois do banho, fui até o mercado e a imaginei ensaiando na sala de conferências ou gritando feliz nas montanhas-russas do Busch Gardens. Ao colocar uns peitos de frango na cestinha, me perguntei o que ela tinha contado às amigas sobre o dia que passamos juntos, se é que tinha contado alguma coisa. Na maior parte do tempo, no entanto, eu tentava deduzir se ela estava sentindo por mim o mesmo que eu estava sentindo por ela.

Mas não conseguia chegar a nenhuma conclusão. Eu sabia que havia atração mútua, mas os sentimentos dela por mim seriam tão profundos quanto os meus por ela? Ou será que eu era um simples passatempo, uma aventura para apimentar as férias antes que sua vida real começasse? Morgan ainda era, em vários aspectos, um mistério para mim, e, quanto mais eu tentava compreendê-la, mais ilusória a compreensão parecia. Sem saber o que a noite nos reservava, comprei duas velas, fósforos, uma garrafa de vinho e morangos cobertos de chocolate, embora eu soubesse que talvez ela fosse querer jantar fora.

De volta ao apartamento, guardei as compras e levei alguns minutos arrumando os cômodos. Sem mais nada para fazer e com Morgan na cabeça, peguei o violão.

Dedilhei a melodia da música que tinha tocado para ela na praia, ainda incomodado por sentir que não estava pronta. A letra precisava de mais magnitude, uma especificidade que eu ainda não tinha dominado.

Excluindo alguns trechos, pensei em como me sentia com Morgan – não apenas nas emoções que ela inspirava, mas também em como eu me via diferente aos olhos dela. Apenas algumas vezes na vida eu tinha experimentado a sensação de que a música estava se compondo sozinha, e foi isso que começou a acontecer. Versos novos pareciam trazer sentido sem esforço, ancorados em detalhes do dia que passamos juntos. Ao mesmo tempo, aumentei a energia do refrão, já imaginando a gravação em várias camadas que faria com que alcançasse a sonoridade de um coral gospel.

Uma olhada no relógio me avisou que eu estava quase atrasado. Não tive tempo de rabiscar a letra nova no caderno, mas já sabia que não seria necessário. Vesti uma camiseta limpa, peguei tudo de que precisava para o show no Bobby T's e desci a escada correndo. No céu, nuvens pareciam girar como se estivessem reunindo energia antes de se romperem. Cheguei apenas cinco minutos antes da hora marcada e percebi que havia menos da metade da plateia do show anterior, embora todas as cadeiras estivessem ocupadas. Não esperava ver Morgan na multidão, mas ainda assim me senti um pouco decepcionado com sua ausência.

Fiz o meu show, preenchendo a hora a mais principalmente com pedidos, enquanto as nuvens iam ficando cada vez mais escuras. Quando estava na metade, a brisa aumentou e o vento ficou constante. Pela primeira vez desde que comecei a me apresentar no Bobby T's, algumas pessoas começaram a se levantar e sair. Era compreensível – a distância dava para ver nuvens escuras se formando no horizonte e se aproximando, e eu esperava que Ray interrompesse a apresentação a qualquer momento.

Raios de sol às vezes atravessavam as nuvens turbulentas, criando um efeito de prisma e um pôr de sol glorioso. Atrás da plateia, a praia estava vazia, e, conforme mais pessoas iam embora, me perguntei se Morgan apareceria.

Quando os últimos raios de sol perderam força, ela finalmente chegou. Veio pela praia, com um vestido amarelo que lhe caía muito bem; no ombro, a bolsa Gucci que reconheci do dia anterior. Iluminada pela luz inconstante, ela parecia uma visão de outro mundo. Acenou para mim, e como por instinto comecei a tocar a música em que vinha trabalhando, aquela que eu sabia que nunca teria terminado se não houvesse conhecido Morgan.

Mesmo longe, percebi o encanto em seu rosto quando as primeiras notas preencheram o lugar. Embora em geral eu cantasse para a plateia como um todo, não pude deixar de concentrar minha atenção nela, principalmente enquanto cantava os versos novos. Quando a música acabou, a plateia ficou um tempo em silêncio antes de irromper em uma salva de palmas mais longa que o normal, interrompida apenas por um relâmpago reluzente que cortou o céu sobre a água. Segundos depois, o rugido profundo do trovão percorreu a praia.

Os aplausos diminuíram enquanto a maioria das pessoas que ainda assistiam ao show foram se levantando. Vi Ray vindo na minha direção e fazendo um gesto para que eu parasse de tocar. Larguei o violão imediatamente quando ele se aproximou do microfone para anunciar que o show tinha acabado. Àquela altura eu já estava indo em direção a Morgan.

– Você veio – falei, incapaz de esconder minha alegria.

Pessoas passavam por nós, indo rumo à praia com um olho no céu; outras se apressavam na direção contrária, para o estacionamento.

– Você tocou aquela música – disse ela, com a voz suave. Então colocou a mão no meu braço, os olhos brilhando. – Mas estava diferente.

Em pé na frente dela, eu estava prestes a explicar o motivo, mas de repente me dei conta de que ela já sabia. Sobre a água, mais um relâmpago cortou o céu, seguido pelo trovão, que veio mais rápido que o anterior. O vento agora estava mais gelado, mas eu só conseguia pensar no calor da mão dela na minha pele.

Procurando o que dizer, perguntei:

– Como foi no Busch Gardens?

Ela fez um gesto indicando o céu, com um sorriso no rosto.

– Quer mesmo falar sobre isso agora? Não acha melhor irmos embora, como as pessoas estão fazendo?

Recolhi o braço, relutante.

– Vou só levar as coisas pro carro, tá?

Morgan me seguiu por entre as mesas vazias. Ray e outros funcionários já tinham recolhido quase todo o equipamento, e, ao pegar a capa do violão, senti a primeira gota de chuva. Apressei o passo, mas, antes mesmo que seguíssemos em direção ao estacionamento, aquela primeira gota se transformou em uma garoa, que logo virou uma chuva torrencial. Abri a porta para Morgan enquanto as nuvens liberavam o dilúvio que vinha se formando o dia todo.

Dei a volta na caminhonete e entrei na cabine, com a camiseta e a calça já encharcadas. Mesmo com os limpadores no máximo, era como se eu estivesse em um lava-jato. Saí pelo estacionamento quase às cegas. Na Gulf Boulevard, vários carros tinham parado com o pisca-alerta ligado, enquanto outros avançavam devagar. Os relâmpagos tremeluziam como as luzes de um estroboscópio.

– Acho que vou precisar de umas roupas secas se a gente for sair.

– Não tem como sair com esse tempo – disse ela. – Vamos só pro seu apartamento.

Como eu já estava molhado e tinha dirigido durante furacões na Carolina do Norte, simplesmente abri o vidro e coloquei a cabeça para fora, tentando enxergar o próximo cruzamento. A chuva atingia o meu rosto e a caminhonete em cheio, mas acabei conseguindo sair da Gulf Boulevard e entrar em uma via secundária mais tranquila.

Meu rosto ardia em meio às rajadas de chuva; mais um relâmpago disparou, dessa vez bem em cima de nós, o trovão estourando como um tiro. De repente, a energia caiu de um dos lados da rua. Imaginei que o apartamento, logo à frente, também estaria sem luz.

A rua já estava começando a alagar quando enfim chegamos. Eu estava ensopado, com a água que entrava pela janela aberta acumulada no meu colo. Na escuridão, o prédio inteiro parecia estranhamente deserto.

Embora soubesse que era inútil tentar escapar da chuva, Morgan saiu correndo em direção à escada. Eu saí também, com a chave na mão.

Dentro do apartamento, a única luz visível era a dos relâmpagos incessantes através das portas de vidro da varanda. Apesar da tempestade, o ar já estava ficando abafado. Morgan parou na sala, e eu dei a volta nela, deixando pequenas poças por onde passava. No armário da cozinha, peguei as velas e os fósforos que tinha comprado, grato por tê-los à mão.

Com as velas acesas, a sala ficou cheia de sombras. Coloquei as duas velas na mesinha de centro e abri uma porta de vidro para que o ar entrasse. O vento soprava forte na varandinha, a chuva caindo quase na horizontal.

À luz amarela e fraca, percebi uma mancha de rímel no rosto de Morgan, um traço minúsculo de imperfeição em alguém que parecia impecável em todos os aspectos. O vestido molhado estava colado em sua pele, destacando suas curvas, e, com a umidade, seu cabelo comprido recuperava as ondas naturais, rebeldes. Tentei não ficar olhando, querendo saber mais uma vez como ela podia ter me inquietado tanto em tão pouco tempo. Eu mal tinha pensado na fazenda, em minha tia ou em Paige, e até a música que eu amava estava totalmente focada nela. De repente tive a certeza de que eu nunca mais amaria assim.

Morgan estava paralisada. A luz das velas se acumulava nos seus olhos, calmos e eloquentes, como se ela entendesse exatamente o que eu estava sentindo e pensando. Mas ela continuava envolta em mistério, mesmo quando me aproximei.

Então eu a beijei, querendo acreditar que ela era capaz de sentir a intensidade crepitante que atravessava o meu corpo. Quando fiz menção de puxá-la mais para perto com delicadeza, senti sua mão em meu peito.

– Colby... – sussurrou ela.

Desacelerei e apenas a envolvi em meus braços. Fiquei abraçado a ela por um bom tempo, sentindo seu corpo contra o meu, até que ela finalmente começou a relaxar. Quando senti seus braços ao redor do meu pescoço, fechei os olhos, querendo que aquele momento durasse para sempre.

Depois de um tempo, ela me soltou e deu um passinho para trás.

– Vou vestir uma roupa seca – murmurou. – Trouxe outra, por via das dúvidas.

Engoli em seco.

– Tudo bem – consegui dizer.

Pegando uma das velas, ela foi até o banheiro que ficava no corredor. Quando ouvi a porta se fechar, percebi que estava sozinho na sala, incapaz de imaginar o que aconteceria em seguida.

34

Peguei uma toalha no armário do corredor e fui até o quarto com a vela na mão. Enquanto tirava as roupas molhadas, tentei não pensar no fato de que a alguns metros dali, fora do meu campo de visão, Morgan se despia também. Eu me sequei e vesti uma calça jeans e outra camisa de botão. Dobrei as mangas até o cotovelo e, com uma olhada no espelho da cômoda, dei uma ajeitada no cabelo. Peguei a vela e voltei à cozinha.

Sem energia, o fogão era inútil, mas os morangos cobertos com chocolate e o vinho ainda estariam gelados, e também tinha sobrado um pouco de queijo do piquenique. Cortei o queijo e o arrumei em um prato, com as bolachas salgadas e os morangos. Tive que vasculhar as gavetas para encontrar um saca-rolhas, mas finalmente achei um e abri a garrafa também. Peguei duas taças no armário e levei tudo até a mesinha de centro. Nervoso, servi uma taça de vinho e bebi um gole.

Pela janela, a chuva lembrava lascas de diamante à luz dos relâmpagos intermináveis. Palmeiras sombrias dançavam ao vento como marionetes quando me acomodei no sofá. Girando a taça no colo, distraído, pensei na voz de Morgan quando ela sussurrou meu nome e me perguntei o que estaria se passando por sua cabeça. Agora ela sabia o que eu sentia por ela, mas será que já sabia quando chegou ao show? Será que sabia na noite anterior? Eu não tinha as respostas e, embora em parte eu estivesse nervoso pensando que meus sentimentos talvez não fossem correspondidos, também compreendia que não havia nada que eu pudesse fazer para mudar o que sentia por ela.

Fiquei me questionando se teria me apaixonado caso não estivesse ali naquela cidadezinha da Flórida. Não só por Morgan, mas por qualquer pessoa. Eu não estivera apaixonado por Michelle, mas no fundo sabia que os horários conflitantes eram apenas parte do motivo. Tinha mais a ver com a fazenda e a natureza demandante do trabalho. Como sempre havia algo a fazer, de alguma forma eu tinha perdido a capacidade de relaxar e aproveitar a vida ou arranjar tempo para alguém especial. Era uma boa desculpa, tão sutil que não percebi o que estava acontecendo, mas, bebendo mais um gole de vinho, entendi que eu precisava mudar, a não ser que quisesse acabar como o meu tio.

Eu precisava me permitir tirar uma folga de vez em quando – para compor, fazer caminhadas ou simplesmente ficar sem fazer nada. Precisava retomar o contato com os velhos amigos e me abrir a novas pessoas e novas possibilidades, e o tempo que vinha passando na Flórida apenas ressaltava a importância disso tudo.

A vida, afinal, era mais que trabalhar, e concluí que não queria mais ser a pessoa que tinha me tornado. Queria abraçar tudo aquilo que era importante para mim e me preocupar menos com coisas que estavam além do meu controle. Não em algum momento no futuro, mas assim que voltasse para casa. Independentemente do que acontecesse entre mim e Morgan, me reinventaria como a pessoa que eu queria ser. Já tinha feito isso antes, lembrei a mim mesmo, e nada me impedia de fazer de novo.

Eu me levantei do sofá e fui até as portas da varanda. Em casa, uma tempestade como aquela me deixaria preocupado – com as plantações, as galinhas ou o telhado da estufa –, mas ali, naquele instante, o espetáculo era inspirador.

O destino, ao que parecia, tinha conspirado para que aquela noite fosse diferente de qualquer outra que eu passara ali, e, embora houvesse algum romantismo nessa visão, imaginei que estivesse forçando uma interpretação. Eu sabia que Paige concordaria com isso, mas, enquanto observava a tempestade, senti que aquilo era algo em que eu queria acreditar.

Ainda assim, eu desejava poder conversar com Paige, ao menos para perguntar se o que estava acontecendo comigo era normal. O amor trazia consigo o poder de nos fazer questionar tudo? O amor era capaz de fazer com que quiséssemos nos tornar outra pessoa? Pensando em Paige e em sua experiência, eu não tinha certeza. Ela já tinha amado alguém, mas raramente falava sobre isso, a não ser para dizer que o amor e o sofrimento eram dois lados da mesma moeda. Eu entendia por que ela dizia isso, mas às vezes a pegava lendo romances, então duvidava que ela estivesse tão fechada assim para o amor. Achava que ela entenderia o que estava havendo comigo.

Lembrei que, depois de conhecer o futuro marido, ela de repente não ficava mais em casa à noite, e, quando ficava, parecia animada e alegre. Na época, eu estava tão envolvido no meu mundinho que não parei para pensar naquilo, só fiquei feliz por ela e minha tia estarem se dando bem. Só quando ela anunciou durante o jantar que ia embora da fazenda que percebi como as coisas com o namorado estavam sérias. Logo depois que partiu, ela ligou para contar que tinha se casado no cartório. Tudo aquilo me pareceu rápido demais – eu só tinha visto o cara uma vez, quando ele foi buscar Paige para um encontro. Um dia ela era a Paige de sempre, e no dia seguinte eu me perguntava se tinha passado a vida inteira com uma estranha. Atualmente, no entanto, eu tinha uma ideia do que ela deveria estar sentindo na época; estava começando a entender que o amor tinha uma linha do tempo própria e fazia com que mudanças radicais fossem quase inevitáveis.

Desejei ter tirado o violão da caminhonete. Tocar alguma coisa – qualquer coisa – me ajudaria a organizar aquilo tudo, mas, com a tempestade, decidi deixar o violão onde estava. Em vez disso, peguei o celular e abri uma playlist das músicas que eu tinha escrito, aquelas que considerava as melhores. Coloquei o celular sobre a mesinha de centro e bebi mais um gole de vinho, então fui outra vez até as portas da varanda, revivendo as memórias que inspiraram cada uma das músicas e imaginando o que teria acontecido se meu tio não houvesse morrido. Eu não sabia se teria ficado na fazenda, mas será que tentaria uma carreira na música, como Morgan estava tentando? Na época não parecia possível – e talvez não fosse mesmo –, mas não consegui me livrar de uma sensação recém-descoberta de decepção por nunca ter tentado. A ambição de Morgan despertara algo que estava dormente em mim, ainda que eu aceitasse a ideia de que ela era muito mais talentosa que eu.

Ouvi um barulho atrás de mim e olhei por sobre o ombro. Morgan tinha voltado para a sala com a vela na mão. Estava com outro vestido, que tinha um decote em U profundo, e não pude deixar de contemplar aquela mulher. Seu cabelo, como o meu, continuava um pouco úmido, as ondas espessas brilhando à luz das velas. A mancha de rímel em seu rosto havia desaparecido, mas percebi que ela tinha se maquiado um pouco, destacando os olhos escuros e dando um brilho acetinado aos lábios; seus braços e suas pernas também brilhavam como cetim. Senti minha respiração ficar presa na garganta.

Ela parou a alguns metros de mim, como se estivesse desfrutando do meu olhar.

– Você está... linda – falei, a voz quase rouca.

Seus lábios se abriram quando ela soltou o ar, e de repente vi em seu semblante vulnerável que os sentimentos dela espelhavam os meus. Franca e ávida, sua expressão me dizia tudo o que eu precisava saber: como eu, ela tinha se apaixonado por um desconhecido, tirando a vida de ambos do rumo. Ela foi até a mesinha de centro e colocou a vela ao lado da minha sem dizer uma palavra. Analisou o que eu havia servido, então se concentrou na música que saía do meu celular.

– É você? – perguntou.

– Sou eu.

– Acho que nunca ouvi essa.

Engoli em seco.

– Não costumo tocar nos shows.

Minha voz pareceu estranhamente distante, e fiquei olhando Morgan se sentar no sofá. Quando me aproximei para me sentar ao lado dela, seu vestido subiu um pouco, revelando parte de sua coxa macia, algo que me pareceu profundamente erótico. Fiz um gesto indicando o vinho.

– Quer uma taça?

– Não – respondeu ela. – Obrigada.

– Eu não sabia se você estaria com fome.

– Eu comi alguma coisa assim que a gente voltou. Mas talvez eu queira um morango daqui a pouco. Eles parecem deliciosos.

– Eu comprei assim. Não fui eu que fiz.

– Ainda assim estou impressionada.

Eu sabia que estava desviando das questões importantes, mas era só o que eu parecia ser capaz de fazer. Com a garganta seca de novo, bebi mais um gole de vinho. No silêncio, de repente tive a sensação de que ela estava tão nervosa quanto eu, o que estranhamente me acalmou um pouco.

– As mudanças que você fez na música ficaram lindas – disse ela.

Como você, eu quis dizer, mas não disse.

– Me inspirei em você – respondi, tentando parecer casual, mas sabendo que não tinha conseguido.

– Imaginei... – sussurrou ela, deixando o cabelo cair no rosto. – Pensei em você o dia todo. Senti saudade.

Estendi minha mão para segurar a dela, e senti seus dedos se entrelaçarem nos meus.

– Estou feliz por você estar aqui agora.

Senti a tensão da expectativa em sua mão, e pensei em beijá-la mais uma vez. Seus olhos estavam quase fechados, a boca entreaberta, mas, quando me aproximei, um celular começou a tocar, baixo mas insistente. Quando percebeu que não era o meu, ela soltou minha mão e se levantou do sofá. Após desaparecer no corredor, voltou, o celular tocando na mão. Parecia aflita.

– É a minha mãe – explicou, a voz tímida. – Ela ligou algumas vezes e eu não retornei.

– Talvez seja melhor atender, então.

Relutante, ela apertou o botão e levou o celular à orelha.

– Oi, mãe – disse. – Tudo bem?… É, desculpa. Sei que não liguei, mas estamos nos divertindo muito… Nada de mais. O que foi?… Ele está bem?

Virando-se para mim, ela mexeu os lábios dizendo algo como "*Nosso cachorro está doente*".

– O que o veterinário disse?… Certo… É… Ah, que bom. Como a Heidi está lidando com a situação?… Aham… Aham…

Ela ficou um tempo sem dizer nada antes de prosseguir:

– Bom… A gente ensaia de manhã, depois fica um pouco na praia ou na piscina. Curtimos um pouco de música ao vivo e vamos até o centro de St. Pete… É, elas estão se divertindo muito. É a primeira vez da Holly e da Stacy na Flórida, então estou me divertindo mostrando tudo a elas…

Fiquei no sofá em silêncio, sem querer distraí-la.

– Aham… Não, não fomos ainda. Talvez amanhã ou depois. Mas fomos ao Busch Gardens. Em Tampa… É, foi divertido. As filas são pequenas, então conseguimos curtir quase tudo… Não, hoje não. Vamos pedir comida e ver um filme. Foi um dia bem cansativo – disse, olhando para mim com uma expressão de culpa.

Sufoquei uma risada.

– Sim, elas estão aqui. A gente tirou fotos na praia assim que chegou. Ah, e eu também vi dois peixes-boi… Em um dos parques, mas não lembro o nome… Alugamos caiaques e passamos pelos manguezais, e quando viramos demos de cara com eles… Não, na verdade elas não foram. Eu fui com uma pessoa que conheci aqui…

Não pude deixar de ouvir com mais atenção.

– Sim, mãe. Ele é legal... É um fazendeiro da Carolina do Norte... Não, não estou brincando... Colby... Vinte e cinco... A gente viu o show dele no Bobby T's. Ele veio para uma espécie de "férias a trabalho"...

Ela ficou de costas para mim e passou a falar mais baixo.

– Não, ele não fez faculdade, mas que importância isso tem?... Mãe... Mãe... A gente só foi andar de caiaque. Você está exagerando. Parece esquecer que eu sou adulta...

Percebi um pouco de frustração na sua voz. Na playlist, terminou uma música e começou outra. Vi Morgan passar a mão no cabelo.

– Ainda não tive tempo de ver isso. Vou ligar pro zelador assim que chegar em casa, tá? Tenho certeza de que não vai ser um problema ligar tudo. Eu dou um jeito... Também não tive tempo de fazer isso ainda... Quantas vezes preciso dizer que não tenho interesse em dar aula de música?... É... Aham... Eu sei... Desculpe, estou cansada, é melhor eu desligar. Elas estão fazendo sinal dizendo que querem começar o filme... Mande um beijo pro papai e pra Heidi... Também te amo.

Ela desligou e ficou olhando para o celular. Levantei-me do sofá, fui até ela e coloquei a mão em suas costas, acariciando a pele macia através do tecido.

– Tá tudo bem?

– Tá. Às vezes ela faz um interrogatório... nem sempre é uma conversa, sabe?

– Ela só quer saber se você está se divertindo.

– E se não estou me metendo em problemas. – Ela soltou um suspiro. – Mas não sei nem por que ela tem esse medo. Ainda mais se me comparar a outros universitários. É como se ela não conseguisse aceitar o fato de que sou adulta e já tenho idade para tomar minhas próprias decisões.

– Os pais se preocupam. – Dei de ombros. – São programados pra isso.

Um sorriso breve e incerto surgiu nos lábios dela.

– Às vezes é bem mais fácil conversar com o meu pai. Quer dizer, ele anda tenso com a minha mudança pra Nashville, e tenho certeza que também ia preferir que eu desse aulas, mas pelo menos ele entende por que eu quero ir, e sempre foi o meu maior fã. Já a minha mãe... ela está sempre me lembrando de como é difícil viver de música, de que milhares de pessoas têm o mesmo sonho que eu e não conseguem...

Quando ela parou de falar, afastei o cabelo de seus olhos.

– Eles querem proteger você de uma decepção.

– Eu sei. E peço desculpas. Não deveria ter atendido. Foi por isso que não atendi nas duas outras vezes que ela ligou. Ela insiste em falar de uma vaga em uma escola particular de Chicago, não importa quantas vezes eu diga que não tenho interesse. Às vezes é… difícil.

Ela se virou de frente para mim, se aproximando. Eu a envolvi em meus braços.

– Imagino.

Na minha playlist, outra música começou. Morgan colocou os braços em volta do meu pescoço e eu a abracei mais forte, pensando em como o corpo dela parecia se encaixar no meu. Sem perceber, troquei o peso do corpo de um pé para outro, nossos corpos balançando no ritmo.

– Eu me lembro de você cantar essa música – murmurou ela. – Na primeira noite em que ouvi o seu show. Fiquei fascinada.

Lá fora, o vento uivava e a chuva continuava caindo. As velas banhavam a sala em um brilho dourado. Senti o perfume de Morgan, almiscarado e sedutor.

Ela pressionou o corpo contra o meu e, quando olhou para mim, percorri o contorno do seu rosto com o dedo. Nossos rostos se aproximaram, nossa respiração irregular mas em perfeita harmonia.

Então eu a beijei, faminto e nervoso, e, quando nossas línguas se tocaram, senti um choque percorrer o meu corpo, eletrizando cada nervo. Uma das mãos dela desceu pelas minhas costas, seu toque tão leve que quase parecia que não estava acontecendo. Seus dedos então encontraram a barra da minha camisa e, após uma leve puxada, suas unhas deslizaram pela minha pele, e a sensação quase me impediu de respirar. Devagar, ela percorreu os músculos do meu abdômen e do meu peito, enquanto sua língua continuava a dançar na minha. Sua respiração ficou curta; seus olhos estavam semicerrados, e eu não conseguia deixar de olhar para ela, hipnotizado por sua sensualidade.

Um a um ela abriu os botões da minha camisa. Descendo a peça pelos meus ombros, ela prendeu meus braços no lugar, mantendo-os ali por um instante, como se estivesse me provocando, antes de finalmente deixar que a camisa caísse no chão. Ela se aproximou e beijou meu peito, e seus lábios foram subindo até o meu pescoço. Sua respiração quente na minha pele fez o meu corpo tremer, e segurei a alça de seu vestido. Ela mordeu meu pescoço devagar antes de levar a boca até a minha mais uma vez. Abaixei uma das alças, depois a outra, então segurei a barra de seu vestido. Levantando-a com o dedo, deixei-o percorrer a parte interna de sua coxa. Ouvi Morgan arquejar e senti sua mão na minha nuca. Ela começou a me beijar com mais paixão ainda, e de repente percebi que estava exatamente onde sempre quisera estar.

Abaixando devagar a parte de cima de seu vestido, fiz com que ele deslizasse pelo seu corpo e me afastei, me deliciando com a sua beleza. Quando o vestido chegou ao chão, coloquei as mãos ao redor de sua cintura fina, ajudando-a a sair de cima dele, sabendo que a desejava mais do que jamais desejara qualquer coisa. Sem dizer nenhuma palavra, peguei uma vela e levei Morgan para o quarto.

35

Depois de tudo, ficamos um bom tempo deitados lado a lado sem falar nada, seu corpo quente contra o meu, até que ela finalmente se virou de lado e dormimos de conchinha no emaranhado dos lençóis.

Ao acordar no amanhecer cinzento, beijei-a com carinho, incapaz de segurar as palavras por mais tempo.

– Eu te amo, Morgan – murmurei em seu ouvido.

Morgan apenas sorriu antes de abrir os olhos e fitar os meus.

– Ah, Colby… – disse, levando a mão à minha boca. – Eu também te amo.

PARTE VI

Beverly

36

O homem da caminhonete tinha voltado.

Escondida atrás do celeiro, ela tentava acalmar a respiração. O que teria acontecido se ele houvesse chegado dez minutos antes, quando ela estava dentro da casa? Será que a teria visto pelas janelas? Será que teria aberto a porta? E se ela tivesse entrado no celeiro e ele a pegasse no lugar proibido?

A descarga de adrenalina fez seu estômago se revirar. Ela se recostou contra as tábuas e fechou os olhos, agradecendo a Deus por não ter sido tão burra, por ter decidido evitar o celeiro antes que fosse tarde demais.

Preciso me acalmar para poder pensar, disse a si mesma. Esperava que ele não a tivesse visto, que concluísse que ela não estava em casa, para que fosse embora como na outra vez. Esperava que ele partisse antes que o ônibus da escola chegasse.

Ah, meu Deus...

Tommie...

Espiando mais uma vez pela lateral, ela viu o homem em pé na varanda, olhando para um lado e para outro. Logo depois, ele desceu os degraus e começou a andar em direção ao celeiro. Beverly colou o corpo nas tábuas, completamente imóvel. Lutou contra a vontade de ver se ele estava mesmo se aproximando.

Ouviu as portas do celeiro se abrirem, rangendo. Imaginou-o examinando o interior, certificando-se de que tudo estava no lugar. Ela se perguntou se ele tinha feito a mesma coisa no dia anterior, quando ela e Tommie estavam no riacho, ou se ele se comunicava com os lavradores, monitorando a rotina dela.

Tommie...

Tomara que o ônibus atrase hoje. Ela cerrou os punhos, esperando, até que ouviu a porta do celeiro ranger de novo e logo se fechar com um estrondo. Ficou onde estava, torcendo para que ele não desse a volta no celeiro, perguntando-se o que ele faria se a encontrasse. Pensou em correr para o riacho, mas, assim que reuniu coragem para fazer isso, ouviu a porta da caminhonete bater e o motor ganhar vida. Por fim, ouviu o barulho do cascalho quando a caminhonete deu ré e desapareceu na estrada.

Beverly ficou ali parada pelo que pareceram séculos, a respiração finalmente começando a desacelerar, antes de ousar espiar pela lateral do celeiro mais uma vez. A caminhonete não estava mais lá e não parecia haver ninguém à espreita. Não havia qualquer movimentação, mas ela esperou, só para garantir, então voltou correndo em direção à casa. Abriu a porta com tudo, deixando-a aberta, e subiu a escada apressada.

No quarto de Tommie, as armas estavam exatamente onde ela tinha deixado. Ela não conseguiria levar as duas armas e as caixas de munição nas mãos, então, pensando rápido, pegou o travesseiro de Tommie. Tirou a fronha e enfiou as caixas de munição ali dentro, então ergueu as duas armas pela coronha com cuidado, mantendo os canos apontados para o chão enquanto pegava a fronha.

Agora não era hora de correr, mesmo que o ônibus estivesse na frente da casa. Ela saiu do quarto caminhando devagar. Desceu a escada com cuidado, agradecendo por não ter fechado a porta quando entrou. Com cuidado para não tropeçar, voltou até o riacho, até o lugar onde tinha cavado o buraco.

Colocou uma das armas no buraco, em seguida a outra, então despejou a munição da fronha. Usando as mãos para ir mais rápido, tampou o buraco. Ao terminar, bateu na terra e depois pisou, mas não havia muito o que pudesse fazer. Qualquer um que fosse até ali perceberia que tinham enterrado alguma coisa, mas ela se deu conta de que não se importava.

Iria dar o fora dali antes que alguém descobrisse.

37

De volta à casa, Beverly esfregou as mãos na pia até sentir a pele esfolada, mas a terra havia deixado manchas marrons, como um verniz. Olhando para o caos ao redor, ela imaginou que teria que limpar tudo antes de fugirem, não porque se importasse com a proprietária, mas porque o homem da caminhonete poderia voltar, e uma casa em ordem talvez desse a entender que eles ainda moravam ali, o que lhes garantiria algum tempo...

E agora? Ela precisava descongelar e preparar o hambúrguer, o frango e o arroz, e deixar o feijão de molho e cozinhá-lo também, mas, sem uma bolsa térmica, duvidava que a comida fosse durar mais que um dia na estrada. Depois disso, comeriam sanduíches, maçãs e palitos de cenoura por sabe Deus quanto tempo. Também tinha que fazer uma mala de roupas para fugir à noite. Ninguém os veria, mas isso também significava que talvez não houvesse ninguém com quem pegar uma carona, e pensar em tudo o que precisava providenciar fez com que algo desmoronasse dentro dela, o medo dando lugar a mais uma enxurrada de lágrimas.

Como era possível que aquilo estivesse acontecendo? Que tivesse deixado uma situação de perigo apenas para cair em outra situação tão arriscada quanto?

Ela não conseguia entender e reconheceu que não tinha energia nem para tentar. Em vez disso, enxugando as lágrimas, respirou fundo e saiu, desceu os degraus da varanda e foi em direção à estrada. Sentou-se no tronco, a adrenalina a mil. Há quanto tempo não dormia mais que umas poucas horas seguidas? Tempo demais, isso era certo, e agora estava pagando o preço. A cada expiração, à semelhança de um balão esvaziando, a energia frenética de momentos antes era substituída por um cobertor de uma exaustão quase avassaladora.

No silêncio, seus braços e pernas pareciam estar ficando dormentes, e, por mais que tentasse se concentrar na maconha, nas armas e nos segredos do celeiro e no homem da caminhonete, ela se sentia estranhamente alheia a todas essas coisas, como se estivesse assistindo a si mesma de longe. No fundo, sabia que tinha que ir embora, mas a urgência era como uma maré baixando – cada vez mais longe dela, cada vez mais distante, enquanto o resto do mundo parecia uma imagem borrada. Ela sentiu que começava a oscilar, por mais que tentasse se manter em equilíbrio, o corpo já se rebelando. Precisava descansar, dormir. Mais que qualquer coisa, queria fechar os olhos e cochilar, ainda que só por alguns minutos. Que mal faria? Mesmo que o homem da caminhonete voltasse de repente, ela não tinha energia para se esconder...

– Não – protestou em voz alta.

Sabendo que precisava se concentrar, ela se obrigou a ficar em pé. Tentou invocar o medo que tinha sentido, mas o sentimento permaneceu entorpecido e apático, mais um fantasma que algo real.

– Fique acordada – disse a si mesma, chacoalhando a cabeça.

Começou a andar de um lado para outro, como um tigre enjaulado no zoológico. Em alguns minutos, ouviu o ônibus, um rugido baixo distante. A imagem surgiu como uma miragem líquida cintilante, solidificando-se aos poucos conforme o veículo se aproximava. Os freios rangeram, e o ônibus diminuiu a velocidade e parou. Ela ouviu um sibilar suave quando as portas se abriram.

Pelas janelas, viu Tommie sentado perto do fundo do ônibus e ficou olhando quando ele se levantou e foi até a porta com a mochila pendurada em um dos ombros. Seu amor por ele proporcionou um único instante de clareza, como os raios do sol atravessando uma nuvem. De repente, voltava a ser ela mesma, e, antes de saltar do ônibus, Tommie se virou e acenou para alguém lá dentro. Apesar da exaustão, Beverly abriu um sorriso largo.

Ele finalmente fez um amigo, pensou. Quando ele se aproximou, ela pegou a mochila, e eles foram em direção à casa. Ele estava em casa, estava seguro e tinha feito um amigo, mas a cada passo a clareza ia se dissipando. Ela queria perguntar como tinha sido a escola, queria perguntar com quem ele estava conversando, mas as palavras não vinham. Lembrou a si mesma que precisavam ir embora antes que o homem da caminhonete voltasse, lembrou a si mesma que tinham que fugir antes que fosse tarde demais, mas o medo nublou seus pensamentos mais uma vez como alguém expirando diante de um espelho. Ela lutou para manter os olhos abertos. Tommie chutou uma pedrinha no caminho.

– Você vai pra escola amanhã?

O som da voz dele a assustou, e foi difícil processar o que ele tinha perguntado. Depois de um instante, ela disse:

– Por que eu iria pra escola?

– É o dia ao ar livre, lembra? A Amelia disse que é muito divertido e que algumas mães levam bolinhos e biscoitos. Você podia ir também.

Ela não conseguiu identificar aquele nome e se perguntou onde o teria escutado.

– Vamos ver – disse, ouvindo as palavras saírem como um resmungo.

Quando abriu a porta, Tommie parou, observando a bagunça. Ela deveria tê-lo avisado, mas o esforço não valia a pena.

– Não é nada de mais.

Arrastou-se até a cozinha e pegou uma maçã, então levou Tommie até a sala. Usando o último resquício de energia, ligou a televisão na tomada e reconectou o cabo, vendo a tela piscar quando o desenho apareceu. Era *Scooby-Doo*, que ela assistia quando era criança, e Tommie se acomodou no chão, já hipnotizado. Ela ouviu o som vago da primeira mordida dele enquanto se deitava no sofá, os olhos já fechando. Sem pensar, usou o pé para chutar uma pilha de DVDs para o chão, a fim de que pudesse se esticar mais. Eles caíram no tapete com um ruído. Na televisão, Scooby e sua turma eram perseguidos em um parque de diversões mal-assombrado. Enquanto sua mente se apagava devagar, ela percebeu que já tinha visto aquele episódio.

– A mamãe tá muito cansada, então vai tirar um cochilo rápido, tá?

Havia muito o que fazer antes de irem embora, pensou mais uma vez, mas no instante seguinte sentiu como se estivesse caindo, e essa foi sua última lembrança antes de tudo desligar e ela pegar no sono.

38

Estava escuro quando ela começou a se revirar, o brilho da televisão fazendo-a franzir a testa e piscar com força antes de finalmente abrir os olhos. O mundo além das janelas estava preto, a sala iluminada por uma luz em movimento.

– Desenho – balbuciou.

– Mãe?

O som da voz de Tommie a despertou, e mais elementos da sala entraram em foco. A estante estava torta, e havia livros e bugigangas espalhados pelo chão. Quando Tommie se virou para ela, Beverly viu o branco de seus olhos, embora o resto dele permanecesse nas sombras, como um fantasma.

– Por quanto tempo eu dormi? – murmurou ela.

– Bastante – respondeu ele. – Tentei te acordar, mas não consegui.

– Me desculpe.

Ela pressionou as pálpebras, então tirou o cabelo do rosto, tentando fazer com que o sangue fluísse o bastante para que conseguisse se sentar. Tudo o que queria era fechar os olhos, mas, ao fazer isso, ouviu Tommie mais uma vez.

– Estou com fome.

A voz dele fez com que ela se concentrasse e, respirando fundo, conseguiu tirar as pernas do sofá e se sentar. Lutando contra o desejo de voltar a se deitar, ela juntou as mãos, a mente e o corpo ainda resistindo ao comando de se levantar. Na televisão, o Bob Esponja conversava com uma estrela-do-mar; o miolo da maçã no tapete já estava ficando marrom, e havia mais um. Ela pensou em catá-los – ou pelo menos pedir a Tommie que os jogasse no lixo –, mas percebeu que não se importava. A sensação era a de que seria capaz de dormir por mil anos, mas seu filho precisava comer. Apoiando-se no braço do sofá, ela tentou se levantar, mas foi obrigada a ficar no lugar quando sentiu tontura. Quando finalmente passou, arrastou-se até a cozinha.

Evitando a luz do teto, acendeu a que ficava acima do fogão. Ainda assim seus olhos arderam e, indo em direção à pia, ela quase tropeçou na pilha de coisas que tinha deixado ali, mas conseguiu se segurar. Olhou para o relógio, franzindo o cenho, tentando calcular por quanto tempo tinha dormido. Com a mente ainda confusa, não conseguiu lembrar que horas o ônibus havia deixado Tommie em casa. Quinze para as quatro ou quatro e quinze, mas, de qualquer forma, já deveria estar quase na hora de Tommie ir para cama.

Ele precisa comer. Ela se sentia desconectada do corpo quando pegou uma panela e encheu de água morna para descongelar duas coxas de frango. De alguma forma, conseguiu manter todos os músculos sob controle para picar a couve-flor e as cenouras e jogá-las em uma assadeira, que foi para o forno. Fechando os olhos, ela se apoiou na geladeira, o corpo desligando, quando de repente se lembrou do que tinha acontecido à tarde. Embora as imagens das drogas, das armas e do homem da caminhonete parecessem um sonho, foram o bastante para fazê-la estremecer.

– Tommie? – chamou, tentando manter a voz calma.

– Oi?

– Alguém veio aqui enquanto eu dormia?

– Não.

– Você viu alguma caminhonete parar na entrada?

– Não.

Ela olhou pela janela, tentando entender por que o homem não tinha voltado, mas seus pensamentos estavam emaranhados, tudo parecia se misturar. Ainda apoiada na geladeira, ela fechou os olhos mais uma vez. Os sinais de alerta que havia percebido durante o dia se mostravam distantes, como se estivessem direcionados a outra pessoa, mas ela teve o bom senso de tirar o resto do frango e do hambúrguer do freezer para que também descongelassem.

Depois disso, obrigou-se a ser a mãe que sabia que era. Embora seus movimentos estivessem lentos e robóticos, preparou as coxas de frango na frigideira de ferro, a mente em branco enquanto ela lutava para manter os olhos abertos. Depois de colocar a comida em dois pratos, chamou Tommie e ouviu a televisão desligar antes que ele se juntasse a ela. A exaustão sufocou seu apetite, e ela transferiu quase todo o conteúdo do prato dela para o do filho. Bocejou várias vezes e, quando Tommie terminou, disse a ele que subisse e tomasse um banho. Não se deu ao trabalho de lavar a louça. Em vez disso, saiu para a varanda da frente.

À luz do luar prateado, ela via o celeiro, escuro e ameaçador, mas o medo parecia uma alucinação. Do andar de cima, ouvia Tommie falando sozinho e fazendo a água da banheira respingar. Lembrou a si mesma que eles tinham que fugir, mas havia muito o que fazer de antemão para possibilitar a fuga, e ela não conseguia reunir a energia necessária para dar o primeiro passo. Arrastando os pés, deixou a varanda e subiu a escada. Suas pernas estavam pesadas e pareciam descoordenadas, quase como se ela estivesse sonâmbula.

No banheiro, Tommie já tinha saído do banho e se enrolado na toalha. Seu cabelo molhado apontava para todas as direções. Quando ele se virou, ela viu o bebê que ele foi um dia e sentiu uma pontada de dor por dentro.

– Você se lembrou de passar xampu no cabelo?

– Eu não sou mais bebê.

Os pensamentos de Beverly continuaram vagando por conta própria, desacelerando enquanto ela o acompanhava até o quarto. Por um instante, as paredes ficaram azul-claras com faixas que mostravam cenas do campo, então o quarto voltou à realidade. Ela pegou uma camiseta e uma cueca limpas para ele, pensando em como o amava enquanto ele se deitava na cama. Usou os dedos para arrumar seu cabelo e beijou seu rosto.

Como um zumbi, ela retornou ao andar de baixo, que estava escuro. Apenas a luz acima do fogão continuava proporcionando uma luminosidade suficiente para que ela não tropeçasse na bagunça.

Preciso deixar tudo pronto, pensou, olhando para o frango e o hambúrguer. Mas agora estava operando em piloto automático, não tinha mais controle consciente sobre seu corpo, e saiu da cozinha em direção à sala. Quando se deitou no sofá, sua mente apagou, os olhos já se fechando de novo.

Por um instante, imaginou um pirata caindo do Empire State Building, e de repente pegou no sono.

39

Só acordou ao ouvir Tommie descendo a escada, piscando algumas vezes. Uma luz cinzenta entrava pelas janelas. Quando Beverly começou a se espreguiçar, tudo o que tinha acontecido nos últimos dias invadiu sua mente outra vez, e o peso foi tamanho que ela teve vontade de chorar.

Lembrou-se de que sua mãe chorava muito de manhã, as memórias ainda vívidas de seus olhos vermelhos e de seus braços em volta da própria cintura, como se estivesse tentando se segurar para não desmontar. Beverly nunca sabia o que fazer quando aquilo acontecia, nunca sabia como fazer com que a mãe se sentisse melhor. Ela simplesmente mantinha distância. Preparava o próprio café da manhã e se arrumava para ir à escola. Lá, enquanto o professor falava, ela se perguntava o que tinha feito para que a mãe ficasse tão chateada.

Eu não sou a minha mãe, Beverly lembrou a si mesma. Concentrando-se em Tommie, ela se sentou, tentando conter as lágrimas e de algum jeito conseguindo. Àquela altura, Tommie já estava na cozinha. Beverly se juntou a ele, reconhecendo que de alguma forma eles tinham sobrevivido a mais uma noite. Isso deveria fazer com que ela se sentisse melhor, mas não fazia; no fundo de sua mente, ela encontrou uma nova sensação de pavor, como se o pior ainda estivesse por vir.

– Eu perdi o ônibus? – perguntou Tommie, sem perceber como ela estava se sentindo. – Não quero me atrasar.

É mesmo, lembrou ela. *Hoje é o dia ao ar livre.* Beverly olhou para o relógio.

– Vai dar tudo certo. Mas vamos tomar café da manhã primeiro.

Ela foi até o armário com os músculos rígidos. Preparou uma tigela de cereal para Tommie e levou até a mesa, então ajeitou o cabelo dele com o gel que ficava no balcão. Largou-se na cadeira do outro lado da mesa, observando-o comer, sua mente tentando ignorar os efeitos do sono, mas indo do passado ao futuro.

Olhando para Tommie, ela não pôde deixar de sentir que o filho merecia muito mais. Ela deveria ter lhe garantido um lar normal e uma vida normal, mas estava prestes a arrancá-lo de casa mais uma vez porque havia cometido erros que uma boa mãe não cometeria. Perguntou-se se deveria avisá-lo agora ou simplesmente acordá-lo no meio da noite, como da última vez. Questionou onde eles iriam parar, se conseguiria um emprego e quanto tempo levaria até que a vida voltasse a parecer minimamente normal. Tentara fazer as coisas certas, mas tinha dado tudo errado.

Não era justo. Ninguém merecia uma vida como a que ela proporcionava ao filho, e seus olhos se encheram de lágrimas. Ela se virou para que Tommie não as visse.

– Você gosta daqui? – perguntou para ele, a mente ainda divagando. – Às vezes acho que seria legal morar perto da praia. Lembra quando a gente foi à praia? Quando você era pequeno?

Ele era novinho, ainda engatinhava, e ela tinha passado tanto protetor nele que a areia grudava em seu corpinho como cola. Eles faziam castelos de areia, brincavam na beira da água e jogavam uvas para as gaivotas, o que fazia Tommie dar gritinhos, rindo, quando os pássaros voavam de um lado para outro. Gary tinha decidido ir jogar golfe, e ela se lembrava de pensar já naquela época que Tommie era tudo de que precisava.

– Foi um dia maravilhoso – comentou, sabendo que estava falando mais consigo mesma que com ele. – A gente se divertiu tanto… que deveria fazer isso de novo. Encontrar um lugar perto da praia, onde possamos brincar na areia ou ver o sol se pôr na água. Às vezes acho que seria capaz de ficar sentada escutando as ondas durante horas. Não seria perfeito?

Tommie olhou para ela.

– A Amelia disse que posso sentar ao lado dela no ônibus hoje.

Ao ouvir esse comentário, Beverly soube que o filho não fisgara a isca, e sua melancolia se aprofundou quando ela se levantou da mesa. Depois de secar as lágrimas, preparou um sanduíche para ele, acrescentando uma maçã ao almoço e, dessa vez, colocando o embrulho em sua mochila com atenção. O dia anterior parecia ter se passado em outra vida.

Àquela altura, Tommie já tinha quase terminado o café da manhã. Bebeu o leite que ficara na tigela e ficou com um bigode branco. Ela limpou seus lábios.

– Você sabe que eu te amo, né?

Quando Tommie assentiu, ela pensou mais uma vez que deveria contar a verdade, mas as palavras não saíram. Em vez disso, ficou de joelhos, sentindo-se trêmula e se odiando pelo que estava prestes a fazer com ele.

– Vou fazer um laço duplo no seu tênis pra não desamarrar quando você estiver correndo.

Ao terminar, colocou a mochila nos ombros dele e eles saíram de casa bem a tempo. Quando chegaram à estrada, o ônibus já estava parando. Ela beijou o rosto de Tommie, então foi com ele em direção à porta do ônibus no exato instante em que ela se abriu. Viu o filho subir a escada e deu um aceno, mas, de costas para ela, Tommie pareceu não perceber.

Quando ela se virou para voltar, viu a casa como da primeira vez, quando achou que seria capaz de transformá-la em um lar. Lembrou-se de caminhar por ela e pensar que pintar as paredes da cozinha de amarelo seria perfeito. Tinha se permitido acreditar que tudo ficaria bem, mas, olhando para a casa agora, enxergou-a como a armadilha que era, cujo único propósito era o de lhe acenar com um sonho, apenas para depois destruí-lo.

Pensando na injustiça de tudo aquilo e nos erros que tinha cometido, enumerou seus fracassos como mãe. Dessa vez, quando as lágrimas começaram a cair, ela mal conseguiu chegar até o sofá, sabendo que não seria capaz de contê-las.

40

Quando parou de chorar, ela estava exaurida. Enxugando o rosto com a barra da camisa, percebeu várias manchas marrons no tecido, e se deu conta de que era terra.

De quando cavei para esconder as armas. Seu rosto devia estar imundo – nenhuma surpresa, uma vez que não tinha tomado banho –, e ela se perguntou por que Tommie não dissera nada a respeito. Ele teria percebido, e ela suspeitava que ele estivesse reagindo exatamente como ela quando era criança, quando não entendia o que estava acontecendo com a mãe. Nesses momentos, era melhor fingir que estava tudo bem, mesmo sentindo medo. Não era nenhuma surpresa que Tommie não houvesse falado nada no jantar e mal olhado para o rosto dela no café da manhã. Ele estava com medo dela e por ela, e perceber isso fez sua garganta se fechar mais uma vez. Era mais um erro dos muitos que vinha cometendo.

O choro havia esgotado sua energia, e se levantar do sofá foi estranhamente difícil. Ela foi cambaleando até a cozinha e abriu a torneira. Colocando as mãos em concha para lavar o rosto, sentiu a terra grudada perto do couro cabeludo, nas orelhas e até nos cílios. Um espelho ajudaria, mas subir até o banheiro seria um esforço muito grande.

Olhou para a comida que tinha tirado do freezer na noite anterior, removeu o plástico e colocou tudo em um prato, pensando que seria uma coisa a menos para fazer depois. Achou uma panela grande em uma das gavetas abertas. Adicionou água e pôs o feijão de molho. Demoraria algumas horas até que algo estivesse pronto para ser cozido. Pensou em começar a preparar os sanduíches, mas, ao pegar o pão, surgiu em sua mente uma imagem de Tommie sentado entre ela e a mulher da perua, olhando para ela com nada além de amor e confiança, e seu coração se partiu.

Aquela ideia lhe causou dor, e seus pensamentos voltaram a se dispersar.

Lembrou-se de Tommie bebê, de quando ela o embalava tarde da noite; pensou no comportamento tranquilo dele. Decidiu deixar os sanduíches para depois, e, embora não compreendesse o próprio raciocínio, não se deu ao trabalho de questioná-lo. Mais uma vez se perguntou quem em sã consciência escolheria paredes alaranjadas para uma cozinha.

Seus pensamentos continuaram ricocheteando, lançando luz sobre memórias e mais memórias, e ela sabia que a única maneira de afastá-las era voltar a dormir. Em vez disso, tirou as cenouras da geladeira e as colocou no balcão antes de vasculhar as gavetas procurando pelo descascador. Não conseguiu encontrá-lo, então se contentou com uma faca de cortar carne, as mãos trêmulas. Queria muito dormir de novo e sabia que, nos últimos dias, somente quando estava dormindo se sentia segura e não oprimida pelas preocupações.

Seus movimentos foram ficando cada vez mais descoordenados, até que sua mão escorregou de repente e a lâmina fez um corte profundo em seu indicador, trazendo-a de volta ao presente. Ela soltou um grito agudo ao ver uma gota de sangue surgir, e em seguida o corte inteiro ficou vermelho. O sangue respingou no balcão e em sua camisa. Ela apertou o corte com a mão livre, hipnotizada, e logo a ardência surgiu com fúria total, uma dor lancinante. Quando ela soltou o dedo, o sangue escorreu no balcão. Com a mão que não estava machucada, abriu a torneira, observando a água rosa-claro indo embora pelo ralo, e voltou a fechá-la. Usou a barra da camisa para envolver o dedo, pensando que, se fosse outra pessoa, com uma vida diferente, entraria no carro e iria até o pronto-socorro para levar pontos.

Mas aquela não era sua vida, não mais, e seus olhos se encheram de lágrimas. *Um passo de cada vez*, disse a si mesma. Precisava de gaze e esparadrapo, mas duvidava que fosse achar os itens na casa. Talvez encontrasse Band-Aids em um dos banheiros, pensou, subindo a escada e indo até o banheiro que Tommie usava. Na segunda gaveta, teve sorte.

Pegou um Band-Aid, mas precisava das duas mãos para abri-lo, e o sangue manchou o armário. Grudento e molhado de sangue, o adesivo foi inutilizado. Ela tentou pôr outro Band-Aid e obteve o mesmo resultado. Tentou mais uma vez, e mais uma, e fracassou em todas elas, largando embalagens e Band-Aids cheios de sangue pelo chão. Finalmente, deixou dois Band-Aids preparados, enxaguou o sangue da mão e do dedo, e secou usando a camisa, apertando firme. Colocou o primeiro e depois o segundo.

Isso lhe deu o tempo necessário para colocar mais, o que pareceu funcionar. O dedo latejava quando ela desceu a escada.

A sala, o corredor e a cozinha estavam um caos, e a ideia de ter que limpar tudo aquilo, preparar a comida, fazer as malas, fugir e de algum jeito encontrar uma maneira de começar uma vida nova foi demais para ela. Sua mente desligou como num curto-circuito, deixando-lhe apenas a tristeza.

Exausta, ela foi até o sofá e se acomodou. Fechou os olhos, e as preocupações e os medos desapareceram por completo assim que pegou no sono.

41

Apesar de ter dormido por horas, a sensação ao acordar era a de que tinha sido drogada. Ela se obrigou a se sentar, a mente trabalhando em câmera lenta, a sala entrando em foco aos poucos.

– Que zona – comentou, para ninguém, mais uma vez espantada com a bagunça espalhada pela sala, a estante torta, metade da parede com *primer*.

Levantou-se do sofá e se arrastou até a cozinha para beber um copo de água. Enquanto bebia, sentiu o dedo latejar, o corte profundo arder. Ao olhar para a mão, viu que o sangue havia encharcado os Band-Aids, manchando-os de marrom. Era nojento, mas ela não estava disposta a tentar substituí-los, assim como não tinha vontade nenhuma de limpar a sala, a cozinha ou o resto da casa. Nem de preparar sanduíches ou picar cenouras, aliás. Não tinha vontade de fazer nada daquilo, pelo menos enquanto não voltasse a se sentir bem.

Assim, foi até a varanda da frente. Andou de um lado para outro, reparando nos lavradores sempre presentes nos campos, mas eles estavam mais distantes da casa do que no dia anterior, trabalhando em outra área da plantação sob um céu cinzento e nublado. Havia uma brisa também, bem constante, e ela se perguntou se aquilo significava que iria chover.

Embora a chuva complicasse a fuga, ela era incapaz de reunir a energia necessária para se preocupar de fato; em vez disso, viu-se perdida em uma lembrança da mãe, que também ficava muito cansada, em alguns casos a ponto de passar dois ou três dias na cama. Beverly se lembrava de ir até a lateral da cama da mãe e chacoalhá-la, pedindo que acordasse porque ela ainda não tinha comido. Às vezes a mãe se levantava e se arrastava até a cozinha para esquentar uma sopa de frango com macarrão antes de voltar a se recolher; outras, Beverly não conseguia acordá-la de jeito nenhum.

Por mais difíceis que tivessem sido, no entanto, esses dias não eram nada comparados àqueles em que a mãe só chorava, independentemente do que Beverly tentasse fazer para ajudar. Ela sentia medo sempre que isso acontecia. Mães não deveriam chorar. Mas não eram apenas as lágrimas ou os soluços que a incomodavam. Era a aparência da mãe, com as roupas sujas, o cabelo todo bagunçado e a expressão de pavor. Ela até andava de um jeito diferente, como se cada passo fosse doloroso.

E a mãe nunca conseguia explicar o que a deixava tão triste. Não importava se Beverly limpava o quarto ou não, se brincava quietinha ou fazia barulho; os dias nublados sempre vinham. Era como sua mãe chamava. *Dias nublados.* Quando ficou mais velha e entendeu o que significava aquele sentimento, Beverly imaginou que ela estivesse falando no sentido figurado; mais tarde, começou a pensar que a mãe também estivesse falando no sentido literal. Porque era assim que Beverly se sentia agora – como se estivesse sendo lentamente envolvida por uma nuvem densa. Não era uma nuvem leve, como as que pontilhavam o céu em um dia ensolarado. Eram nuvens carregadas, tão escuras que pareciam quase pretas nas bordas, hostis, frias e pesadas a ponto de ser quase impossível se preocupar com qualquer outra coisa.

– Eu não sou a minha mãe – repetiu, embora se perguntasse se aquilo era mesmo verdade.

42

Ela foi para dentro de casa, tentando afastar a ideia de que, por melhor que se preparasse, acabaria cometendo um erro que colocaria os dois em risco mais cedo ou mais tarde.

Do armário da cozinha, tirou o pote de biscoitos e pegou o pequeno maço de notas. Contou o dinheiro, contou de novo para confirmar o total e mais uma vez sentiu a pressão aumentando atrás dos olhos, a constatação de que não era suficiente. Estava bem longe de ser suficiente, e ela se imaginou segurando um cartaz e pedindo esmola, simplesmente para alimentar o filho.

Qual era o sentido de continuar tentando? E por que a proprietária da casa *não podia ser uma pessoa normal*? Apenas uma senhorinha que precisava de um dinheiro extra, e não uma mulher que queria usar Beverly em qualquer que fosse seu esquema ilícito? No silêncio, era fácil imaginar o homem da caminhonete e a proprietária sentados a uma mesa de cozinha desgastada, com dinheiro, armas e drogas espalhados entre eles.

Esse pensamento fez seu estômago se revirar e intensificou as nuvens escuras. Ela se desligou de tudo por um instante antes de finalmente se concentrar no balcão. Viu a faca e as cenouras respingadas de sangue, o que a fez pensar no dedo, que latejava. Aquilo era estranho; parecia que o dedo tinha seu próprio ecossistema, desconectado do restante do corpo. Relutante, pegou a faca, lavou o sangue da cenoura que estava cortando e decidiu que jamais deixaria que Tommie comesse aquilo, mesmo que ela descascasse até ficar fina como um lápis. Jogou a cenoura na pia e pegou outra, tentando se concentrar para que não escorregasse. Ao terminar, pegou a próxima e concluiu que seria melhor ir preparando o frango ao mesmo tempo.

A carne estava no prato onde ela tinha deixado, já descongelada. Procurou a frigideira de ferro na gaveta e não encontrou, então se deu conta de que ainda estava no fogão, após ter sido usada na noite anterior. Acendeu o fogo, jogou as coxas de frango na frigideira, que ficou cheia, e voltou para as cenouras. Mas, ao pegar a faca, imaginou Tommie encharcado na chuva, no escuro, enquanto carros que passavam jogavam mais água na direção deles. Quanto tempo o filho aguentaria até começar a tremer ou ficar doente? A imagem era de partir o coração. Consumida por aquele pensamento, ela andou sem rumo pela cozinha. Não pensou no que estava fazendo nem no lugar para onde iria, era como se uma corda invisível a puxasse e seus pensamentos se dissipassem completamente.

Subiu a escada e parou na soleira do quarto de Tommie. Tinha encontrado armas embaixo da cama, e entendeu que o filho também deveria tê-las visto mas não se dera ao trabalho de contar a ela. Essa percepção fez sua mente se apagar mais uma vez; era terrível demais pensar naquilo. Quando o quarto voltou a entrar em foco, viu o livro *Vai, cachorro. Vai!* e o Homem de Ferro na mesinha de cabeceira, e pensou que não podia esquecê-los, mas até mesmo esse pensamento mal pareceu ficar registrado em sua mente. Ela se questionou por que tinha ido até ali, e somente ao sentir cheiro de queimado lembrou-se do frango.

A cozinha estava cheia de fumaça, e mais fumaça saía da frigideira. O cheiro de queimado fez Beverly correr até o fogão, pegando o cabo da frigideira por instinto. Sentiu uma agonia incandescente ao ouvir sua pele chiar ao queimar. Beverly gritou e largou a frigideira, que caiu de volta em cima do fogão. Vasculhou uma das gavetas abertas, atirando panos de prato no ar até encontrar uma luva. Calçando-a na mão com o dedo cortado e tentando ignorar a dor, tirou a frigideira do fogo. Em outra vida – em que não precisasse contabilizar cada pedaço de comida –, teria simplesmente colocado a frigideira embaixo da torneira para conter a fumaça e jogado o frango no lixo, mas, em vez disso, pôs a frigideira em outra boca do fogão.

Pegou um prato no armário, esperando conseguir salvar o frango de algum jeito. Procurou um pegador, mas estava emaranhado com outros utensílios e, quando ela o puxou da gaveta, espátulas se juntaram aos panos no chão. Com a fumaça ainda saindo da frigideira, ela teve que tirar a pele das coxas de frango, que estavam com um lado preto e o outro cru, e jogar tudo no prato. Só depois de retirar toda a comida ela pôs a frigideira embaixo da torneira para conter a fumaça, a superfície chiando ao ser atingida pela água.

Foi quando voltou a sentir a agonia da mão queimada, a dor vindo em ondas repentinas e implacáveis. Bolhas já se formavam na palma de sua mão e nos dedos. Ela colocou a mão embaixo da torneira, mas a água fria batendo na pele aumentou a dor, e ela sacudiu a mão. Apesar da fumaça, ela ainda sentia o cheiro do frango queimado, um odor quase nauseante. Não tinha como Tommie comer aquilo, logo eles teriam ainda menos comida para sustentá-los durante a fuga. Com uma mão queimada e a outra com um corte no dedo, como ela iria conseguir aprontar tudo? Era mais um erro entre tantos que a faziam se perguntar como ela acreditara que estava apta para ser mãe.

43

Beverly passou as horas seguintes sem fazer nada. Mal se lembrava de ter ido até a varanda da frente, entorpecida em relação a tudo que não fossem as nuvens intensas que pareciam envenenar cada pensamento. A mão e o dedo latejavam, mas, perdida em uma melancolia crescente, ela mal sentia.

Preciso ver o Tommie – era tudo em que conseguia pensar.

Só assim as coisas seriam diferentes; só assim as nuvens iriam embora. Vagamente, ela tinha a consciência de que ele havia se tornado sua tábua de salvação, e precisava ver seu rostinho sério descendo do ônibus. Queria acariciar seu cabelo e dizer a ele que o amava. Levantando-se, ela olhou pela janela em direção ao relógio na parede e viu que o ônibus estava para chegar. Desceu da varanda e foi até a estrada, sem se preocupar com SUVs pretos, homens em caminhonetes ou lavradores que talvez estivessem de olho nela. Só uma coisa importava.

Sentou-se no tronco, a dor da queimadura se impondo, chamando sua atenção. Ela pensou que talvez devesse cobrir o ferimento, ou procurar uma pomada, mas pensar em perder a chegada de Tommie a encheu de ansiedade.

As nuvens no céu continuavam a se adensar, formando massas cinzentas. As folhas das árvores murmuravam com a mudança do tempo. Em um poste do outro lado da rua, um pássaro parecia observá-la.

Beverly olhou para a estrada, aguardando. A dor oscilava, fazendo-a estremecer. Ela abriu a mão, deixando que a brisa a acariciasse, mas isso piorou a dor, então a fechou novamente. O pássaro voou, ficando cada vez menor conforme se afastava. Beverly sentiu a nuvem escura ao seu redor envolvê-la em seus tentáculos.

O ônibus não apareceu, mas ela continuou esperando, e depois mais um pouco. Os lavradores lotaram as caçambas de caminhonetes, que deixaram as plantações e viraram adiante na estrada, desaparecendo de vista. O som de um trovão distante atravessou os campos. Mas nada do ônibus.

Ela voltou até a varanda para conferir as horas pelas janelas da frente. O ônibus estava meia hora ou uma hora atrasado, ela não sabia ao certo. Voltou até o tronco, a curiosidade aos poucos dando lugar à irritação e depois à preocupação conforme o tempo passava. Quando o medo finalmente se instalou, a nuvem que a envolvia começou a clarear, embora não revelasse respostas, apenas mais perguntas.

Onde estava o ônibus?

Onde estava o *seu filho*?

Beverly ficou com falta de ar quando se deu conta do óbvio. Seguiu em direção à casa, primeiro andando, logo correndo, e irrompeu porta adentro. Tentou não pensar no pior, mas não pôde se conter; precisava descobrir o que fazer. *Será que o ônibus quebrou, ou Tommie perdeu a hora? Ele ainda estava na escola?* Ela teria que ir andando ou, com sorte, conseguir uma carona. De repente desejou ter um vizinho por perto, uma senhorinha gentil que tivesse trazido uma torta para dar as boas-vindas quando eles chegaram, mas ninguém havia aparecido…

Se o ônibus tivesse quebrado, ela precisava descobrir. Se Tommie ainda estivesse na escola, precisava ir buscá-lo. Ela tropeçou em uma pilha de bugigangas dos armários da cozinha e desabou, batendo o joelho com força no piso de linóleo, mas mal sentiu ao ficar em pé novamente. Pensou no disfarce que teria que usar, ainda que colocá-lo exigisse um tempo que ela não tinha.

Subiu a escada mancando até o quarto e ficou paralisada na porta. O quarto estava destruído, com roupas espalhadas, as portas do guarda-roupa abertas, até os lençóis estavam no chão. Ela piscou algumas vezes, tentando entender aquela cena.

Tinha sido ela? No dia anterior? Quando estava vasculhando a casa? Ela se lembrava de ter tirado as coisas de debaixo da pia, da despensa, do armário do corredor e da varanda dos fundos, mas quando subiu estava em um frenesi tão grande que suas lembranças estavam turvas. Ela havia tirado tudo do armário de roupas de cama, mas será que fizera aquilo também? Imaginou que era possível, mas não tinha nenhuma recordação, e se não houvesse sido ela…

Sua garganta fechou quando ela se lembrou do homem da caminhonete. Será que ele tinha entrado na casa enquanto ela cavava perto do riacho?

Apoiou-se no batente da porta para se manter firme. Não queria acreditar nisso, não queria pensar que tinha ficado tanto tempo cavando, não queria imaginar que alguém tivesse revirado a casa em sua ausência e feito aquilo, não queria pensar no que teria acontecido se estivesse em casa quando o homem entrou pela porta...

Não, pensou, o medo aguçando seus pensamentos. Ela não podia se deixar dominar. Naquele instante, Tommie era a única coisa que importava.

Recuperando a coragem, entrou no quarto, avaliando a destruição. A peruca estava exatamente onde ela tinha deixado, no banheiro, ao lado do boné de beisebol. No espelho, ela percebeu o sangue na camisa e a trocou pela que estava pendurada na cortina do chuveiro. Ao ver seu reflexo mais de perto, mal reconheceu a mulher magra e apavorada que a encarava. Mas não havia tempo para maquiagem. Com a mão e o dedo doendo, era quase impossível prender o cabelo, mas ela deu um jeito. Depois da peruca, ela colocou o boné e procurou pelos sapatos perto da cama, que era onde costumava deixá-los, mas não os viu em lugar nenhum. Com tantas roupas pelo chão, saiu chutando as peças amontoadas, mas não teve sorte. Olhou embaixo da cama, não os encontrou, e de repente ela se lembrou de que dormira no sofá. Talvez tivesse tirado os sapatos lá embaixo.

Já estava indo em direção à porta quando por acaso olhou mais uma vez para o guarda-roupa agora vazio, a imagem aos poucos entrando em foco. No instante seguinte, sentiu as pernas fraquejarem. Quase desmaiando, caiu de joelhos, olhando com um pavor cada vez maior para os sapatos Christian Louboutin de sola vermelha que tinha ganhado de Gary de aniversário, e que havia deixado para trás.

44

Eram os sapatos dela, sem dúvida; ela reconheceu a caixa em que estavam e o pequeno arranhão no bico feito na primeira noite em que saiu com eles para jantar. Também não tinha dúvida de como ou por que eles estavam ali.

Gary trouxe os sapatos.

Ele sabia que ela e Tommie iriam fugir de novo; devia saber de tudo desde o início. Não importava se havia ou não câmeras nas rodoviárias; ele não tinha colocado a imagem dela em cartazes de procurados e distribuído para a força policial do país inteiro. Não precisava fazer isso; sabia que ela levaria pouca coisa, então costurara rastreadores nas mochilas. E, de onde quer que estivesse, talvez até de casa, só precisou acompanhá-los pelo celular ou pelo computador durante alguns dias. Ele sabia que ela tinha pegado carona com estranhos, sabia que tinham ficado no hotel de beira de estrada e ido à lanchonete, talvez tivesse até rastreado a primeira visita à casa. Provavelmente encontrou o imóvel em algum satélite ou mapa e usou suas conexões para identificar a proprietária.

Após tirar a peruca e a deixar no banheiro, ela desceu a escada cambaleando, zonza ao se dar conta da própria estupidez. Do outro lado das janelas, relâmpagos reluziram e uma explosão de trovões ressoou em seguida. A chuva começou a cair, fazendo a casa vibrar como se um trem estivesse passando por ela, mas, presa em seus pensamentos, Beverly não percebeu nada disso.

Gary havia entrado em contato com a proprietária, é óbvio. O mais provável era que isso tivesse acontecido antes mesmo que ela mostrasse a casa a Beverly. Talvez houvesse inventado toda uma história envolvendo a possibilidade de ajudar o governo com uma investigação e até oferecido dinheiro e explicado o que ela teria que fazer. O que explicava por que a mulher não havia feito as perguntas habituais a Beverly nem solicitado documento de identificação ou referências. Explicava por que a mulher estivera tão disposta a aceitar dinheiro vivo.

O resto foi fácil. Tinha mandado homens para ficarem de olho nela, em caminhonetes surradas de modo que passassem despercebidos. Depois? Um pouco de guerra psicológica: na primeira visita, o homem da caminhonete deixara as armas e as drogas na casa. Havia tido o cuidado de tirar as botas, no entanto, o que explicava por que não havia pegadas dentro da casa. Gary a conhecia e sabia exatamente como ela iria reagir; sabia que ela entraria em pânico se visse pegadas. Na segunda visita, ele tinha destruído o quarto em uma tentativa de desequilibrá-la e aterrorizá-la. Ao mesmo tempo, Gary colocava homens nas plantações para que ficassem de olho nela e soubessem exatamente quando pretendia fugir.

Beverly cambaleou até o sofá, sua mente começando a desacelerar conforme as peças se encaixavam. Enquanto ela fazia compras ou pintava as paredes, Gary obviamente havia ido até a Escola John Small e tomado algumas providências. Explicara à diretora, à professora e ao motorista do ônibus que Beverly sequestrara o filho. Sem dúvida, havia enfatizado ainda o fato de que Beverly era perigosa e que suspeitavam da existência de drogas e armas na casa; talvez até tivesse mostrado fotografias para provar. Pode ser que tenha ressaltado sua preocupação com a segurança de Tommie. De um jeito que soasse oficial e razoável, pode ter dito que a melhor saída era resgatar Tommie enquanto ele estivesse na escola, onde não haveria risco de que ele se machucasse.

E agora? Logo a polícia ou o xerife seriam acionados, e ela seria presa. Na verdade, talvez já estivessem a caminho da casa enquanto ela estava sentada no sofá, mas a ideia de passar o resto da vida na prisão não era nada comparada à ideia de que nunca mais veria o filho.

Você perdeu o Tommie, entoou uma voz em sua cabeça enquanto a nuvem pesada voltava a envolvê-la. *Você perdeu o Tommie*. Aquilo não tinha conserto, não tinha saída. Não havia futuro possível para ela, independentemente do que fizesse; e, com a mente cada vez mais confusa, restaram-lhe apenas emoções tão obscuras quanto a nuvem, e mais peças se encaixaram. Ela tinha perdido Tommie, seria presa, Gary descontaria a raiva no filho e seu garotinho doce cresceria e viraria um homem violento e perigoso.

Lá fora, relâmpagos seguiam cortando o céu e os trovões ressoavam com a chuva torrencial. A casa foi ficando escura, opressiva, mas aquilo não significava nada. A vida não significava nada, e o futuro era mais sombrio que o mundo lá fora, não importava o que ela fizesse. Cada estrada que tinha imaginado havia se transformado em um beco sem saída, e agora só lhe restava o esquecimento.

Tommie.

Beverly se deu conta de que nunca veria Tommie jogar futebol ou marcar um gol enquanto ela torcia na arquibancada; nunca o veria se arrumar para os bailes da escola. Não o veria se apaixonar pela primeira vez ou ficar empolgado na manhã de Natal. Não o veria dirigir um carro, tornar-se um belo rapaz ou se formar na escola e na faculdade, e nunca mais ouviria sua risada.

Todas essas hipóteses tinham virado pó e cinzas, mas até mesmo chorar parecia inútil. Fazer qualquer coisa parecia inútil, e durante muito tempo ela não conseguiu reunir energia para se mexer. Sua respiração se acalmou enquanto a nuvem escura foi ficando mais espessa, trazendo angústia, perda e sofrimento sem fim, como se sua alma tivesse sido envenenada. O passado era um show de horrores e o futuro só prometia dor, mas o presente era ainda pior, com sua intensidade sufocante.

Com um novo propósito, ela se levantou do sofá. Como se estivesse em um transe, subiu a escada devagar, a mão, o joelho e o dedo latejando de dor, mas ela merecia aquilo tudo, pois tinha fracassado como mãe.

No chão do quarto de Tommie havia um saco de lixo, aquele que ela tinha arrastado pela casa enquanto procurava por drogas. Beverly acendeu o abajur e se sentou na beirada da cama. No saco estavam os comprimidos que ela encontrara no banheiro, e ela revirou o conteúdo, procurando o que queria.

Pegou os frascos um a um e leu o rótulo, jogando no chão aqueles que não reconhecia. Acabou achando remédio para dormir, o frasco quase cheio. Largando o saco de lixo, saiu do quarto e desceu a escada.

Na cozinha, ignorou o cheiro de frango queimado e do hambúrguer que começava a estragar. Ignorou a bagunça e o sangue no balcão, e encheu um copo com água da torneira. Olhando pela janela, soube que Gary logo chegaria, com vários policiais. Mas ser presa não importava mais; nada mais importava e não havia saída.

Ela retornou ao andar de cima, foi até o quarto de Tommie e se sentou ao lado da cama. Despejou os comprimidos na mão, jogou-os na boca e engoliu com água. Deitou-se, pensando que o cheiro de Tommie já parecia ter desaparecido. Mas tudo acabaria logo; a sensação de encerramento era tão forte que silenciava tudo o que ela vinha experimentando nas últimas horas.

Fechando os olhos, Beverly sentiu um alívio momentâneo.

Então não sentiu mais nada.

PARTE VII

Colby

45

Eu esperava tomar um café da manhã demorado com Morgan, mas ela disse que não podia por causa do ensaio. Então me beijou, foi para o chuveiro e, depois que se vestiu, eu a levei de volta ao Don.

Uma família com crianças estava no saguão do hotel, e vi Morgan olhar para eles antes de me dar um beijo discreto que me deixou querendo mais. Ela tinha me convidado para um banho de piscina com suas amigas mais tarde, e, embora eu a quisesse só para mim, acabei me conformando, já que aquela seria sua última semana com elas também.

Corri um pouco menos que de costume e parei em uma barraquinha para comprar tacos. Comi no estacionamento, pensando em Morgan. Ela não estava muito falante quando a levei ao hotel, parecendo um pouco atordoada, assim como eu. Não podia ser possível se apaixonar por alguém tão rápido, mas de algum jeito era isso que tinha acontecido, e acho que ela precisava de um tempo para entender tudo. Também imaginei que não estivesse muito animada com a conversa inevitável que teria com as amigas. Se ela mesma mal entendia o que tinha acontecido, então provavelmente achava que as amigas também não fossem entender.

Quanto a mim, fui o caminho todo pensando no fato de que nós teríamos poucos dias juntos e me perguntando se ela cairia em si nas horas seguintes e perceberia que na verdade tinha se enganado quanto aos seus sentimentos.

Em algum momento após pegarmos no sono, a luz tinha voltado, então, depois de tomar um banho, dei uma arrumada no apartamento. Na hora marcada, dirigi até o Don e fui para a piscina. Morgan e as amigas já estavam lá com seus biquínis coloridos, tomando sol. A mesinha entre as cadeiras estava cheia de frascos de protetor solar e uma garrafa grande de água, além de copos com restos de suco verde. Elas tinham deixado uma espreguiçadeira vazia ao lado de Morgan, com algumas toalhas dobradas em cima.

Holly foi a primeira a me ver e disse um oi rápido; as demais – incluindo Morgan – acenaram com indiferença, como se não tivessem reparado que Morgan não havia voltado para o hotel na noite anterior. Pensei em beijá-la, mas me contive, para que ela não ficasse constrangida, e me esforcei a agir com naturalidade, embora vê-la de biquíni provocasse flashbacks tentadores. Por alguns minutos, ninguém disse nada; para todos os efeitos, poderíamos ser desconhecidos que por acaso estavam sentados lado a lado. Talvez eu estivesse enganado, pensei; talvez Morgan e as amigas não tivessem discutido a situação. Então Maria pigarreou.

– Então, Colby… como *você* passou a noite? – perguntou.

E na mesma hora todas caíram na gargalhada. Percebendo que aquilo tinha finalmente quebrado o gelo, olhei para Morgan.

– Algum arrependimento? – perguntei baixinho.

Morgan me deu um sorriso ensolarado.

– Nenhum.

46

Graças a Deus nenhuma delas ficou perguntando sobre a noite anterior, mas, justamente por evitarem o assunto, tive quase certeza de que Morgan havia contado tudo. Nós cinco passamos o dia conversando e pulando na piscina de vez em quando para nos refrescarmos. Pedimos petiscos no bar externo e depois Morgan e eu fomos caminhar na praia. Segurei sua mão e percebi que ela se encaixava na minha com perfeição.

Ao final da tarde, estávamos todos cansados. Morgan disse que precisava de um cochilo, e, após jogar as toalhas usadas no cesto, pus a camisa e calcei os chinelos. Morgan já tinha vestido a saída de praia.

– Quer jantar mais tarde? – perguntei.
– O que sugere?
– Que tal um piquenique na praia?
Ela colocou as mãos no meu rosto e me deu um beijo delicado.
– Acho perfeito.

47

Combinamos de nos encontrar atrás do hotel às sete e meia, mas, como Morgan, eu também precisava de um cochilo. Peguei no sono assim que minha cabeça encostou no travesseiro. Surpreendentemente revigorado quando o alarme disparou, tomei um banho e me vesti antes de pegar duas saladas gregas para viagem em um restaurante no final do quarteirão, uma com salmão e a outra com camarão grelhado. A caminho do Don, também comprei gelo e algumas garrafas de chá gelado e de água.

Em um lugar perto da duna que ficava ao lado do hotel, estendi um lençol que tinha pegado do apartamento. Havia acabado de abrir uma garrafa de água quando vi Morgan se aproximando. Fiquei de pé e a recebi com um abraço, depois a acomodei em uma cadeira de praia que eu havia levado.

– O que você trouxe? – perguntou ela. – Estou morrendo de fome.

Tirei as saladas do cooler, e, depois de comer, usamos a duna como encosto e nos aconchegamos. Pus um braço em volta de Morgan, e ela se aninhou em mim enquanto o céu dava início à sua transformação lenta e milagrosa. O azul foi desbotando, ganhando um brilho amarelo; luzes cor-de-rosa formaram faixas compridas em direção à água quando o céu ficou alaranjado e, finalmente, vermelho.

– Quero que faça uma coisa por mim amanhã – finalmente falei.

Ela se virou para mim.

– O que você quiser.

Disse a ela o que eu queria, e, embora não tenha respondido, ela não rejeitou a ideia, o que considerei algo positivo.

Depois, voltamos para o meu apartamento, já nos beijando e tirando a roupa a caminho do quarto. Fizemos amor com ternura e uma urgência renovada, e depois Morgan me enlaçou com os braços e as pernas e descansou a cabeça no meu peito. Quando ela pegou no sono, eu me desvencilhei devagar e me levantei. Enrolado em uma toalha, fui até a sala, que estava banhada pelo luar prateado entrando pelas portas de vidro.

Olhando para a lua acima das árvores, pensei em quanto amava Morgan e fiquei impressionado ao perceber como minha vida parecia diferente vista pelas lentes desses novos sentimentos. Naturalmente, meus pensamentos se voltaram para o fato de que mais um dia tinha se passado e Morgan logo iria embora, e me perguntei outra vez o que ia acontecer com a gente, temendo a ideia de que a hora da decisão estava chegando e que ela poderia partir meu coração.

De volta ao quarto, colei o meu corpo ao de Morgan. Mesmo dormindo, ela sentiu minha presença e reagiu, aconchegando-se. Inspirei seu perfume, sentindo-me completo, e, embora tenha demorado um pouco para dormir, eu sabia que, quando pegasse no sono, com certeza sonharia com ela.

48

Quando acordamos, Morgan me convenceu a ir com ela e as amigas ao Dalí uma hora depois que elas terminassem o ensaio.

Ficamos de mãos dadas andando pela exposição, e admito que achei mais interessante do que esperava. Maria parecia saber muito sobre o artista e explicou com calma por que um ou outro quadro era especialmente importante. Embora a maior parte deles não fizesse muito o meu estilo, vi quatro ou cinco aos quais retornei algumas vezes. Eles eram estranhos de um jeito instigante.

Depois, fomos à praia de Clearwater, onde enfiamos os pés na areia branca e fina e nadamos nas águas mornas do golfo. Tive que ir embora mais cedo para chegar ao show a tempo, e relembrei Morgan do meu pedido, mas ela desconversou. Após um beijo demorado, sussurrei que a amava, sem me importar com o que suas amigas diriam depois que eu fosse embora.

O público de quinta superou o de terça – nenhuma surpresa, uma vez que o clima estava perfeito –, e as pessoas não paravam de chegar enquanto eu tocava a primeira e a segunda sequência de músicas. Logo, mal havia lugar para ficar em pé. Mais uma vez, fiquei surpreso com a quantidade de pedidos por minhas composições próprias – era óbvio que o pessoal estava se familiarizando com as minhas músicas na internet – e muito feliz. Foi também a plateia mais beberrona desde o fim de semana anterior, e Ray e a equipe tiveram que se esforçar para dar conta dos pedidos de bebida.

Quando Morgan e as amigas apareceram faltando cerca de vinte minutos para o final do show, várias cabeças se viraram para o grupo de mulheres deslumbrantes. Logo comecei a cantar a música que tinha sido inspirada por ela, e na sequência algumas bem conhecidas para levantar a plateia. Embora eu ainda não soubesse ao certo como ela reagiria, pigarreei e dei uma batidinha no microfone, chamando a atenção de todos, antes de olhar para Morgan.

– Esses dias ouvi uma cantora extraordinária e perguntei se ela gostaria de cantar pra vocês esta noite. Ela ainda não me deu uma resposta, mas, se estiverem a fim de ouvir o que eu ouvi, mostrem a Morgan Lee que vocês querem muito que ela venha ao palco.

A multidão gritou e aplaudiu, como eu esperava; ao ver que ela estava com vergonha, estendi a mão, encorajando-a, enquanto Holly, Stacy e Maria vibravam e a empurravam na minha direção. Embora estivesse hesitante, parecia que ela estava só nervosa, e não chateada. Quando veio na minha direção, o entusiasmo da plateia tornou-se um clamor. As amigas vieram atrás, já sacando o celular e se aproximando do palco, sem dúvida para poderem filmar. Ajudei Morgan a subir, recuando quando ela finalmente pegou o microfone. Afastei o meu banquinho para o lado e peguei um suporte para partitura que estava no canto. Morgan abriu as fotos no celular e selecionou a que tinha tirado da letra da música.

– Me dá um minutinho pra eu ver se lembro a letra toda, tá? – sussurrou, cobrindo o microfone com a mão.

– Claro – respondi. – Leve o tempo que precisar.

Vi Morgan repassar os versos e logo percebi que uma revisão longa não seria necessária.

– Que tal eu tocar a primeira estrofe e o refrão, e ir repetindo até você dar o sinal dizendo que está pronta? Pode ser?

Ela assentiu, os olhos ainda na tela, murmurando as palavras. De alguma forma, seu nervosismo parecia aumentar a expectativa do público.

Comecei a primeira estrofe, prestando atenção no sinal. Quando cheguei ao final do refrão, vi Morgan acenar para mim com a cabeça, o corpo balançando levemente quando ela ergueu os olhos para a plateia. Voltei para o início, repetindo a introdução, e, assim que ela cantou as primeiras notas, eu não era mais o único que estava hipnotizado. O silêncio se impôs quando sua voz rouca ocupou todo o bar, e as pessoas ficaram paralisadas com sua precisão e sua potência. Mas, quando Morgan começou a dançar, os passos levando-a de um lado a outro do palco, elas explodiram, gritando e aplaudindo no ritmo. Aquela era uma Morgan que eu nunca tinha visto – não havia nenhum traço da garota envergonhada na sala do meu apartamento.

As amigas estavam filmando, muito concentradas, mas percebi que se esforçavam para não sair pulando.

A música era contagiante, inspirando gritos e assovios no segundo refrão, e, quanto mais a plateia se animava, mais Morgan se entregava.

Havia algo de lírico na sua voz, e, depois que ela soltou um vibrato poderoso no fim da música, o público inteiro ficou de pé. Quando chegou à última nota alta com confiança total, os aplausos foram estrondosos. Ela era um fenômeno, e todos sabiam disso.

As pessoas logo pediram bis, mas Morgan recusou fazendo não com a cabeça e colocando o microfone de volta no tripé. Ela desceu do palco e foi cercada pelas amigas, enlouquecidas de tanta emoção.

Como eu ainda tinha mais alguns minutos de show – e sabendo que seria burrice tocar qualquer composição minha depois da performance da Morgan –, escolhi uma que a plateia sempre adora: "American Pie". Assim que toquei os primeiros acordes, a atenção do público voltou para mim, e logo todo mundo estava cantando junto. Enquanto isso, as garotas retornavam para o lugar delas no fundo, coradas e agitadas.

Assim que terminei, vi a próxima atração esperando nos bastidores. Coloquei meu violão em um canto a fim de abrir espaço para que eles montassem seu equipamento e atravessei a multidão para encontrar Morgan e as amigas. Quando cheguei e peguei a mão de Morgan, ela pareceu estranhamente contida.

– Foi incrível – falei. – Todos amaram você.

Ela me deu um beijinho.

– Ainda acho que você é melhor.

49

Após um jantar de comemoração, fomos todos dançar em uma boate em St. Petersburg. Não estava cheia como nos fins de semana, mas era um bom público para uma quinta-feira, e nós cinco formamos uma rodinha e dançamos ao som das batidas da música eletrônica. Ou melhor, elas dançaram, ao passo que eu só trocava o peso de um pé para o outro, tentando não chamar atenção.

Acabamos ficando até bem tarde, e Morgan voltou para o apartamento comigo enquanto suas amigas pegaram um Uber. No caminho, confessou que Holly e Stacy já estavam fazendo pressão para que ela postasse os vídeos que tinham feito dela cantando.

– O que você acha? – perguntou, em dúvida. – Acha que seria um erro?

– Como assim?

– Sei lá… Acha que é bom o bastante? E se, tipo, algum caça-talentos assistir? Não está com qualidade de estúdio, e minha garganta anda arranhando um pouco ultimamente. Não pude aquecer a voz e nem sabia a letra de cor…

– Morgan. – Tirei uma das mãos do volante e coloquei sobre a sua, com firmeza. – Pare.

Quando ela se virou para mim, continuei:

– Você foi *fantástica* – afirmei. – Qualquer um que assistir ao vídeo vai ver de cara a *estrela* que você é.

Morgan cobriu o rosto com as mãos, envergonhada, mas vi o sorriso espreitando entre seus dedos.

Na manhã seguinte, levei-a de volta ao Don. A conversa na caminhonete foi contida, e, mesmo tendo combinado um encontro na piscina para depois, ela estava mais quieta que de costume, com o semblante preocupado.

Não perguntei o motivo, achando que já sabia.

Nosso tempo juntos estava chegando rapidamente ao fim.

50

Como eu estaria trabalhando na noite seguinte, queria que nossa noite de sexta fosse inesquecível. Após uma busca rápida na internet, consegui alugar um catamarã para um passeio particular ao pôr do sol. Fiz uma careta quando descobri o valor, mas tentei lembrar que só se vive uma vez.

Também me organizei para preparar um jantar para ela em seguida, o que exigiria mais uma ida do supermercado, pois eu não sabia se o frango que tinha comprado antes da queda de energia estaria bom para consumo. Também precisaria pensar em uma receita que fosse saborosa e ao mesmo tempo incrivelmente fácil. No fim, só consegui chegar ao Don depois das onze e meia.

Dessa vez o grupo de amigas estava na praia, e elas tinham novamente colocado uma cadeira extra ao lado da de Morgan. Embora parte de mim quisesse convidar só Morgan para o passeio de catamarã, àquela altura eu já gostava de suas amigas e achei que elas também poderiam curtir. A animação delas diante do convite foi ainda maior do que eu esperava – elas ficaram repetindo que não viam a hora, o que também me rendeu algumas expressões de gratidão por parte da Morgan.

Nós dois fomos almoçar sozinhos. Depois, caminhamos pela praia e molhamos os pés na beira do mar para nos refrescar, e foi fácil imaginar uma vida com ela no futuro, se eu tivesse a coragem de tornar isso possível.

No final da tarde, elas foram para o hotel se arrumar e eu fui para o apartamento. Depois, nos encontramos no Don para irmos juntos até o cais. As amigas de Morgan pegaram o celular e começaram a tirar fotos assim que embarcamos, fazendo com que ela revirasse os olhos de vez em quando. Não era um barco enorme – imaginei que fosse confortável para no máximo sete ou oito pessoas –, mas as garotas se banquetearam com as frutas, o queijo e o champanhe de cortesia. Fiquei surpreso ao ver que até Morgan bebeu um pouco, e todos juntamos nossas taças para um brinde.

Deixamos o cais e atravessamos a orla; duas vezes, vimos golfinhos nadando ao lado do catamarã. O pôr do sol espetacular parecia mais próximo agora que estávamos na água, como se estivéssemos navegando na direção dele. Com o vento em nosso rosto, Morgan se recostou em mim, e eu a abracei enquanto deslizávamos sobre as águas tranquilas. As amigas dela ficavam tentando nos fazer posar para fotos também, mas depois de um tempo Morgan as enxotou, tentando ao máximo fazer com que aquele momento fosse só nosso.

De volta à terra firme, as garotas sugeriram que fôssemos ao centro de St. Pete. Eu me ofereci para ir com Morgan se ela quisesse se juntar a elas, mas ela fez que não com a cabeça e disse que preferia ir para o apartamento comigo.

Na cozinha pequena, Morgan ficou me observando ligar o forno e colocar batatas para assar; depois, tirei da geladeira os peitos de frango marinados, distribuindo-os em uma assadeira. Coloquei-os no forno ao lado de outra assadeira com aspargos untados com azeite de oliva e sal.

– Estou impressionada – disse ela, levantando uma sobrancelha.

– Não fique. Pesquisei tudo hoje de manhã.

Quando peguei o tomate para preparar a salada, Morgan me abraçou por trás e deu um beijo atrás da minha orelha.

– Posso ajudar em alguma coisa?

– Você pode cortar os pepinos – respondi, sem querer que ela saísse dali.

Ela procurou uma faca nas gavetas, então lavou o pepino antes de voltar para o meu lado. Estava com um sorriso discreto, como se tivesse se lembrado de uma piada.

– Qual é a graça?

– Isto – respondeu ela. – Preparar uma refeição com você. Parece muito caseiro, mas eu gosto.

– Melhor que serviço de quarto?

– Eu não iria *tão* longe assim.

Eu ri.

– Você ajudava sua mãe na cozinha quando era criança?

– Não muito. A cozinha era onde minha mãe relaxava. Ela se servia uma taça de vinho, ligava o rádio e entrava em ação. Minha responsabilidade e a da minha irmã era limpar tudo depois. Minha mãe odiava lavar louça. Eu também não gostava, mas ia fazer o quê?

O timer do meu celular tocou, e tirei as batatas e as assadeiras do forno. Para minha enorme surpresa, o frango estava como dizia na receita. Depois de servir os pratos, levei-os até a mesa com a salada e um molho que comprara no mercado. Assim que se sentou, Morgan analisou a mesa.

– Está faltando alguma coisa – disse.

Ela se levantou e foi rápido até o quarto e a sala, voltando com as velas e os palitos de fósforo. Após acender as velas, apagou as luzes da cozinha.

– Melhor assim, não acha? – perguntou ao voltar à mesa.

O rosto dela à luz de velas me fez lembrar da primeira noite em que fizemos amor, e só consegui assentir.

Morgan pareceu gostar bastante do frango, comendo duas porções, além de meia batata assada e porções generosas de salada e aspargos. Após tirarmos os pratos, ela me surpreendeu ao perguntar se ainda tinha vinho. Ela levou as velas até a mesinha de centro, e me sentei ao seu lado no sofá, com as taças na mão. Ela estava vendo as fotos do catamarã no celular, e me aproximei para ver também.

Por mais linda que Morgan fosse pessoalmente, fiquei surpreso ao notar como ela era fotogênica.

– Pode me mandar essas fotos?

– Vou jogar no AirDrop.

– O que é isso?

Ela revirou os olhos.

– Pegue o celular e aceite o que vai aparecer.

Fiz o que ela disse, e quase imediatamente as fotos estavam no meu celular.

– Você não sabe mesmo o que é AirDrop? – indagou, rindo.

– Se você entendesse o meu cotidiano, nem se daria ao trabalho de fazer essa pergunta.

Ela sorriu e então ficou quieta. Olhando para a taça, respirou fundo. Eu sabia o que estava por vir. Uma conversa para a qual eu não sabia se estava preparado, para a qual eu não tinha respostas.

– O que vai acontecer com a gente? – perguntou, a voz baixa.

– Não sei.

– O que você quer? – continuou ela, o olhar ainda fixo na taça. – Quer que a gente fique junto?

– É claro que eu quero.

– Mas o que isso significa? Já pensou nisso?

– É só nisso que eu penso – confessei.

Tentei ver o rosto dela.

Ela finalmente ergueu os olhos, e havia um fogo estranho neles.

– Sabe o que eu estou pensando?

– Não faço ideia – respondi.

Ela largou a taça na mesa e segurou minhas mãos.

– Acho que você devia ir pra Nashville comigo.

Senti minha respiração falhar.

– Nashville?

– Você pode deixar tudo organizado na fazenda, levando o tempo que precisar... e depois me encontrar lá. Podemos ficar juntos, compor juntos, correr atrás dos nossos sonhos juntos... É a nossa chance. Se tudo der certo, você pode contratar mais pessoas pra trabalhar na fazenda, expandi-la ou criar aquele gado alimentado com capim que a sua tia sugeriu. A única diferença é que não é você quem vai fazer essas coisas.

Senti minha cabeça começar a girar.

– Morgan...

– Espere... – disse ela, a voz urgente. – Só me escute, tá? Você e eu... Quer dizer... Nunca pensei que fosse possível se apaixonar por alguém em poucos dias. Não sou daquelas garotas românticas que esperam encontrar o Príncipe Encantado. Mas você e eu... sei lá. Desde o momento que nos conhecemos, foi como se... a gente se *encaixa* de alguma forma...

Como quando você coloca o número certo no cadeado, não pude deixar de pensar.

– Foi quase como se eu conhecesse e confiasse em você desde o início. Isso nunca tinha acontecido comigo, e aí a gente compôs uma música juntos... – Quando ela parou, sua expressão estava cheia de esperança e fascínio. – Nunca me senti tão em sintonia com alguém. – Ela olhou para mim. – Você não quer perder isso, quer?

– Não. Eu quero você, e também quero que a gente fique junto.

– Então venha comigo. Vá pra Nashville assim que puder.

– Mas a fazenda. Minha irmã...

– Você mesmo disse que a administração da fazenda está mais fácil agora e que tem um gerente. E, se sua irmã quiser ir pra Nashville, você pode levá-la. Ela pode trabalhar de qualquer lugar, não pode?

Pensei em Paige, em todas as coisas sobre a minha irmã que eu ainda precisava revelar.

– Você não entende...

– O que tem pra entender? Ela é adulta. E tem mais uma coisa. – Ela respirou fundo antes de continuar: – Você tem uma voz incrível. É um compositor incrível. Tem um dom com o qual outras pessoas só podem sonhar. Não devia desperdiçar isso.

– Eu não sou você – retruquei, me sentindo encurralado de repente, precisando de outra desculpa. Qualquer desculpa. – Você não se viu naquele palco.

A expressão dela era quase melancólica.

– A questão é que você também não se vê. Não vê o que eu vejo. Ou o que a plateia vê. Mas entende que a música é poderosa, algo que as pessoas do mundo inteiro podem compartilhar, certo? É como uma linguagem, uma maneira de nos conectarmos que é maior que você ou eu ou qualquer um. Já pensou em quanta alegria pode levar às pessoas? Você é bom demais pra ficar na fazenda.

Meio perdido, eu não soube o que dizer, além do óbvio.

– Não quero perder você.

– Então não perca – insistiu ela. – Estava sendo sincero quando disse que me ama?

– Claro.

– Então, antes de dizer não, mesmo que não queira ir pra Nashville só porque acho que você devia ir ou porque poderíamos ficar juntos, pense em fazer isso por si mesmo. – Ela se ajoelhou no sofá e ficou de frente para mim. – Pode fazer isso? Pode pelo menos pensar?

Enquanto ela falava, era fácil imaginar tudo aquilo. Nós dois compondo juntos, explorando uma cidade nova juntos, construindo uma vida juntos. Curtindo a vida, sem as preocupações e o estresse que definiam meu mundo no momento. E ela tinha razão sobre minha tia e o gerente: eles poderiam manter tudo funcionando. Agora que tínhamos um ritmo e uma rotina, as coisas estavam mais fáceis, mas...

Mas...

Paige.

Respirei fundo, com mil pensamentos e impulsos percorrendo o meu corpo.

– Sim – finalmente respondi. – Vou pensar.

51

Não voltamos ao assunto naquela noite, e me vi confuso e preocupado. Eu esperava que ela perguntasse sobre como manter um relacionamento a distância, mas fui pego de surpresa pela sugestão de ir com ela para Nashville.

Deitado no sofá com ela, admiti que o sonho de uma carreira na música ainda estava vivo em algum lugar dentro de mim. Também não conseguia suportar a ideia de perder Morgan, e, quando ela começou a beijar o meu pescoço, migramos, sem dizer uma palavra, do sofá para o quarto, onde nosso desejo se expressou sem explicação ou dúvida.

De manhã, deixei Morgan no Don. Em vez de ir correr, tomei um banho e passei as horas seguintes caminhando pela praia, pensando em tudo o que ela tinha dito na noite anterior. Em passos lentos, fui voltando para o hotel. Quando me aproximei, percebi que a praia estava mais cheia que de costume, apesar de ainda ser cedo. Não dei muita bola até perceber que era por causa da gravação das garotas.

Devia ter centenas de pessoas atrás do hotel, a maioria formada por garotas adolescentes. Abri o TikTok e percebi que as quatro – e a conta do grupo – tinham postado várias vezes nos últimos dias, com prévias dos ensaios e imagens de bastidores delas se maquiando ou fazendo palhaçada no quarto do hotel. Tudo acompanhado de chamadas anunciando onde e quando apresentariam a próxima coreografia e convidando as pessoas a assistir.

Ainda assim, fiquei impressionado com a quantidade de fãs genuínos que elas tinham. Embora eu soubesse que eram populares, por algum motivo não imaginei que centenas de pessoas reservariam um tempo para ver uma das gravações ao vivo.

Mandei mensagem para Morgan avisando que já tinha chegado, ainda maravilhado com o tamanho da multidão. Depois de alguns minutos ela respondeu, perguntando se eu poderia ajudá-las a filmar, o que aceitei de imediato.

Ao meio-dia, ainda não havia sinal das garotas. A multidão, por sua vez, não parava de aumentar, com dezenas de pessoas vindo pela praia. Explorei a área, tentando decidir qual seria o melhor lugar para filmar a apresentação, e logo percebi que não fazia nem ideia de por onde começar.

Então ouvi um burburinho do pessoal que estava mais próximo ao hotel. Apesar de ser mais alto que a maioria dos fãs mais jovens, só consegui vislumbres do cabelo das garotas, que se movimentavam pelo deque perto da areia, provavelmente decidindo onde se posicionar. Centenas de celulares foram erguidos no ar, todos disputando espaço para fotografá-las.

As quatro ficaram um bom tempo no deque, tirando selfies com os fãs e dando autógrafos, e eu tentei chegar mais perto. Ao perceber que era impossível, fiz a volta até a entrada, passando por dentro do hotel para chegar à piscina. Assim que me viram, as garotas pareceram aliviadas.

– Que loucura! – exclamou Morgan quando me aproximei. – A gente não imaginou que ia ser assim. Não sabíamos que ia ter tanta gente.

– Não temos como abrir espaço na areia pra apresentação – disse Stacy, preocupada.

– Por que não dançam no deque?

– Acho que o hotel não ia gostar muito... – comentou Maria, com as sobrancelhas franzidas de preocupação.

– Vocês são hóspedes, então estão autorizadas a ficar no deque – argumentei. – E são só três músicas, não são? Vai acabar antes que o pessoal do hotel se dê conta do que está acontecendo.

As quatro tiveram uma conversa rápida e decidiram que a minha ideia era a solução mais viável. Holly e Stacy largaram as bolsas em um canto e voltaram com duas câmeras sofisticadas, além de tripés que montaram logo em frente ao deque. Maria e Morgan também colocaram os celulares em tripés. Enquanto isso, Holly me entregou uma terceira câmera e posicionou uma caixa de som.

– Sua missão vai ser afastar a galera só um pouco e filmar toda a plateia, tá? Pros extras que a gente vai incluir depois na edição. E solta a música quando eu der o sinal.

– Combinado – respondi, pegando a câmera.

Enquanto as garotas conferiam a roupa e a maquiagem, se alongando de vez em quando para se soltar, conduzi a plateia alguns passos para trás. Também pedi às pessoas na frente que se sentassem, para que aquelas que estavam atrás conseguissem ver, e para minha surpresa as primeiras fileiras se abaixaram. Depois, Holly me disse onde ficar e explicou que tipo de filmagem queria – basicamente uma mistura de imagens abertas e closes dos fãs. Fui até a caixa de som enquanto as garotas se posicionavam.

A plateia imediatamente ficou em silêncio. Soltei a música, surpreso com o volume da caixa. Comecei a filmar a multidão, observando Morgan e as amigas com o canto do olho. Como era de se esperar, elas executavam a coreografia complexa em perfeita sincronia. Eram tão perfeitas e cativantes que senti como se estivesse assistindo ao show do intervalo do Super Bowl.

A multidão foi à loucura, e filmei várias garotas tentando imitar os movimentos de que gostavam ou se jogando com a música, inventando os próprios passos. No total, Morgan e as amigas dançaram por mais de dez minutos.

Quando terminaram, a multidão aplaudiu e gritou, com algumas das adolescentes chamando as garotas pelo nome: "Morgan, aqui!", "Stacy, nós te amamos!". Filmei Morgan e as amigas ensinando vários passos a alguns dos fãs no deque, mas, cientes de que estavam bloqueando o acesso dos outros hóspedes à praia, elas logo bateram em retirada, pedindo que eu recolhesse os equipamentos. Foi o que fiz, deixando a caixa de som por último. Com um aceno rápido, agradecimentos e jogando beijos, Morgan e as amigas saíram pela área da piscina, e fui atrás carregando toda a tralha.

Voltamos para a piscina só no meio da tarde. Ocupamos espreguiçadeiras no canto mais distante, e peguei algumas toalhas. Quando a garçonete apareceu, as garotas pediram uma jarra de margaritas de morango e cinco taças. Era hora de comemorar.

Foi quando ouvi meu celular vibrar na mesinha ao lado das espreguiçadeiras. Ao ver o nome do gerente da fazenda, atendi.

Menos de trinta segundos depois, eu me afastei das garotas, sentindo o rosto perder a cor.

Em menos de um minuto, achei que ia passar mal, e, quando desliguei, era como se meu mundo estivesse desabando. Liguei para minha irmã no mesmo instante, mas ela não atendeu. As garotas deviam ter percebido minha expressão quando voltei, porque Morgan se levantou na hora e pegou a minha mão.

– O que aconteceu? Quem era? O que houve?

Perdido em meus pensamentos acelerados, mal consegui pronunciar as palavras.

– Toby – respondi. – O gerente da fazenda. Ele disse que a minha tia Angie teve um AVC.

Morgan levou a mão à boca.

– Meu Deus! Ela está bem?

– Não sei – respondi. – Mas tenho que ir pra casa...

– Agora?

– Minha irmã não atende o celular.

– E...?

Engoli em seco, rezando para que ela não tivesse atendido porque estava com a minha tia no hospital. Mas não pude deixar de reviver o passado e me perguntar se o pior ainda estaria por vir.

– Ela também não me ligou.

– O que isso quer dizer?

Com o medo me dominando, mal consegui processar a pergunta dela.

– Nada de bom.

Desnorteado, me despedi de Morgan com um beijo e fui correndo até a caminhonete. Passei no apartamento, recolhi todas as minhas coisas e peguei a estrada.

Em condições normais, eu estaria a onze horas de casa.

Mas esperava fazer o trajeto em menos de nove.

52

Pisando fundo no acelerador, peguei a ponte para Tampa enquanto falava com Toby no viva-voz.

– Me conte o que aconteceu – pedi. – Desde o início.

Eu conhecia Toby desde que me entendia por gente, e, embora ele sempre parecesse inabalável, notei a tensão em sua voz.

– Na terça de manhã – começou ele, depois de um instante –, a Angie estava no escritório quando cheguei, como sempre. Falei com ela sobre os reparos no sistema de irrigação e depois encontramos o empreiteiro na estufa pra revisar os planos de expansão. Isso levou mais ou menos uma hora. Depois, ela voltou pro escritório, parecia bem. Se eu soubesse ou pelo menos suspeitasse que algo estava errado...

– Você não tem culpa – garanti. – O que aconteceu depois?

– O Xavier foi falar com ela pouco antes do almoço, sobre um problema com a máquina embaladora de ovos, e percebeu que tinha algo estranho com o olho dela. Estava meio caído, e, quando ele perguntou a respeito, ela embaralhou as palavras. Ele ficou assustado e me ligou, então corri até lá. Logo ficou claro que havia algo errado, então chamei uma ambulância. Quando eles chegaram, disseram que ela estava tendo um AVC e correram com ela pro hospital.

– Por que você não me ligou?

– Imaginei que a Paige tivesse te contado – respondeu ele, nervoso. – Liguei pra ela depois de chamar o socorro, e ela veio depressa. Foi seguindo a ambulância até o hospital e estava lá quando sua tia foi operada. Pelo que sei, ela está lá desde então. Me desculpe.

Percebi que estava segurando o volante com tanta força que meus dedos estavam ficando brancos e me forcei a relaxar.

– Operada?

– Pra remover o coágulo – esclareceu ele. – Foi o que a Paige disse, pelo menos.

– Como a minha tia está agora?

– Não falei com os médicos...

– Quis dizer quando você a viu – interrompi. – Ela está consciente? Está na UTI?

– Segundo a Paige, a cirurgia correu bem. A Angie não tá na UTI. Está acordada, mas o lado esquerdo do rosto ficou parcialmente paralisado, então é difícil entender o que ela diz às vezes. E o braço e a perna esquerda estão bem fracos.

– A Paige está com ela? Agora?

– Acho que sim.

– Quando foi a última vez que você esteve no hospital?

Ele devia ter percebido minha ansiedade, porque suas palavras começaram a sair mais depressa.

– Fui até lá hoje, logo antes de ligar pra você. Fiquei mais ou menos meia hora. Mas fazia alguns dias que eu não passava lá.

– Você viu a Paige lá?

– Não, mas onde mais ela estaria? Ela não tem vindo pra casa. Fui até lá algumas vezes e até dei uma olhada no celeiro.

– Quando foi a última vez que você a viu?

– No início da semana, no hospital.

Eu já estava voando, mas acelerei, os outros carros passando como um borrão. Embora fosse perigoso, usei uma das mãos para abrir um aplicativo no celular, tentando localizar o da Paige. Vi que o aparelho estava em casa e soltei um suspiro de alívio. Um bom sinal.

Ou não?

53

Liguei para a Paige. Caiu direto na caixa postal.

Quando finalmente cheguei à interestadual, liguei mais uma vez para minha irmã.

Nada.

Chequei o aplicativo. Tudo igual.

Acelerei ainda mais.

54

Depois disso, liguei para o hospital. Eles me passaram para várias pessoas, mas por fim consegui falar com uma enfermeira que tinha acabado de começar o turno e não trabalhava desde o início da semana. Ela não tinha muitas informações úteis sobre a minha tia, mas prometeu que alguém que estivesse a par retornaria a ligação.

A ligação só veio depois de uma hora. Essa outra enfermeira me disse que, pelo que ela sabia, não tinham acontecido emergências recentes, mas que eu precisava falar com o neurologista da minha tia para obter mais notícias.

Tentando manter a frustração sob controle, pedi para falar com ele. A enfermeira me contou que ele não estava no hospital no momento – era fim de semana, afinal – e que chegaria mais tarde. Ela deixaria um recado solicitando a ele que me ligasse.

Depois de desligar, tentei falar com Paige de novo, sem sucesso.

O aperto no coração ficou ainda mais forte.

55

A interestadual parecia uma miragem nebulosa quando deixei a Flórida para trás e entrei na Geórgia.

Morgan me ligou pela terceira vez. Após pedir desculpa por não ter atendido antes, pois estava em outra ligação, contei a ela o que eu sabia, acrescentando que ainda não tinha falado com o neurologista.

– Liguei pros meus pais contando o que aconteceu – disse Morgan. – Perguntei sobre AVCs e eles falaram que, se ela não está na UTI, provavelmente vai sobreviver. Mas, dependendo da gravidade do AVC, pode haver sequelas de longo prazo.

Como paralisia parcial, pensei.

– Elas podem ser tratadas?

– Não sei. Parece que depende de onde foi a obstrução original. Pelo jeito, a reabilitação avançou muito nos últimos anos. Espero que não se importe, mas minha mãe pesquisou sobre o Centro Médico Vidant e descobriu que é um centro de atendimento primário para AVC, o que é muito importante. Significa que eles vão poder oferecer um tratamento interdisciplinar mesmo depois que ela tiver alta. Ela disse que a sua tia está em boas mãos.

– Foi muito gentil da parte dela – respondi. – Mas como vocês sabiam que a minha tia tinha sido levada pro Vidant?

– Graças ao Google. É o maior hospital nas redondezas de Washington. Não foi tão difícil assim descobrir.

Enquanto Morgan falava, minha cabeça continuava girando.

– As enfermeiras não me dizem nada.

– Elas não podem. Isso é trabalho do médico.

– Ele também não me ligou.

– Ele vai ligar, provavelmente depois da ronda. E, dependendo de quantos pacientes tiver, pode ligar tarde. É o que os meus pais fazem. Mas o que a Paige disse?

Demorei um pouco para responder.

– Ainda não consegui falar com ela.

– O quê? – A voz de Morgan transparecia sua incredulidade. – Por que ela não te ligou assim que aconteceu?

Eu ainda não estava pronto para pensar nessa questão. Em vez disso, apenas respondi:

– Não sei.

56

Parei para abastecer e voltei para a interestadual. Do outro lado, os faróis pareciam pontinhos a distância, ficando cada vez maiores conforme se aproximavam e desaparecendo de repente, substituídos por outros. O luar brilhava reluzente, mas na verdade não estava prestando muita atenção na paisagem.

Liguei para Toby mais uma vez. Depois do telefonema anterior – talvez porque minhas preocupações tivessem amplificado as dele –, ele voltou ao hospital, mesmo já tendo feito uma visita mais cedo. Disse que só permitiram que ficasse alguns minutos, pois o horário de visitas estava acabando, mas que a minha tia parecia estável.

– Ela estava dormindo – explicou.

– E a Paige?

– Não a vi, mas um dos enfermeiros disse que a tinham visto lá mais cedo. Acharam que talvez ela tivesse ido comer alguma coisa.

– Ótimo – respondi, sentindo um alívio repentino.

– Também dei mais uma passada na casa na volta – acrescentou Toby. – As luzes não estavam acesas e o carro dela não estava lá.

Depois que desliguei, o alívio durou pouco. No fundo da minha mente, os sinais de alerta continuavam piscando.

Liguei de novo para Paige e mais uma vez foi direto para a caixa postal.

57

Quando o médico finalmente ligou, eu já tinha atravessado a Geórgia e entrado na Carolina do Sul. Estava a 140 quilômetros por hora, rezando para não ser parado, mas disposto a arriscar.

– Sua tia teve um AVC isquêmico – disse o médico. – Isso acontece quando um coágulo estreita uma das artérias que levam ao cérebro. A boa notícia é que a oclusão não foi total.

Ele explicou como tinha sido a cirurgia. Embora eu imaginasse algo complexo, o médico disse que não demorou muito e enfatizou como foi importante que Toby tivesse chamado a ambulância imediatamente. Ele me atualizou sobre o estado da minha tia e a medicação que ela estava tomando, acrescentando que estava confiante de que ela teria alta nos próximos dias.

– E a paralisia? – perguntei.

– Isso é um pouco mais complicado – respondeu ele –, mas o fato de ela ter mantido um pouco do movimento dos braços e das pernas é um bom sinal.

O médico começou a falar sobre possíveis complicações e reabilitação, mas, como meu cérebro ainda estava a mil, tudo o que entendi foi que no momento ele não tinha muitas respostas. Embora eu valorizasse a sinceridade dele, isso não fez com que eu me sentisse muito melhor.

– E você disse tudo isso pra minha irmã, certo? Pra Paige? Ela sabe o que está acontecendo?

– No início, sim. – Ele pareceu surpreso. – Mas não tenho falado com ela ultimamente.

– Ela não foi mais no hospital?

– Eu não a vi, mas às vezes só checo os pacientes depois do horário de visitas.

Liguei de novo para Toby, mas dessa vez caiu na caixa postal.

Pareceu demorar anos até que eu chegasse à divisa da Carolina do Norte.

58

Morgan ligou mais uma vez, talvez uma hora depois de eu ter entrado na Carolina do Norte.

– Oi – disse, com a voz sonolenta. – A viagem é longa e sei que você está preocupado, então eu só queria saber como você está.

– Estou bem.

Contei o que o médico tinha dito, ou pelo menos o que consegui lembrar.

– Quanto tempo falta agora?

– Umas duas horas.

– Você deve estar exausto.

Não respondi, e Morgan continuou:

– O que a Paige disse?

– Ainda não consegui falar com ela.

O silêncio se estendeu, a ponto de eu achar que a ligação tivesse caído. Até que ela perguntou:

– Tem alguma coisa que você não me contou, Colby?

Pela primeira vez desde que nos conhecemos, eu menti.

– Não.

Percebi que ela não acreditou em mim. Depois de um instante, ela se limitou a dizer:

– Me mantenha informada, tá? Vou ficar com o celular ligado a noite toda. Pode me ligar a qualquer hora.

– Obrigado.

– Eu te amo.

– Eu também te amo – respondi automaticamente, embora minha mente continuasse em outro lugar.

59

A sudeste de Raleigh, ainda na interestadual, eu sabia que tinha uma decisão a tomar. Eu poderia continuar e pegar a estrada que levava a Greenville e ao hospital. Ou podia pegar outra rodovia, que levava para casa.

Imaginei que visitantes não pudessem entrar no hospital àquela hora, mas, mesmo que eles me deixassem entrar, algo me dizia que eu precisava passar em casa antes.

Só por precaução.

60

Segui pela rodovia que já tinha pegado milhares de vezes, quase sem prestar atenção nas curvas. Relâmpagos reluziram a distância, resquícios de uma tempestade passageira. Quando finalmente me aproximei de Washington, eram quase onze horas, e senti a tensão aumentar nos ombros e no pescoço.

Após sair da rodovia, fiz as últimas curvas, uma depois da outra, até chegar à estrada de cascalho que passava no meio da fazenda. A lua flutuava no horizonte e o cascalho estava liso por causa da chuva recente. Na escuridão, era difícil distinguir a casa, mas achei que parecia deserta, como Toby dissera.

Ao me aproximar, no entanto, percebi que não era bem assim; uma luz fraca vinha da cozinha, quase imperceptível atrás dos arbustos, fácil de deixar passar.

Fui até a entrada de carros tão rápido que tive que pisar fundo no freio, a caminhonete derrapando na lama escorregadia. Desci, pisando em uma poça, e, ao correr pelo caminho que levava à varanda da frente, reparei que o carro de Paige não estava ali.

Entrei com tudo pela porta, e uma olhada em cada direção foi suficiente para confirmar meu maior medo. Atravessei todo o primeiro andar, vasculhando tudo, e então subi a escada, dominado pelo pavor.

Encontrei Paige na minha cama. De início, parecia estar dormindo. Corri até ela e gritei seu nome alto o bastante para acordá-la, mas ela não reagiu. Um arrepio percorreu o meu corpo quando vi o frasco de remédios vazio na cama ao lado dela. Comecei a gritar.

61

O peito dela mal se mexia, e não senti nada quando verifiquei sua pulsação. Coloquei os dedos na carótida e senti uma vibração irregular e fraca. Seu rosto estava magro e muito pálido, e, depois de enfiar o frasco de remédios no bolso, peguei Paige no colo e a levei até o andar de baixo. Sem saber se ela aguentaria até que a ambulância chegasse, andei depressa até a caminhonete, prendendo seu corpo desfalecido com o cinto no banco do passageiro.

Dei marcha a ré com o motor gritando e acelerei pela estrada de cascalho. Assim que cheguei ao asfalto, telefonei para a emergência.

A ligação foi atendida imediatamente e expliquei o que sabia. Informei meu nome e os dados da minha irmã e disse que estava me dirigindo ao hospital. Citei o nome de um médico que eu conhecia no Vidant. A mulher do outro lado da linha me repreendeu por não ter chamado uma ambulância. Ignorando o comentário, implorei a ela que avisasse ao pronto-socorro que eu estava chegando. Então desliguei, concentrando todas as minhas energias na estrada.

O velocímetro às vezes alcançava a faixa vermelha, mas felizmente havia pouco movimento àquela hora da noite, mesmo em Greenville. Diminuí a velocidade quando vi um semáforo no vermelho e me certifiquei de que o cruzamento estivesse livre antes de avançar, aumentando a longa lista de infrações de trânsito. Enquanto dirigia, eu gritava com Paige, tentando acordá-la, mas ela permaneceu caída no banco, a cabeça baixa. Eu não sabia se ela estava viva ou morta.

Ao chegar ao pronto-socorro, peguei Paige no colo mais uma vez, carregando-a até as portas automáticas e gritando por ajuda. Existem emergências e *emergências* – acho que todos que estavam na sala de espera sabiam que se tratava do segundo caso –, e em um minuto um auxiliar surgiu com uma maca.

Deitei Paige na maca e caminhei ao lado dela em direção à porta que levava à área de atendimento. Repetindo para a enfermeira o que tinha dito ao telefone, entreguei o frasco vazio. Em um instante a maca desapareceu pela porta, e me pediram que ficasse na sala de espera.

Então, como se alguém tivesse acionado um interruptor, o mundo ficou em câmera lenta.

As outras pessoas da sala de espera já tinham se acalmado depois da comoção que eu causara, voltando a seus próprios mundos. Fui informado de que precisava registrar Paige e fiquei em uma fila lenta até finalmente chegar ao balcão. Preenchi formulários, detalhando os dados médicos e do plano de saúde. Quando terminei, me disseram para sentar.

Após a descarga de adrenalina, praticamente desabei na cadeira de plástico, me sentindo desorientado. Havia homens, mulheres e crianças de todas as idades, mas eu mal notava sua presença. Em vez disso, pensava em tudo o que tinha acontecido. Perguntei-me se tinha chegado ao hospital a tempo e se Paige ia sobreviver. Tentei imaginar o que estavam fazendo para ajudar minha irmã, que ordens os médicos estariam dando, mas não consegui.

Esperei e esperei. O tempo passava devagar. Eu olhava a hora no celular, com a certeza de que vinte minutos tinham se passado, e percebia que tinham sido só cinco. Tentei me distrair na internet e descobrir o que podia sobre overdoses, mas havia poucas informações sobre o remédio que eu achava que ela tinha tomado além de avisos quanto à necessidade de atendimento hospitalar imediato. Um pouco depois, pensei em ligar para Morgan, mas não sabia ao certo o que ia conseguir dizer, porque eu não tinha respostas. Uma mulher sentada à minha frente tricotava, e seus movimentos eram hipnóticos.

A noite de sábado – ou, tecnicamente, manhã de domingo – era agitada no pronto-socorro. Pessoas entravam e saíam a cada poucos minutos. Quando senti que já estava esperando a uma quantidade de tempo intolerável, fui de novo ao balcão e implorei à enfermeira que me dissesse o que estava acontecendo com a minha irmã. Imaginei Paige entubada enquanto os médicos faziam alguma magia para mantê-la viva. A enfermeira disse que tentaria descobrir e que me informaria assim que soubesse de alguma coisa.

Voltei à cadeira, apavorado e irritado, exausto e tenso. Estava com vontade de chorar; no instante seguinte, só pensava em quebrar alguma coisa. Eu queria chutar uma porta ou janela, e de repente de novo quis chorar.

Como era possível que tudo tivesse desandado tanto em tão pouco tempo? E por que não tinham me falado nada?

Quis sentir raiva de Toby. Ele dissera que minha irmã fora ao hospital mais cedo, e, como acreditei, não pedi a ele que voltasse à casa. Quando percebi que precisava que ele fizesse exatamente isso, ele não atendeu o celular. Se tivesse atendido, poderia ter levado Paige até o hospital antes. Se tivesse atendido, talvez tivesse até evitado a overdose.

Mas não era culpa dele. Os enfermeiros é que tinham se enganado, achando que tinham visto Paige no hospital, mas, sinceramente, eu sabia que também não era culpa deles. Tudo aquilo era culpa minha. Por ter ido à Flórida. Por não ligar todos os dias, mesmo que parte de mim soubesse que eu deveria ligar. E, quando minha raiva se voltou para dentro, percebi que o ódio era contra mim mesmo, pois, se eu estivesse em casa, minha irmã estaria viva e bem.

Continuei esperando. Enquanto isso, o resto do mundo seguia com sua rotina. Nomes eram chamados, e um a um os pacientes desapareciam pela porta. Às vezes, familiares ou amigos os acompanhavam; outras não. Alguns voltavam depois de um tempo; outros permaneciam escondidos nas entranhas do hospital. Uma criança que não parava de chorar deu entrada e foi atendida imediatamente. Um homem com uma tipoia improvisada vinha esperando há mais tempo ainda do que eu.

Mais horas se passaram. Sem nenhuma notícia sobre Paige, consultei de novo a enfermeira. Mais uma vez, ela disse que me informaria. Voltei à minha cadeira, com o corpo moído pelo cansaço, mas sabendo que seria impossível dormir. Uma hora antes do nascer do sol, uma enfermeira finalmente veio me buscar, e fui levado para dentro. Como Paige havia sido transferida para outro lugar, eu não poderia vê-la, mas fui apresentado a uma médica preocupada que parecia um pouco mais velha que eu.

Sua expressão era séria, e ela admitiu que era cedo demais para saber se minha irmã iria resistir; acrescentou que tinha precisado da ajuda de outro especialista em cuidados intensivos para garantir a sobrevivência de Paige até então. As próximas horas seriam cruciais; até lá, não havia muito que ela pudesse me dizer. No final, me pegando de surpresa, ela colocou a mão no meu ombro, solidária, antes de retomar o trabalho.

62

Fui para um hotel próximo ao hospital. Além de estar exausto demais para fazer a viagem de volta, ficar cercado pelo caos da casa evocaria imagens das atividades de Paige na semana que havia se passado, e eu não tinha força nem energia para encará-las.

Na suíte do hotel, fechei as cortinas e dormi imediatamente, acordando sobressaltado algumas horas depois.

Paige, pensei.

Tia Angie.

Tomei um banho e vesti roupas limpas, depois fiz o curto trajeto até o hospital. No pronto-socorro, perguntei sobre Paige, só que os turnos tinham mudado, e levei quase meia hora até descobrir onde ficava o quarto para onde ela havia sido transferida.

Na recepção de visitantes, descobri onde minha tia estava, mas decidi dar uma olhada na minha irmã primeiro. Quando finalmente cheguei ao quarto de Paige, encontrei-a entubada e presa a várias máquinas e bolsas com líquidos, inconsciente. Beijei seu rosto e sussurrei em seu ouvido que voltaria, então segui até outra ala do hospital, em outro andar.

Tia Angie estava acordada e recebendo apenas uma medicação intravenosa, mas o lado esquerdo de seu rosto estava caído, e o mesmo lado do corpo parecia estranhamente flácido e inerte. No entanto, metade de sua boca sorriu ao me ver, seus olhos brilhando quando arrastei uma cadeira para perto da cama a fim de que pudéssemos conversar. Tentando manter a situação agradável e leve, contei sobre Morgan e a viagem para a Flórida enquanto ela assentia quase imperceptivelmente, os dedos esquerdos se contraindo de vez em quando, até que ela pegou no sono. Então, voltei ao quarto de Paige.

Segurando a mão da minha irmã, olhei para os números na máquina, sem saber se eram normais ou preocupantes. Fui até o balcão dos enfermeiros e pedi para falar com um dos médicos, mas ninguém estava disponível, uma vez que as rondas matinais já tinham se encerrado.

O silêncio do quarto de Paige era opressivo. Como por instinto, comecei a tagarelar sem parar, entretendo-a com as mesmas histórias leves que havia contado à minha tia. Ela não se mexeu nem deu qualquer sinal de ter percebido minha presença.

63

Saí do hospital e liguei para Morgan no estacionamento. Ela atendeu ao primeiro toque, e falei sobre a visita à minha tia. Não consegui reunir a coragem necessária para contar sobre minha irmã. Morgan também não perguntou; de alguma forma, ela sentiu que eu ainda não estava pronto para falar sobre Paige.

– Como você está? – perguntou ela, parecendo genuinamente preocupada. – Está conseguindo dar conta de tudo?

– Muito pouco – admiti. – Não dormi muito.

– Quer que eu vá até aí?

– Não posso te pedir isso.

– Sei que não está pedindo – disse ela. – Eu que estou me oferecendo.

– Achei que você fosse pra casa hoje.

– Eu vou. Minha mala está quase pronta. Vamos pro aeroporto em uma hora mais ou menos.

– Tá. Que bom.

– Fui ao Bobby T's ontem – continuou ela. – Contei ao Ray o que aconteceu. Não sabia se você tinha se lembrado de fazer isso.

– Obrigado... esqueci completamente – admiti. – O Ray ficou chateado?

– Acho que essa é a menor das suas preocupações agora, mas ele disse que entendia.

– Tá – respondi, minha mente voltando a Paige de repente.

Após um silêncio prolongado, ouvi a voz de Morgan mais uma vez.

– Tem certeza que você está bem, Colby?

64

Depois de desligar, voltei ao quarto da minha tia. Ela estava dormindo quando cheguei, e deixei-a descansar. Assim que ela acordou, ajudei-a a se sentar e lhe dei algumas lascas de gelo pelo canto direito da boca, prestando atenção para ver se ela conseguiria engolir. Sua fala estava distorcida, como se a língua fosse uma presença estranha em sua boca, mas com algum esforço aos poucos ela pôde me contar o que aconteceu.

Quando voltou para o escritório naquele dia, ela percebeu que os dedos da mão esquerda estavam dormentes e depois sua visão começou a ficar embaçada. A sala rodava e ela não conseguia manter o equilíbrio. Foi quando Xavier chegou. Por algum motivo, ele não entendeu o que ela estava dizendo. Logo depois, Toby apareceu, em seguida Paige, e eles também não conseguiram entendê-la. Ela desconfiou de que estava tendo um AVC – havia visto os sinais em um daqueles seriados de médico –, mas não tinha como dizer a eles, o que piorava tudo. Enquanto era colocada na ambulância, ficou o tempo todo se perguntando se as sequelas seriam permanentes. Apertei sua mão esquerda, consolando-a; seus dedos se curvaram, mas quase não tinham força.

– Você vai ficar nova em folha logo, logo – falei, tentando soar mais confiante do que estava me sentindo.

Não contei sobre Paige.

– Não quero ficar paralisada – murmurou ela, a última palavra quase incompreensível.

– Você vai se recuperar.

Quando ela finalmente cochilou, voltei ao quarto de Paige.

Depois passei outra vez no quarto da minha tia, e foi assim que passei o resto do dia: indo de um quarto a outro.

Durante todo esse tempo, Paige não recuperou a consciência.

65

Logo antes de ir embora do hospital à noite, finalmente consegui falar com os médicos. O primeiro foi o neurologista da minha tia, com quem eu tinha conversado enquanto voltava da Flórida.

Embora o AVC tivesse sido grave, ele reiterou que poderia ter sido muito pior. Com base na recuperação dela até então, ele ainda pretendia liberá-la em alguns dias, mas disse que ela precisaria de ajuda em casa, uma vez que teria dificuldade para caminhar, se vestir e realizar outras atividades básicas. Se eu – ou outro membro da família – não pudesse ajudá-la, era recomendável contratar um cuidador. Ele acrescentou que, após a alta, ela também precisaria de fisioterapia e que ele já estava providenciando esse tratamento. Apesar disso tudo, ele permanecia relativamente otimista quanto ao prognóstico.

Na sequência falei com o especialista em cuidados intensivos que havia sido chamado para auxiliar no atendimento a Paige quando ela esteve no pronto-socorro. Tive a sorte de conversar com o médico pessoalmente, pois ele voltara ao hospital por acaso para buscar algo que tinha esquecido e a enfermeira me avisou.

– Por um tempo, foi muito crítico – confessou ele, repetindo o que a outra médica tinha dito. Embora já estivesse ficando grisalho, o olhar alerta e a energia jovem sugeriam que ele deveria ter uns 40 e poucos anos. – Como ela ainda está inconsciente, é difícil saber a extensão total de possíveis sequelas, mas, agora que os sinais vitais começaram a melhorar, estou esperando pelo melhor.

Percebi que, até aquele momento, eu estava esperando pelo pior.

– Obrigado – falei, soltando um suspiro de alívio.

Faminto de repente, parei em um drive-thru para pegar uns cheeseburgers e batatas fritas, devorando tudo no curto trajeto até o hotel. Mais uma vez, dormi quase imediatamente, cansado demais até para tirar a roupa.

259

66

Dormi por mais de doze horas e acordei me sentindo quase humano novamente. Tomei banho, um bom café da manhã e voltei ao hospital.

Fui direto até o quarto da minha irmã, mas, estranhamente, estava vazio. Após um instante de pânico, descobri que ela tinha sido transferida para outro andar. As enfermeiras explicaram o motivo, mas meu coração se encheu de pavor enquanto eu ia até lá.

Quando cheguei ao quarto, ela estava acordada e não mais entubada. Seu rosto permanecia encovado e pálido, e ela parecia se esforçar para focalizar minha imagem, como se não tivesse certeza de que eu era real. Finalmente, deu um sorriso fraco.

– Você cortou o cabelo – disse, com a voz tão baixa que tive que me esforçar para ouvir.

Embora eu soubesse que aquilo iria acontecer, senti algo dentro de mim afundar.

– Pois é – menti.

– Que bom – disse ela, com os lábios secos e rachados. – Eu estava quase voltando pra casa pra eu mesma cortar.

A velha piada, pensei. Embora eu soubesse que ela estava tentando ser engraçada, não pude deixar de notar as contenções em seus pulsos. Sentei-me ao seu lado e perguntei como ela estava se sentindo.

Em vez de responder à pergunta, ela franziu a testa, visivelmente confusa.

– Como você me encontrou?

Enquanto eu pensava em uma resposta que acalmasse sua ansiedade crescente, ela se remexeu na cama.

– Foi ele que mandou você? – Ela analisou o meu rosto. – Gary? – Torcendo o lençol nas mãos ossudas, ela continuou: – Tive que passar meses planejando, Colby. Você não sabe como as coisas ficaram ruins. Ele machucou o Tommie...

E então começou a contar uma história que eu já estava esperando. Enquanto divagava, foi ficando mais agitada, até que seus gritos e o barulho das grades da cama chamaram a atenção de uma enfermeira, que entrou no quarto. A enfermeira me disse, em meio aos apelos extenuantes da minha irmã, que o psiquiatra queria falar comigo.

Não era qualquer psiquiatra. Era o psiquiatra da Paige, um homem que eu conhecia bem.

Ele chegou em vinte minutos e me levou a uma sala onde poderíamos conversar em particular. Contei a ele tudo o que sabia. Ele assentiu enquanto eu descrevia a incapacidade de entrar em contato com Paige, a volta frenética para a fazenda e o estado da casa quando cheguei, mas se endireitou na cadeira bruscamente quando contei sobre a minha tia. Ele não sabia que ela estava no hospital, mas naquele momento vi que ele estava juntando todas as peças, como eu.

Ele recomendou que eu não visitasse Paige de novo naquele dia, talvez nem no dia seguinte, e me disse o motivo. Assenti, entendendo e aceitando o raciocínio dele. Afinal, nada daquilo era novidade.

Depois, fui até o quarto da minha tia e finalmente contei o que tinha acontecido com Paige. Seus olhos se encheram de lágrimas, e vi na expressão dela a mesma culpa que eu sentia, a mesma impotência.

Quando terminei, ela apertou a ponta do nariz e enxugou as lágrimas.

– Vá pra casa – disse, lançando-me um olhar severo. – Você parece exausto.

– Mas eu quero ficar – protestei. – Preciso estar aqui.

Ela forçou uma cara feia, com apenas metade de seu rosto cooperando.

– Colby, você precisa cuidar de si mesmo agora.

Ela não se deu ao trabalho de mencionar o trabalho duro que a fazenda me daria nas semanas seguintes, ou que eu não seria útil a ninguém se desmoronasse. Nós dois já sabíamos de tudo isso.

67

No hotel, guardei minhas coisas, tendo a sensação de que os dias na Flórida eram um sonho distante. Ao dirigir para casa, ainda sentia a tensão no pescoço e nos ombros, e a lembrança das súplicas apavoradas de Paige quando deixei seu quarto no hospital tornavam tudo pior.

Saí da rodovia em Washington e finalmente cheguei à estrada de cascalho que levava até a fazenda. Olhei para os dois lados da estrada e vi os trabalhadores nos campos e veículos estacionados perto do escritório e do local onde os ovos eram embalados. Olhando de fora, parecia que nada tinha acontecido, mas eu só conseguia pensar que tudo havia sido alterado para sempre.

Quando vi a casa a distância, engoli em seco ao constatar que teria que entrar ali. Mas, ao me aproximar da entrada de carros, vi uma figura miúda sentada na varanda, com uma mala de mão pequena e uma bolsa ao seu lado. Pisquei várias vezes para apurar a visão, mas só quando parei a caminhonete e ela acenou para mim que me dei conta de que era mesmo Morgan.

Surpreso, desci da caminhonete e me aproximei. Ela estava de calça jeans, botas e uma camisa branca sem mangas, com o cabelo escuro e comprido caindo em cascata sobre os ombros. Uma centena de lembranças e sensações vieram à tona, me deixando zonzo.

– O que você está fazendo aqui?

– Eu estava preocupada – respondeu ela. – Você não parecia nada bem pelo telefone, e não tive notícias depois que cheguei em casa ontem à noite, então peguei o primeiro voo que consegui hoje de manhã e chamei um Uber no aeroporto. – Ela ficou de pé e transferiu o peso de uma perna para outra, nervosa. – Você está chateado comigo?

– Nem um pouco – respondi, estendendo a mão para tocar seu braço, meus dedos parando em seu pulso. – Há quanto tempo está esperando?

– Não muito. Talvez uma hora, mais ou menos.

– Por que não me disse que viria?

– Eu deixei uma mensagem – respondeu ela. – Não recebeu?

Pegando o celular, vi a notificação da mensagem de voz.

– Acabei não vendo. E desculpe por não ter ligado. Não tive como.

Ela passou a mão no cabelo e assentiu. No silêncio que se seguiu, eu soube que minhas palavras a tinham magoado.

Evitei seu olhar, me odiando por mais um motivo.

– Como sabia que eu estaria aqui?

– Eu tinha duas opções: vir aqui ou ir ao hospital. – Ela deu de ombros. – O hospital era mais perto do aeroporto, mas eu não tinha o sobrenome da sua tia, então não sabia se conseguiria encontrar você. Por isso, aqui estou. Mas ainda não sei se foi uma boa ideia.

Ela abraçou o próprio corpo.

– Estou feliz que esteja aqui – respondi, dando um passo à frente e puxando-a para perto.

Ao sentir o corpo dela contra o meu, as emoções que eu estava reprimindo desde que tinha retornado de repente me engoliram. Sufoquei um soluço quando Morgan me abraçou forte, sussurrando que tudo iria ficar bem. Não sei por quanto tempo ficamos assim, mas, no conforto de seu abraço, minhas lágrimas finalmente cederam.

– Desculpe – comecei a dizer, me afastando, e Morgan balançou a cabeça.

– Nunca peça desculpas por ser um ser humano. Sua tia teve um AVC… Isso é assustador. – Ela olhou para mim, buscando meu olhar. – Você ainda me ama, não ama?

– Mais que tudo.

Ela ficou na ponta dos pés e me beijou. Percebendo a ansiedade no meu semblante, parecia ter decidido esperar até que eu estivesse pronto para lhe dar as últimas notícias. Então, fez um gesto em direção aos campos.

– Então esta é a fazenda?

– É.

Dei um sorriso ao vê-la observar os arredores com curiosidade.

– Não é como eu imaginava.

– O que você imaginava?

– Não sei direito. Nunca estive em uma fazenda, então andei um pouco por aí enquanto esperava. Acho que vi os galinheiros móveis que você mencionou.

Quando ela apontou, acompanhei seu olhar.

– São eles, sim – confirmei. – E atrás deles fica a estufa. É onde plantamos os tomates antes de transferi-los para o campo e onde ficam no inverno.

– Parece enorme.

– E fica cada vez maior – acrescentei. – Estamos sempre precisando expandir.

– Tudo isso é seu e da sua tia? – perguntou ela, olhando em volta.

– A maior parte.

Ela assentiu em silêncio. Então indagou:

– Como ela está?

Descrevi a última visita à minha tia e também as incógnitas quanto ao estado dela.

– Bom, no geral o prognóstico é positivo, né? – perguntou ela, estreitando os olhos. – O fato de que ela logo vai ter alta, ainda que precise de ajuda. Certo?

– É, sim – concordei. – Mas tem uma coisa que não te contei.

Ela inclinou a cabeça, mas não desviou o olhar do meu.

– Sobre a Paige.

Fiz que sim com a cabeça, sem saber como começar. Por fim, peguei a mão dela e a levei até o celeiro. Enquanto caminhávamos, a curiosidade de Morgan era palpável, mas eu não disse nada. Em vez disso, levantei a tranca e abri a porta do celeiro, e a luz do sol se espalhou sobre o piso de concreto que eu mesmo havia assentado anos antes. Acionei um interruptor, e as luzes se acenderam com um zumbido, tão fortes que meus olhos arderam.

Metade do celeiro era usada para armazenar coisas que eu imaginava que a maioria das pessoas guardava em galpões – um carrinho de mão, um cortador de grama, baldes, ferramentas de jardinagem, coisas do tipo. A outra metade era o local de trabalho de Paige. À primeira vista, parecia caótico, mas ela sempre encontrava depressa tudo de que precisava. Na opinião dela, ateliês deveriam mesmo ser um pouco bagunçados.

Um aglomerado de mesas em formato de U constituía boa parte daquela área de trabalho. Atrás delas, no canto, havia mais uma mesa. Caixotes de plástico cheios de pedaços de vidro colorido cobriam as prateleiras na parede dos fundos. Dezenas de pedaços maiores de vidro estavam empilhados na vertical como se fossem livros; em outras prateleiras havia caixas com bases de abajur encomendadas de um artesão na Virgínia, que

264

as confeccionava inspirava nos originais da Tiffany. Dois abajures, ambos quase prontos, estavam em cima da mesa principal; ela cortava o vidro em uma das outras mesas. Caixas de madeira em uma terceira mesa abrigavam uma mistura de ferramentas para cortar vidro, marcadores, fitas de cobre, potes de fluxo e ferros de solda, e qualquer outra coisa de que ela viesse a precisar, tudo ao alcance das mãos.

Levei Morgan até lá, observando seu olhar saltar de um ponto a outro, tentando entender o fluxo de trabalho. Ao examinar a mesa principal, eu sabia que mesmo alguém que não estivesse familiarizado com artesanato saberia reconhecer a qualidade das obras em exibição. Vi Morgan se aproximar, examinando os abajures, analisando os detalhes.

– Como eu disse, ela é absurdamente talentosa. – Apontei para os moldes de plástico em torno dos quais os abajures eram construídos. – Antes de fazer o abajur, ela tem que fazer o molde perfeito, para que a peça tenha o formato exato que ela quer. – Indo até a mesa de trabalho ao lado, toquei uma das peças de vidro. – Geralmente, as pessoas contam com uma pequena margem de manobra ao soldar as peças, mas, como para ela os abajures são arte, e como os clientes pagam muito caro por eles, ela corta o vidro várias vezes até atingir a perfeição. Faz o mesmo ao envolver as bordas com a fita de cobre, e depois quando solda. Olhe só.

Em cima da mesa havia dezenas de peças de vidro cortado, algumas já finalizadas com a fita de cobre, sobre um esquema de papelão que mostrava o projeto e o padrão. Morgan colocou algumas peças lado a lado, como se estivesse montando um quebra-cabeça, e sorriu ao perceber que elas se encaixavam perfeitamente.

– Aqui – falei, apontando para uma mesa separada das demais – é onde ela administra o lado comercial da empresa.

O notebook estava aberto, ao lado de um escaninho transbordando de pedidos, uma pilha de blocos de notas, uma caneca cheia de canetas e uma garrafa de água pela metade. Ao lado da mesa de trabalho havia alguns gaveteiros de tamanhos diferentes cobertos com pilhas de livros variados, que iam da história dos vitrais a coleções de fotos de abajures Tiffany.

– Os gaveteiros guardam cópias dos projetos originais, informações sobre clientes e detalhes dos abajures que criou e vendeu. Acho que já contei que ela construiu um negócio sólido, mas devo ter minimizado a situação. Ela é uma das poucas pessoas que fazem isso no país, e é de longe a melhor.

As peças dela estão nas casas mais bonitas e caras do país, e até na Europa. Isso é meio doido, porque ela passou a maior parte da vida bem aqui, na fazenda, exceto pelos anos em que foi casada. O cara que a ensinou era apenas bom com vitrais. Ele fazia principalmente janelas ou peças para pendurar em janelas, e trabalhava com chumbo, não solda... então ela foi autodidata. E depois descobriu como encontrar clientes, comercializar e promover seu trabalho. Sem ela, acho que a fazenda não existiria mais. Grande parte do dinheiro para as primeiras mudanças veio dela. E ela nos deu sem pensar duas vezes.

Morgan analisou o ateliê com atenção antes de voltar a olhar para mim.

– Por que você está me mostrando tudo isso?

– Porque eu te disse que ela era inteligente, talentosa e generosa. Não quero que você esqueça essas coisas. Assim como não quero que esqueça que ela é a minha melhor amiga, ou que nos divertimos com jogos ou filmes à noite, ou que ela é uma excelente cozinheira. Ou que foi ela quem praticamente me criou. Não sei o que teria sido de mim sem a Paige.

– Nunca duvidei de nada disso – disse Morgan.

Dei um sorriso, sentindo o cansaço dos últimos dias.

– Mas vai duvidar.

– Não estou entendendo.

Baixei o olhar, estendendo a mão mais uma vez.

– Venha comigo.

Fechei o celeiro e levei Morgan até a casa, parando à porta.

– Foi ela quem pintou a porta de vermelho. Achei uma ideia boba, mas ela me disse que, antigamente, uma porta vermelha significava que os visitantes eram bem-vindos. Se as pessoas estivessem viajando a cavalo, saberiam que seria um bom lugar para passar a noite ou comer alguma coisa. É assim que ela acha que um lar deve ser.

Reuni minhas forças antes de segurar na maçaneta e finalmente abri a porta. Fiz um gesto indicando a Morgan que entrasse, vendo seu olhar vasculhar a área. Passei por ela e fui até a cozinha. No silêncio, ouvi seus passos hesitantes atrás de mim.

No ar havia o odor de comida queimada e estragada misturado a um cheiro leve de tinta fresca. Na cozinha, pilhas altas de louça na pia, no fogão e em cima da mesa. Um prato com coxas de frango, queimadas em um dos lados, cruas no outro; em outro prato, um hambúrguer cru, já estragado. Uma panela com feijão de molho sobre uma das bocas do fogão. Refeições inacabadas na mesa, ao lado de uma embalagem de leite já azedo. Em um pote sujo com uma colher também suja ao lado, vi o que parecia ser um girino morto.

Todas as gavetas e portas dos armários estavam abertas. As paredes da cozinha estavam amarelas, mas o trabalho de pintura parecia apressado e descuidado, com manchas nos armários e sobre as bancadas e respingos no chão. Utensílios de cozinha estavam espalhados por toda parte, e em frente à pia havia detergentes, limpadores, esponjas e outros itens empilhados, claramente retirados com pressa dos armários. Havia flores mortas em um pote de geleia, e vi Morgan se assustar ao ver manchas de sangue nas bancadas. Sobre a mesa, havia o desenho de uma casa, o que era estranho; embora fosse de giz de cera, era um desenho muito bem-feito e lembrava o lugar onde Paige havia morado no Texas.

Caminhando com cuidado em direção à despensa, observamos as prateleiras vazias e os itens empilhados no chão. Ela não disse nada quando entramos na sala e indiquei o armário vazio no corredor quando passamos, mas ficou chocada ao notar a estante torta e a parede pintada pela metade, os restos de maçã apodrecendo no tapete, pilhas de DVDs, livros, discos, um par de sapatos de Paige e outras bugigangas espalhadas por todos os lados. A televisão estava no chão e, ao usar o controle remoto para ver se ainda estava funcionando, reparei que estava no canal de desenhos e desliguei. Na varanda dos fundos, vimos que quase tudo, à exceção de uma furadeira e uma serra, tinha sido tirado das prateleiras e colocado no chão, como na despensa.

Finalmente subimos a escada até o segundo andar, onde apontei para o conteúdo do armário de roupas de cama lotado no corredor. No meu quarto, havia uma pilha de roupas de criança, um par de tênis pequenos e um livro meu da infância, chamado *Vai, cachorro. Vai!*. Na mesa de cabeceira, um boneco do Homem de Ferro que eu nunca havia visto. Por algum motivo, minha fronha parecia ter sido arrastada na lama, e os olhos de Morgan se arregalaram quando ela viu um monte de Band-Aids ensanguentados no chão do meu banheiro e mais sangue seco na bancada.

O quarto de Paige estava bem pior que o meu. Como na cozinha, todas as gavetas e as portas do guarda-roupa estavam abertas, as roupas e objetos pessoais dela, espalhados. No chão, em frente ao guarda-roupa – como se tivesse sido colocada ali para chamar a atenção –, estava a caixa do par de sapatos preferido da minha irmã, o Christian Louboutin que seu marido, Gary, um dia lhe dera de aniversário.

No banheiro, Morgan arquejou ao ver uma camiseta ensanguentada amarrotada no chão, além de uma peruca e uma faixa de atadura largadas sobre a bancada.

– Não posso ficar aqui – murmurei. – É doloroso demais.

Dando meia-volta, desci a escada e saí apressado para a varanda da frente, onde me sentei em uma das cadeiras de balanço. Morgan veio logo atrás de mim e se sentou na outra. Inclinando-me, cruzei as mãos à minha frente.

– Você deve estar se perguntando o que foi que acabou de ver – falei. – Quer dizer… parece… loucura, né? Mas, assim que cheguei aqui, eu soube exatamente o que tudo isso significava. Encontrei a Paige no andar de cima. Ela teve uma overdose de remédios para dormir e quase não sobreviveu. Hoje de manhã consegui conversar com ela pela primeira vez.

Morgan ficou um pouco pálida.

– Foi um acidente?

– Não – respondi, sentindo o peso dessa palavra. – E não foi a primeira tentativa de suicídio.

Morgan colocou as mãos sobre as minhas.

– Sinto muito, Colby. Nem consigo imaginar como você está lidando com tudo isso.

Fechei os olhos por um bom tempo antes de voltar a abri-los.

– Imagino que você tenha perguntas, mas tem muita coisa que eu também não sei. Como… As mãos da Paige estavam queimadas quando a encontrei, mas não sei como isso aconteceu. Não sei por que a casa está assim. Não sei por que ela não me ligou pra contar o que ocorreu com a minha tia. Assim que eu conseguir manter uma conversa lúcida com ela, terei algumas respostas, mas ela ainda não chegou a esse ponto. Quando a vi hoje de manhã, sabe qual foi a primeira coisa que ela me disse?

– Não faço ideia.

– Que estava feliz por eu ter cortado o cabelo. Disse que, se eu não tivesse cortado, teria vindo pra casa e cortado ela mesma. E depois quis saber como eu a havia encontrado.

A expressão de Morgan era de dúvida.

268

– Ela achou que eu ainda estava na escola – esclareci.

– Não entendi – disse ela, franzindo a testa.

Engoli em seco.

– Minha irmã é bipolar. Sabe o que é isso?

– Você disse que achava que sua mãe era bipolar, mas não sei muito sobre a doença.

Voltei a cruzar as mãos.

– É um transtorno de humor que causa períodos alternados de mania e depressão. Na fase de mania, a Paige mal come ou dorme, e funciona à base de energia nervosa. Depois, quando a mania passa, a depressão se instala, e é exatamente como você deve estar imaginando. Muito choro e muito sono, e os pensamentos sombrios a dominam. Às vezes ela tem tendências suicidas.

– E foi isso que aconteceu?

– Mais ou menos – respondi. – Com a Paige, é mais que isso. Ela tem transtorno bipolar do tipo 1, que é ainda mais grave. De vez em quando, tem surtos psicóticos, com delírios e alucinações. Por isso pensou que eu ainda estava na escola. Também foi por isso que o psiquiatra recomendou que eu não a visitasse outra vez enquanto ela não estiver estável.

– Mas ela é sua irmã…

– Ela está com os braços amarrados, Morgan. Se este episódio for como o anterior, ela imagina que está em uma cidade nova fugindo do marido. Na última vez em que isso aconteceu, ela também estava convencida de que seu filho, Tommie, tinha sido sequestrado. Mas nada disso é verdade. – Esfreguei os olhos, exausto. – Ela até voltou a dizer que se chama Beverly.

– Beverly?

Soltei um suspiro, odiando a biologia e a genética que a minha irmã herdou, odiando o fato de eu não estar na fazenda quando ela mais precisou.

– É o primeiro nome dela, mas, depois que a minha mãe morreu, ela começou a usar o nome do meio, Paige. É como todos a conhecem. Eu só ouço o nome Beverly em momentos como agora.

– Existe algum medicamento que possa ajudar?

– Ela toma remédio. Ou deveria estar tomando. Não sei se o medicamento parou de funcionar ou se ela se esqueceu de tomar em meio à crise com a minha tia, mas… – Virei-me para ela, estendendo as mãos à minha frente. – Sei o que você está pensando, e entendo como as palavras "surto psicótico" podem ser assustadoras. Mas, por favor, tenha em mente que, em momentos como este, Paige não representa perigo pra ninguém além dela mesma. Você sabe alguma coisa sobre psicose bipolar? Ou delírios e alucinações?

Ela fez que não com a cabeça, e continuei:

– Um delírio é uma convicção equivocada porém inabalável. Por exemplo, como eu disse, no último surto, ela realmente acreditava estar fugindo do marido, Gary, que estava tentando tirar Tommie dela e acabou conseguindo. No caso dela, as alucinações são visuais e auditivas. Em outras palavras, ela também acreditava que Tommie estava com ela. Ela o via e falava com ele exatamente como você e eu estamos interagindo agora. Era real pra ela.

Vi que Morgan estava se esforçando para assimilar as informações.

– Parece muito com esquizofrenia – comentou.

– As doenças são diferentes, mas às vezes os sintomas são os mesmos. Delírios e alucinações são mais raros em quem é bipolar, mas podem ser provocados por várias coisas, como estresse agudo, privação de sono, suspensão da medicação, consumo de maconha. Enfim, quando a mania começa a diminuir, vai ficando cada vez mais difícil pra Paige manter o delírio, e a fase depressiva se instala. Às vezes é muita coisa pra mente processar, o que, no caso dela, acaba levando às tentativas de suicídio. Existem muitos outros aspectos, mas no geral é isso.

Ela ficou um tempo em silêncio, digerindo tudo, então percebeu o óbvio.

– Você nunca me disse que ela tinha um filho.

– Tommie – completei, assentindo.

– Onde ele está agora? Com o Gary?

Soltei o ar com força.

– O Gary e o Tommie morreram há mais de seis anos em um acidente de carro.

Morgan cobriu a boca, abalada.

– Meu Deus...

– O Tommie era um bebê na época, ainda aprendendo a andar – falei em voz baixa. – Foi uma daquelas situações estúpidas... o outro carro ultrapassou o sinal vermelho. O cara nem tinha bebido, só se distraiu com o celular. Pouco tempo depois do velório, a Paige teve o primeiro surto psicótico. Nós a encontramos no Arkansas graças a um telefonema do xerife. Ela tinha sido presa por vadiagem. Acho que a minha tia havia mandado uma carta com o endereço no remetente e a Paige estava com a carta na bolsa, o que foi uma sorte, porque ela não tinha nenhum documento. O xerife deixou claro que ela precisava de ajuda médica, então minha tia e eu fomos buscá-la. O psiquiatra dela, o mesmo com quem falei hoje de manhã, foi quem fez o diagnóstico e prescreveu o medicamento adequado. Quando ela ficou estável, concordou em voltar pra fazenda, e eu montei o ateliê no celeiro.

– De onde vêm os delírios? Quer dizer, se é que existe uma resposta pra isso.

Dei de ombros, porque eu mesmo mal compreendia essa questão.

– Pelo que percebo, ela mistura fragmentos do passado em seus delírios. Tende a encaixar tudo o que está vendo na história que está contando pra si mesma, e geralmente há traços de verdade em tudo. Por exemplo, sei que ela e o Gary estavam com problemas sérios no casamento, a ponto de terem se separado. A doença deve ter tido um peso nisso, porque ela não estava recebendo tratamento na época. De qualquer forma, o Gary acabou ficando com a custódia temporária do Tommie e quis torná-la permanente. Ele de fato trabalhava no Departamento de Segurança Interna, mas na Agência Federal de Gestão de Emergências, não nas agências de segurança ou antiterrorismo, como nos delírios dela. Quanto aos detalhes desse surto em particular, realmente não sei dizer. Algumas das coisas que ela falou hoje de manhã no hospital pareceram ecoar delírios do surto anterior, outras não. Tipo… ela jurou que o Tommie estava na Escola John Small, que foi onde nós dois, não o Tommie, estudamos na infância, então essa parte não fez sentido. Enquanto ela não se estabilizar, não tenho como saber.

– E você disse que ela já tentou se matar antes.

Fiz que sim com a cabeça, sentindo uma onda de desesperança tomar conta de mim.

– No trajeto do Arkansas pra casa, ela tentou saltar do carro em movimento quando estávamos na estrada. Tivemos que usar silver tape para contê-la. A segunda tentativa aconteceu alguns anos após ela ter voltado a morar na fazenda. O medicamento tinha parado de fazer efeito, e não percebemos que ela começara a se automedicar com maconha. Acordei um dia e descobri que ela havia fugido no meio da noite. Pegou vários ônibus e caronas até o outro lado do país, mas felizmente dessa vez ela estava com o celular e consegui rastreá-la pelo aplicativo. Encontrei a Paige em uma lanchonete perto de uma rodoviária. Ela estava colocando sachês de ketchup numa xícara de água quente pra fazer uma espécie de sopa de tomate. Ainda estava na fase de mania e não me reconheceu, mas, quando ofereci uma carona, ela aceitou. Por algum motivo, achou que eu vendia tapetes. Na caminhonete, a caminho de casa, começou a dormir e chorar mais, e, quando finalmente paramos em um hotel pra passar a noite, ela tentou pular da sacada. Eu devia saber que isso poderia acontecer, mas tinha ido ao banheiro por um minuto. Peguei-a com uma das pernas já pra fora do parapeito. Se eu não tivesse saído do banheiro a tempo, se ela estivesse sozinha, não sei...

Quando parei de falar, percebi que Morgan estava tentando compreender tudo aquilo.

– Que bom que o aplicativo estava ativado e você conseguiu encontrá-la – disse ela.

– Eu me certifico de que ele esteja sempre ativado, e dei uma olhada quando estava voltando pra cá. Não que tenha me ajudado dessa vez.

– Ela vai se recuperar?

– Fisicamente, sim, quando estiver estável. Mas, durante um tempo, vai ser muito difícil pra ela, emocionalmente falando, porque ela vai se lembrar de quase tudo o que fez e tudo o que pensou, e muitas coisas não vão fazer sentido nem pra ela. Ela sentirá muita vergonha e culpa, e vai demorar um pouco pra se perdoar. Eu meio que entendo – admiti, passando a mão no cabelo. – Quando eu estava andando com você pela casa, foi como se estivesse dentro da mente dela, vendo como estava despedaçada... – Ouvi minha voz falhando. – Sei como isso parece horrível.

Morgan balançou a cabeça, mostrando empatia.

– O que parece é que ela está doente e não tem culpa nenhuma.

– Eu queria que mais pessoas pensassem assim.

– Foi por isso que você não me contou antes? Por medo do que eu ia pensar?

– A história não é minha – respondi. – E você precisa entender uma coisa: isto que está acontecendo agora não é quem ela é. Na maior parte do tempo, ela é só minha irmã inteligente, talentosa e generosa, que é uma ótima cozinheira e me faz rir. Eu não queria que você pensasse nela como minha irmã doente ou louca. Mas sabia que, por mais que eu contasse outras coisas sobre ela, assim que eu citasse expressões como *bipolar*, *doente mental*, *surtos psicóticos* ou *tentativas de suicídio*, esses rótulos ficariam em primeiro plano, porque você ainda não conheceu a verdadeira Paige.

Morgan fitou os campos, sem dúvida pensando em tudo o que eu tinha contado, e durante um bom tempo nenhum de nós dois disse nada.

– A Paige teve uma vida tão difícil... – sussurrou ela.

– Sem dúvida – concordei. – E muito injusta.

– Também não foi fácil pra você – comentou Morgan, voltando a olhar para mim.

– Nem sempre.

Ela apertou meu ombro de leve.

– Você é um ótimo irmão.

– Ela é uma ótima irmã.

Colocando a mão sobre a minha, ela pareceu chegar a uma espécie de conclusão.

– Sabe o que a gente deveria fazer? Se você concordar, é claro.

Levantei uma sobrancelha.

– Eu gostaria de ajudar a arrumar a casa. Você não deveria fazer isso sozinho. E, depois, quero preparar um jantar pra você.

– Acho que não tem muita comida em casa.

– Podemos fazer compras – respondeu ela, determinada. – Não sou uma grande cozinheira, mas minha avó me ensinou pelo menos um prato infalível, e sei que consigo prepará-lo.

– Você não vai encontrar muitos ingredientes especializados por aqui – avisei.

– Se tiver macarrão de arroz e shoyu, posso adaptar o resto – disse ela, dando de ombros. – Quero só ver quando você experimentar o *pancit bihon* da minha avó. Macarrão frito é a melhor comida afetiva, pode acreditar.

– Tá bom – respondi, forçando um sorriso, embora fosse a última coisa que eu tivesse vontade de fazer.

Nós nos levantamos e entramos, mas parei logo na soleira, tão intimidado com o caos que não sabia nem por onde começar. Morgan, no entanto, assumiu o comando, simplesmente passando reto por mim em direção à cozinha. Ajoelhada ao lado da pilha que estava em frente à pia, perguntou:

– Isso tudo fica aqui embaixo, certo? Tem alguma coisa específica que eu precise saber? Tipo, detergente à esquerda ou sei lá o quê?

Fiz que não com a cabeça, e ela começou a guardar os itens. Sua iniciativa fez com que eu entrasse em ação, e limpei a mesa, jogando os restos de comida no lixo. Também descartei o feijão, o frango meio queimado e

273

a carne estragada, além de montes de filme plástico usados, potes de vidro e tudo de que pudesse me livrar. Quando levei o saco até a lata de lixo, abri a tampa e vi toda a comida de que Paige havia se desfeito, e mais uma vez me perguntei o que deveria estar se passando pela cabeça dela. Ao voltar, a pilha que antes estava no chão já tinha sido guardada, e os panos de prato estavam reunidos. Morgan também tinha juntado todos os utensílios de cozinha e colocado dentro da pia.

– Não achei o lava-louça.

– Porque não temos.

Ela sorriu.

– Nesse caso, quer lavar ou secar?

– Tanto faz.

– Eu lavo – sugeriu ela, e aos poucos fomos dando conta de tudo.

Percebi que ela sabia que não se usa detergente na frigideira de ferro, pois a colocou embaixo da água quente, esfregando até que ficasse limpa. Ela perguntou se eu tinha óleo vegetal.

– Tinha – respondi –, mas a Paige jogou fora.

Sabendo que não deveria perguntar por quê, ela me passou a frigideira para que eu a secasse antes de ensaboar um pano e limpar as bancadas e o tampo do fogão. Era estranho, mas fazia anos que eu não via o forno tão limpo. Notando uma mochila velha minha em um canto, abri-a e encontrei meia dúzia de sanduíches de geleia com manteiga de amendoim esmagados, além de algumas maçãs. Após jogar o conteúdo no lixo, juntei a mochila com a pilha de panos no chão, levei tudo até a varanda dos fundos e coloquei na máquina de lavar. Ver as prateleiras vazias lá fora só levantou mais perguntas.

Então fomos para a despensa, que não demoramos para reorganizar. Morgan me passava um item e eu o colocava em seu lugar; fizemos o mesmo na varanda dos fundos. Guardar tudo no armário também foi bem rápido, e na sala Morgan me ajudou a colocar a estante no lugar, então pus a televisão, o aparelho de DVD antigo e os demais aparelhos no móvel e reconectei tudo. Morgan jogou os miolos de maçã no lixo e me passou os discos, livros e DVDs em pilhas organizadas, e fui guardando. A parede pintada pela metade ainda estava estranha, assim como a pintura descuidada da cozinha, mas por ora o andar de baixo se encontrava habitável.

– Se quer saber por que ela pintou as paredes e o armários, não faço a

274

menor ideia. Acho que não faz nem um mês que ela tinha pintado as paredes. Ela ama o tom de laranja da Hermès e jurou que a cozinha ia ficar linda. Foi a mesma coisa com esta parede.

– Tenho certeza de que ela teve seus motivos – disse Morgan, e foi a coisa mais gentil que ela poderia dizer.

No andar de cima, dobramos e guardamos tudo o que ficava no armário de roupas de cama, limpamos meu banheiro e juntei as roupas de criança e a fronha, deixando a pilha no topo da escada por enquanto. No quarto de Paige, hesitei, relutando em invadir o espaço pessoal da minha irmã. Morgan, no entanto, não teve qualquer cerimônia: imediatamente começou a organizar as roupas em pilhas e a dobrá-las.

– Eu dobro e você guarda – instruiu. – E acho que pode pendurar tudo o que está em cabides no guarda-roupa, né?

Eu não sabia ao certo qual era o lugar de cada coisa, mas fiz o que pude. No banheiro dela, recolhi a camisa ensanguentada, sabendo que acabaria na lixeira, e inspecionei a peruca com atenção, tentando imaginar por que Paige poderia achar que precisava de uma.

– Ela usou uma fantasia de melindrosa no Halloween há uns anos – lembrei, com a peruca nas mãos. – Esta peruca era parte do visual.

– Ei, eu usei uma fantasia de melindrosa ano passado! – disse Morgan, espirrando produto de limpeza na pia e na bancada do banheiro. – Mentes brilhantes pensam igual.

Tive que reconhecer que foi muito mais fácil limpar tudo com a ajuda dela. Sozinho, eu teria examinado cada item, tentando descobrir como ele se encaixava no delírio, mas Morgan ia apenas avançando até concluir cada etapa. No final, embora ainda não me sentisse completamente bem, pelo menos tinha a confiança de que tudo acabaria voltando ao normal.

– Tem algum mercado decente por aqui? – perguntou Morgan, lavando as mãos na pia da cozinha.

– Tem o Piggly Wiggly. – Dei de ombros. – Mas, sério, podemos jantar fora se preferir descansar depois de todo esse trabalho...

– Você cozinhou pra mim na Flórida, agora é minha vez.

No Piggly Wiggly, Morgan deu sorte e conseguiu encontrar um pacote de macarrão de arroz na seção de comida asiática e também o molho shoyu. Após colocar alho, camarão congelado, peito de frango, repolho e alguns legumes no carrinho, além de uma dúzia de ovos, ela parou no corredor de bebidas, triunfante, e acrescentou um engradado com seis garrafas de cerveja.

De volta à casa, ela se ocupou na cozinha, lavando e picando os vegetais e colocando água para ferver no fogão. Ao pegar uma frigideira grande, me enxotou dali com um gesto.

– Me deixe sozinha. Vá sentar na varanda com uma cerveja e relaxe – ordenou, em um tom de voz que não dava margem para discussão.

Peguei uma cerveja, busquei meu violão na caminhonete e me acomodei em uma das cadeiras de balanço na varanda da frente. Fiquei brincando com qualquer acorde que surgisse enquanto minha mente repassava os últimos dias. De vez em quando, eu bebia um gole de cerveja, sentindo o início de uma balada melancólica tomando forma.

– Que bonito – ouvi Morgan dizer atrás de mim. Virei-me e a vi parada à porta, o cabelo preso em um rabo de cavalo. – É nova?

Fiz que sim com a cabeça.

– É... mas ainda não sei o que é. E com certeza vou precisar de ajuda com a letra, já que você é tão boa nisso.

O rosto de Morgan se iluminou.

– Depois do jantar – prometeu. – A comida fica pronta em quinze minutos – avisou por sobre o ombro ao retornar para a cozinha.

Os aromas que passavam pela porta de tela estavam me deixando com água na boca, e o som do alho e das cebolas fritando me fez largar o violão e entrar na casa. Morgan estava refogando a mistura de camarão, frango e vegetais em um molho celestial de shoyu, pimenta-do-reino e outros temperos, o tempo todo de olho no cozimento do macarrão.

– Pode pôr a mesa – falou, afastando uma mecha de cabelo que tinha escapado do rabo de cavalo.

Coloquei pratos e talheres, e abri duas garrafas de cerveja gelada no momento em que Morgan trouxe uma travessa enorme de macarrão frito guarnecido com fatias de limão e ovos cozidos.

– Uau – falei. – Botou meu frango no chinelo.

– Não seja bobo – retrucou ela, sentando-se à minha frente. – É o prato mais fácil do mundo, embora seja perfeito. – Ela ergueu a garrafa de cerveja e disse: – À família.

Brindamos e tomamos um gole antes de atacar aquele prato tão aromático. Acho que Morgan sabia que eu precisava de uma distração para não pensar em minha tia ou em Paige, então me presenteou com histórias das viagens em família para Manila e das tentativas da avó de ensiná-la a cozinhar.

– Eu não era uma boa aluna – contou, rindo. – Uma vez causei um pequeno incêndio tentando usar a wok, mas aprendi uma ou outra coisinha. – Ela colocou um camarão na boca e tomou mais um gole de cerveja. – Minha avó depois falou pro meu pai que era bom mesmo que eu fosse inteligente, porque, se dependesse dos meus dotes culinários, ninguém se casaria comigo.

Eu me aproximei e a beijei.

– Eu amo a sua comida – falei. – Amo tudo em você.

Morgan então me contou sobre o último dia com as amigas no Don CeSar. Embora admitisse que minha partida repentina tinha cortado um pouco o clima da tarde de despedida, o que estragou tudo foi um grupo de homens que monopolizaram as espreguiçadeiras ao lado de onde elas estavam na piscina e passaram o tempo todo insistindo para que saíssem com eles mais tarde.

– Foi um saco. A gente só queria uma última tarde tranquila de sol juntas.

– Vocês saíram na última noite?

– Saímos, e graças a Deus não encontramos aqueles caras. Mas não ficamos até tarde. Estávamos todas meio cansadas. Foi uma semana e tanto pra todas nós.

– Mas foi divertida, né?

– Não posso falar por elas, mas eu estava na terra dos sonhos.

Dei um sorriso.

– Como seus pais reagiram quando você viajou de novo, sendo que tinha acabado de chegar em casa?

Ela fez uma careta.

– Só contei quando já havia comprado as passagens, e, embora não tenham ficado exatamente entusiasmados, não tentaram me impedir. Mas preciso dizer que, assim que cheguei em casa, minha mãe sentou comigo e tentou mais uma vez me convencer a aceitar o emprego de professora de música em Chicago em vez de ir pra Nashville.

Fiz comentários demonstrando minha solidariedade enquanto me levantava e tirava a mesa. Juntos, lavamos a louça, nossos movimentos já ritmados a essa altura. Quando guardei o último prato, ela fez um gesto na direção da varanda.

– Vamos sentar lá fora um pouco. Quero ajudar você com aquela música.

Nós nos acomodamos nas cadeiras de balanço, absorvendo os perfumes e a paisagem daquela noite de fim de primavera. O ar estava ameno, e as estrelas se espalhavam pelo céu como punhados de cristais. Do riacho que ficava atrás do celeiro, ouvi o coro noturno dos sapos e grilos. A lua conferia um brilho prateado ao cenário.

– É lindo aqui. – Morgan soltou um suspiro, absorvendo tudo. – E... – Ela interrompeu a própria fala com uma risada. – Eu ia dizer silencioso, mas não é. Os barulhos só são diferentes dos da minha casa. E até da Flórida.

– Esta é a vida na roça.

– Não é tão ruim assim. Consegui pegar um Uber em Greenville, afinal, e era um carro de verdade e tudo. – Ela recostou a cabeça na cadeira de balanço. – Mais cedo, quando eu estava ouvindo você tocar, meus pensamentos ficavam voltando pra semana que passamos juntos. Sei que você está sofrendo com muito estresse e muitas preocupações agora, com sua irmã e sua tia, mas, ao escrever uma balada, a música precisa vir de uma memória feliz, ou não funciona. Então fiquei pensando que o primeiro verso podia ser algo mais ou menos assim... – Ela respirou fundo e cantou os primeiros compassos. – *Eu conheço um lugar, sei que você vai amar...*

Imediatamente, tive certeza de que ela estava no caminho certo.

– Mais alguma coisa?

– A música é sua, não minha. Mas já que perguntou... – Ela deu um sorrisinho maroto, arqueando uma sobrancelha. – Acho que a introdução podia ser mais complexa, digo, em número de instrumentos. Talvez até orquestral. Um sonzão romântico.

Peguei o violão.

– Porque você acha que deve ser uma música sobre nós dois, né?

– Por que não? – perguntou ela. – E é melhor a gente se apressar, já que vou embora amanhã.

– Já?

– Não posso ficar. Preciso passar um tempo com a minha família antes de ir pra Nashville na semana que vem. E tenho muitas coisas pra resolver lá. Preciso mobiliar o apartamento, religar a luz, o gás, essas coisas. E, de qualquer forma, você tem muito com que se preocupar, eu seria uma distração.

Embora ela tivesse razão, senti uma onda de tristeza ao ouvir aquelas palavras; não queria pensar naquelas coisas ainda. Em vez disso, dedilhei os primeiros acordes da canção. De repente, soube exatamente do que precisava. Comecei de novo, e o olhar de Morgan encontrou o meu, entusiasmado. Assim que ela cantou o primeiro verso, o segundo veio quase automaticamente. Querendo ter certeza, toquei a primeira estrofe mais uma vez, e uma terceira, já sentindo a música alçar voo.

Trabalhamos como na Flórida, de maneira natural, uma troca tácita. Enquanto eu ajustava a melodia, Morgan ia acrescentando versos, transformando a canção em uma balada de esperança, amor e perda inevitável. Foi ela quem compôs o refrão, que me pareceu preciso:

Se agarre à Terra dos Sonhos
Pra sempre, não só agora
Um dia ela será toda nossa
Por favor, não vá embora

Quando terminamos a primeira versão, a lua tinha atravessado o céu e um silêncio caíra sobre os campos. Guardei o violão e levei Morgan até o quarto no andar de cima. Quando fizemos amor no escuro, foi como se cada toque e cada movimento fossem coreografados. Ela parecia prever cada respiração minha, e os sons de sua voz se misturavam aos meus no silêncio do quarto. Depois, ficamos deitados sem falar nada, o corpo de Morgan contra o meu, sua respiração se acalmando aos poucos, até que ela dormiu.

Para mim, no entanto, o sono não veio. Inquieto, levantei-me e vesti uma calça jeans e uma camisa, então desci e me sentei à mesa da cozinha, ainda tentando entender tudo o que tinha acontecido nos últimos dez dias. Quando meus pensamentos se voltavam para Morgan, minha vida parecia completa; quando pensava em Paige, a sensação era a de que a vida que eu queria de verdade estaria sempre fora do meu alcance. Fiquei ali sentado com esses sentimentos contraditórios, alternando entre a paz e a inquietação, até a luz do amanhecer entrar pela janela. Quando já estava bem claro, procurei papel e caneta, e rabisquei a letra que tínhamos composto na noite anterior.

As malas da viagem para a Flórida ainda estavam na caminhonete, e andei descalço pela grama úmida do orvalho da manhã. Peguei meu par de Vans e fui até o mercado comprar café, ovos, pão, leite e mais algumas coisas, lembrando na última hora de pegar uma caixa de chá verde. Eu estava bebericando o café à mesa da cozinha quando Morgan desceu. Quando me viu à mesa, ela cobriu a boca.

– Eu beijaria você, mas ainda não escovei os dentes.

– Nem eu.

– Então você também não pode me beijar.

Dei um sorriso.

– Prefere café ou chá?

– Chá, se tiver.

Pus água em uma chaleira; quando apitou, despejei a água quente na xícara, coloquei um saquinho de chá e a levei até a mesa.

– Levantou cedo – disse ela. – Parece até um fazendeiro.

– Não consegui dormir.

Ela estendeu a mão e segurou a minha.

– Odeio você ter que lidar com tudo isso.

– Eu também.

– Sua tia vai ter alta hoje?

– Provavelmente amanhã ou depois.

– E a Paige?

– Ela vai demorar mais. Pode ser que leve alguns dias até ficar estável. Que horas é o seu voo?

– Às duas. Então é bom eu estar no aeroporto uma hora antes.

Considerando o tempo de ida até o aeroporto, me dei conta de que tínhamos apenas algumas horas juntos e, mais que tudo, eu não queria desperdiçá-las com coisas ruins.

– Quer comer alguma coisa? – perguntei. – Posso preparar ovos e torradas.

– O chá está ótimo por enquanto. Ainda não estou com muita fome. Mas sabe o que eu queria fazer depois de tomar um banho e escovar os dentes?

– Me beijar?

– Claro – respondeu ela, com um sorriso. – Mas eu também gostaria de conhecer a fazenda, para acrescentar imagens de verdade à descrição que você fez de tudo.

– Boa ideia.

– E de repente tirar uma foto sua em um trator. Ou até fazer um vídeo de você dirigindo pra mandar pras minhas amigas.

Tive que rir.

– Faço tudo o que você quiser.

68

Depois de tomar banho, esperei por ela na varanda da frente. A distância, vi a caminhonete de Toby estacionada perto do escritório e os aspersores irrigando os campos. Alguns trabalhadores já estavam nos campos de tabaco, e outro grupo levava cestas de ovos até a instalação de processamento para inspeção e embalagem. Toda aquela atividade me fez pensar em quanto tempo eu ia levar para recuperar o atraso – especialmente com minha tia de molho. Mas afastei as preocupações e fui até o celeiro.

Na mesa de trabalho de Paige, folheei as pilhas de papéis, procurando pelo pedido no qual ela estava trabalhando. Eu precisava ligar para o cliente e explicar que tinha acontecido uma emergência e que haveria um atraso. No entanto, sem conseguir encontrar o pedido, saí do celeiro, me perguntando quando Paige estaria coerente o suficiente para me dizer.

Quando voltei, Morgan estava na cozinha, esquentando mais água para o chá. Admirando aquela visão, lembrei-me da sensação de tê-la nos meus braços na noite anterior e, afastando seu cabelo, beijei sua nuca.

Assim que ela terminou a segunda xícara, saímos para o tour. Deixei que ela caminhasse em meio aos galinheiros móveis, passando pelas galinhas que carcarejavam, então mostrei a instalação onde conferíamos e embalávamos os ovos. Conduzi Morgan pela estufa, depois mostrei onde preparávamos os tomates para envio e o armazém onde secávamos as folhas de tabaco. Paramos no escritório e caminhamos pelos campos de tomates e tabaco, então permiti que ela me filmasse dirigindo um trator. À exceção de Toby, os trabalhadores continuaram dedicados a seus afazeres, oferecendo apenas um bom-dia ou um aceno de longe, mas senti seus olhares curiosos. Demorei um tempo para me dar conta de que deveria ser a primeira vez que eles me viam caminhar pela fazenda com uma mulher que não fosse minha tia ou minha irmã. Michelle nunca havia demonstrado interesse pelos detalhes do meu cotidiano.

Almoçamos cedo em um lugar chamado Down on Main Street, no coração da orla. Embora a comida estivesse apetitosa, eu estava tenso demais para comer, e tenho quase certeza de que Morgan também, pois ela ficou só beliscando a salada. Depois, caminhamos de mãos dadas, admirando a vista incrível do rio Pamlico, a água reluzente sob o céu sem nuvens. No meio do rio, um veleiro navegava na brisa suave, avançando devagar, como se não tivesse pressa de chegar a lugar algum.

– Você chegou a cogitar a ideia de ir pra Nashville comigo? – perguntou ela, parando de frente para mim. – Quer dizer, sei que nem deveria estar falando sobre isso agora e entendo que pode demorar um pouco até que você possa ir pra lá, mas você nunca me deu uma resposta.

À luz do sol, vi manchinhas cor de avelã em seus olhos, algo em que eu nunca tinha reparado.

– Acho que não tem como. Não posso deixar minha tia e minha irmã quando elas mais precisam de mim. Viajei por três semanas, e olha o que aconteceu.

Foram algumas das palavras mais difíceis que eu já tinha dito na vida.

– É – respondeu ela. Seus olhos pareciam marejados. – Foi o que pensei. Mas você vai me visitar, não vai? Quando eu estiver instalada?

Hesitei. Queria que pudéssemos conversar sobre qualquer outro assunto, que muitas coisas na minha vida fossem diferentes.

– Não sei se isso seria uma boa ideia… – comecei, e não consegui prosseguir.

– Por que não seria uma boa ideia? Você não me ama?

– É claro que amo.

– Então vamos dar um jeito de ter um relacionamento a distância. Hoje em dia é fácil. Podemos conversar por vídeo, podemos nos visitar, podemos nos falar por telefone e mandar mensagem…

Ela estendeu a mão para virar meu rosto em direção ao dela, e eu respondi colocando uma mecha de cabelo atrás de sua orelha.

– Você tem razão. Podemos fazer essas coisas. Só não sei se devemos.

– Do que você está falando?

Comprimi os lábios. Queria mais que tudo não ter que dizer as palavras que eu já sabia que viriam.

– Quando eu estava no hospital, tive muito tempo pra pensar sobre nós dois e o futuro, mas, por mais que eu tentasse visualizar um futuro, meus pensamentos voltavam à ideia de que, de agora em diante, vamos viver em dois mundos diferentes.

– E daí?

– Esses mundos nunca vão se juntar, Morgan, o que quer dizer que nosso relacionamento seria *sempre* a distância. Você vai pra Nashville, e eu não posso deixar a minha tia. Não posso deixar a Paige, e administrar a fazenda é a única coisa em que sei que sou bom. É o que sei fazer.

– Mas você tem um talento como cantor e compositor que não pode ignorar. Viu a multidão nos seus shows na Flórida. Viu como as pessoas reagiram...?

A voz de Morgan traía uma pontada de irritação.

– Mesmo que isso seja verdade, não importa – argumentei. – Quem cuidaria da minha família? Você e eu somos diferentes, e o que isso significa no longo prazo? Será que devemos ficar juntos sabendo que vamos levar vidas separadas, nos encontrando só de vez em quando? E, se for o caso, por quanto tempo? Um ano? Cinco anos? Pra sempre? Relacionamentos a distância dão certo quando são temporários, mas pra nós isso nunca iria mudar. Eu estou preso aqui, talvez de forma permanente, mas você tem a vida inteira pela frente, e o mundo está esperando por você. E, o mais importante, é esse o tipo de relacionamento que você quer? Um relacionamento em que a gente mal se vê? Você só tem 21 anos...

– Então você está terminando comigo? É isso?

Ouvi sua voz falhar e vi as lágrimas se formando nos seus olhos.

– Não era para ser – respondi, odiando a mim mesmo, odiando a verdade e sentindo que estava deixando a melhor parte de mim morrer. – A sua vida vai mudar, mas a minha não. E é inevitável que isso altere as coisas entre nós... mesmo que eu ame você, mesmo que eu saiba que nunca vou esquecer a semana que passamos juntos.

Pela primeira vez desde que a conheci, Morgan pareceu perdida.

– Você está enganado – disse ela, depois de um tempo, secando com raiva uma lágrima que tinha escorrido pelo rosto. – E não quer nem tentar.

No entanto, eu percebia que ela estava pensando na minha tia, em Paige e na fazenda, e que compreendia o que eu tinha dito. Ela cruzou os braços e ficou olhando para a água. Coloquei a mão no bolso e tirei o pedaço de papel que havia rabiscado naquela manhã.

– Sei que não tenho o direito de te pedir nada – falei. – Mas, por favor, leve a nossa música e faça com que ela fique famosa, tá?

Ela pegou o papel, relutante, e olhou para ele, tentando segurar as lágrimas que ameaçavam transbordar.

Eu conheço um lugar
Sei que você vai amar
Longe da dor do passado
Onde o amor pode ser realizado

Se agarre à Terra dos Sonhos
Pra sempre, não só agora
Um dia ela será toda nossa
Por favor, não vá embora

Na minha mente, estamos lá
Nosso destino é esse lugar
Esqueça qualquer obrigação
Deixe que mande o coração

Na Terra dos Sonhos, nossos sonhos
Por favor, não vá embora...

Ela não leu tudo, mas guardou o papel na bolsa, e durante um bom tempo ficamos ali, lado a lado, na cidadezinha de onde eu sabia que jamais poderia fugir, um lugar pequeno demais para o futuro de Morgan. Eu a abracei, observando uma águia sobrevoar as ondas. Sua graça simples me lembrou Morgan remando nas águas de um lugar que já parecia muito, muito distante.

Depois de um tempo, voltamos para a caminhonete e fomos até o aeroporto de Greenville. Alguns carros estavam parados em frente ao pequeno terminal, com o pisca-alerta ligado, enquanto as pessoas desembarcavam. Parei a caminhonete atrás deles e peguei a mala de Morgan. Ela pendurou a bolsa no ombro e eu levei sua mala até a entrada.

Com um nó na garganta, enterrei o rosto em seu cabelo. Lembrei que tudo o que dissera era verdade. Por mais que fizéssemos planos ou que ambos quiséssemos que desse tudo certo entre nós, Morgan um dia me deixaria para trás. Ela tinha um futuro e tanto pela frente, e acabaria encontrando alguém cuja vida tivesse mais a ver com a dela, algo que eu sabia que jamais poderia oferecer.

Ainda assim, eu sabia que tinha partido seu coração. Senti isso no modo como ela se agarrou a mim, pressionando seu corpo contra o meu. Eu sabia que nunca amaria outra mulher como a amava. Mas me dei conta de que o amor nem sempre é o bastante.

Quando nos separamos, o olhar de Morgan encontrou o meu.

– Eu vou te ligar mesmo assim – disse ela, com a voz embargada. – Mesmo estando furiosa com você.

– Tudo bem – respondi, a voz rouca.

Ela pegou a mala e ajeitou a alça da bolsa no ombro, então forçou um sorriso corajoso antes de entrar no terminal. Fiquei olhando as portas automáticas se abrirem e fecharem quando ela passou e, com as mãos nos bolsos, voltei para a caminhonete, já sofrendo por ela – e por mim. Ao me sentar ao volante, lembrei que um dia Paige disse que o amor e o sofrimento eram dois lados da mesma moeda, e finalmente entendi o que ela quis dizer.

Enquanto dirigia, tentei visualizar Paige e a minha tia da forma como as tinha visto pela última vez, sentindo um peso no peito. Por mais que eu as amasse, sabia que de alguma maneira elas também se tornariam a minha prisão.

Epílogo

Colby

Fevereiro

Embora Morgan e eu tenhamos mantido contato, as ligações e mensagens foram diminuindo com o passar do tempo. No fim, teve mais a ver com ela que comigo.

Nas semanas seguintes à mudança de Morgan para Nashville, eu me esforcei para cuidar da fazenda ao mesmo tempo que acompanhava a recuperação de Paige e da tia Angie. No final do outono, nossa vida já tinha se acalmado um pouco, mas alguns acontecimentos foram atingindo a vida de Morgan como uma avalanche.

As mudanças que vieram com o início de sua carreira na música me deixaram atordoado; chegou ao ponto de eu deixar uma mensagem de voz e ela só retornar a ligação dois ou três dias depois. Tudo bem, eu assegurava a mim mesmo; como tinha dito para ela, eu não achava que deveríamos tentar um relacionamento a distância, uma vez que o fim era inevitável. Nos momentos em que finalmente conseguíamos estabelecer contato – em geral, quando ela estava no aeroporto ou entre uma reunião e outra, ou durante os intervalos de alguma gravação –, eu ouvia com interesse e orgulho os relatos dos últimos desdobramentos em sua ascensão profissional meteórica.

Nem nos seus sonhos mais loucos ela teria projetado o caminho que sua carreira tinha tomado. Ao chegar a Nashville, passou um tempo gravando em um estúdio e, com uma demo nas mãos, encontrou alguns dos empresários que tinha mencionado, e todos demonstraram um interesse leve ou moderado. Ao receber o incentivo casual de um desses empresários, ela publicou nas redes sociais um vídeo da apresentação no meu show. Ele tinha sido muito bem editado por suas amigas, intercalando imagens dela gravando a música no estúdio, cenas no Bobby T's e vídeos do TikTok dela dançando.

Alguns influenciadores cruciais se interessaram pela música – incluindo alguns famosos com muitos seguidores –, o que a fez explodir. Em questão de semanas, o vídeo teve dezenas de milhões de visualizações, e ela logo lançou mais um, em que cantava "Terra dos Sonhos". Naturalmente, suas redes sociais também bombaram, e ela logo passou a ser procurada por empresários e gravadoras de destaque. "A nova Taylor Swift", era como a descreviam, comparando-a com megaestrelas como Olivia Rodrigo, Billie Eilish e Ariana Grande.

O empresário com quem ela acabou assinando era um gênio do marketing, e ele soube aproveitar o impulso inicial, apresentando Morgan imediatamente de um jeito que fez com que parecesse que ela já era uma estrela. Suas músicas começaram a tocar nas rádios, e foi lançada uma campanha de divulgação que a levou de cidade em cidade, com aparições em programas de TV em Nova York e Los Angeles. Seu rosto aparecia com frequência em reportagens sobre celebridades, e, quando ela participou do *Saturday Night Live* em novembro – onde foi apresentada como *fenômeno mundial* –, parecia que o mundo inteiro já tinha ouvido falar dela. De algum jeito, em meio a tudo isso, ela conseguiu arranjar tempo para gravar um álbum. Produzido por grandes lançadores de hits, o álbum trazia músicas escritas por ela e colaborações com os maiores astros do hip-hop, do pop e do R&B.

Morgan me contou que, no início, chegaram a discutir a possibilidade de ela sair em turnê e abrir shows para grandes artistas, mas, quando lançou a terceira música nas redes sociais após aparecer no *Saturday Night Live* e antes de lançar o álbum de estreia, ela ficou em primeiro lugar nas paradas. De repente estavam falando de outros artistas abrirem os shows de sua turnê no ano seguinte, que já contava com trinta cidades da América do Norte.

Ela estava no meio de um furacão, então não foi nenhuma surpresa mantermos cada vez menos contato. Sempre que a dor da saudade ficava forte demais, eu me lembrava do que tinha dito no nosso último dia juntos.

Quanto a mim, contratei uma pessoa para me ajudar a cuidar da minha tia quando ela teve alta do hospital; ela não só ajudava a tia Angie em casa como a levava para as sessões de fisioterapia. A paralisia do lado esquerdo do corpo estava demorando para passar; só depois do Halloween ela se sentiu segura o bastante para finalmente dispensar a cuidadora. Ainda mancava, o braço esquerdo continuava fraco e seu sorriso, torto, mas ela já tinha voltado a gerenciar o escritório e até andava pela fazenda em um quadriciclo. A fazenda, mais do que os sobrinhos, continuava sendo o centro de sua vida.

E Paige...

Ela levou seis dias para se estabilizar totalmente, e depois disso acabei conseguindo montar a linha do tempo de sua crise. Como eu suspeitava, ela correu para o hospital onde minha tia estava internada e na pressa acabou deixando os remédios e o celular para trás, por isso não me ligou assim que tudo aconteceu. E, embora ela houvesse jurado que tinha a intenção de ir buscar os remédios, o estado da minha tia era grave demais a ponto de se sentir segura para sair do hospital sem outra pessoa da família por lá.

Em poucos dias, as substâncias químicas do seu cérebro começaram a causar algumas falhas, afetando sua percepção da realidade; algum tempo depois, a suspensão repentina da medicação distorceu a realidade completamente. Entre outras coisas, ela estava convencida de que tinha me ligado e contado o que acontecera com a minha tia, não só uma, mas duas ou três vezes; somente quando mostrei a lista de ligações recebidas no meu celular ela aceitou que havia imaginado conversas inteiras. Depois disso, suas memórias estavam confusas e incompletas, até que o delírio se instalou; ela se lembrava de ter saído do hospital, mas não de ter fumado maconha, embora os exames de sangue tivessem revelado um nível alto de THC.

Após ser liberada do hospital, ela passou um bom tempo sem querer conversar. Como eu esperava, estava bastante envergonhada. Só consegui saber a história inteira quase um mês depois.

Ficou claro que ela tinha incorporado alguns elementos dos surtos anteriores em novos delírios, incluindo as viagens de ônibus e as caronas e a lanchonete onde colocou ketchup em uma xícara de água quente. Ela explicou por que a casa estava bagunçada e admitiu que havia enterrado perto do riacho as armas que eu deixava embaixo da cama. Tinha uma vaga lembrança de ter comprado o boneco do Homem de Ferro em uma loja perto do hospital; a intenção era dar o boneco à minha tia para animá-la com uma brincadeira sobre como ela era forte. Mas as partes mais difíceis, as que pareciam absurdas até mesmo para ela, eram as mais óbvias: como ela não reconhecera a própria casa? Como não reconhecera Toby, um homem que conhecia há tanto tempo, quando ele foi até a casa? Ela não tinha respostas para essas perguntas, assim como no passado não soube responder por que não havia me reconhecido. Quanto aos demais delírios, já tínhamos passado por quase todos eles, e nenhum de nós sentiu necessidade de reviver os detalhes dolorosos.

Desenterrei, limpei e lubrifiquei as armas, agradecendo a Deus por ter instalado travas externas e por sempre manter as chaves comigo, o que tornava impossível disparar sem removê-las. Após a primeira tentativa de suicídio de Paige, mesmo antes que ela saísse do hospital, eu não quisera contar com a sorte. Ainda assim, para redobrar os cuidados, também comprei um cofre para as armas. Repintei as paredes e os armários da cozinha, e também a sala, antes que ela voltasse para casa – em laranja e bordô, as cores que ela tinha escolhido pouco tempo antes.

Depois que Paige voltou para casa, retomar o trabalho foi uma distração necessária para ela, e, felizmente, seu negócio não tinha sofrido perdas. Mesmo assim ela demorou alguns meses para voltar a ser a Paige de sempre. Embora ainda preparasse o jantar para nós dois alguns dias na semana, com frequência ela desviava o olhar enquanto comíamos, e certas vezes a encontrei chorando baixinho na varanda.

– Eu odeio ser defeituosa – disse ela em uma dessas ocasiões. – Odeio não conseguir controlar nem mesmo o que eu penso.

– Você não é defeituosa, Paige – respondi, tentando consolá-la. Então me sentei ao seu lado e estendi a mão para acariciar o seu braço. – Foram apenas alguns dias ruins que bagunçaram o esquema. Todos temos dias ruins.

Mesmo sem querer, ela riu.

– A diferença é que meus dias ruins são muito, muito, muito horríveis comparados aos da maioria das pessoas.

– Tenho que concordar – falei, e mais uma vez ela riu, então ficou séria.

– Obrigada – disse, virando-se para mim. – Por salvar a minha vida. Mais uma vez.

– Você também me salvou.

Acabei contando a ela sobre a viagem à Flórida e sobre Morgan, sem esconder nada. Foi mais ou menos na época em que Morgan publicou o primeiro vídeo da apresentação no Bobby T's nas redes sociais, e Paige – como todo mundo – ficou impressionada com seu talento. Quando o vídeo acabou, ela se virou para mim, as sobrancelhas erguidas.

– E ela achou *você* bom?

Comecei a rir. Na verdade, Paige amava quando eu cantava. Mas ela também percebeu como foi difícil para mim notar Morgan se afastar cada vez mais nos meses seguintes. Sei que Paige viu a foto que saiu em todos os sites de fofoca algumas semanas antes do Natal – tirada por um paparazzo, mostrava Morgan de mãos dadas com um ator de Hollywood. Paige adorava acompanhar fofocas das celebridades, mas teve o cuidado de não falar sobre a foto comigo. Ainda assim, eu só não veria se vivesse numa bolha.

Não vou dizer que ver a foto não me magoou, assim como também não vou dizer que fiquei surpreso. E, apesar de nossas vidas terem se distanciado exatamente como eu havia previsto, nunca me esqueci da resolução que tomei na noite em que Morgan e eu fizemos amor pela primeira vez, quando decidi mudar minha vida para não acabar como o meu tio. Embora isso tivesse que esperar até eu ter certeza de que minha tia e Paige iriam se recuperar, gosto de acreditar que cumpri a promessa.

Consegui ir até a praia surfar quatro vezes desde a viagem à Flórida, e separei um tempo às sextas e aos domingos para não fazer mais nada além de tocar e compor, por mais trabalho que eu ainda tivesse. Voltei a encontrar velhos amigos aos fins de semana, mesmo que às vezes me sinta como no filme *Feitiço do tempo*.

Também tenho me esforçado para aliviar a rotina de vez em quando, por isso decidi trocar as pastilhas de freio da caminhonete em uma manhã de terça, apesar da lista enorme de coisas que eu tinha para fazer. Embora fazer pequenos reparos em veículos não pareça algo tão divertido para a maioria das pessoas, eu até gosto; ao contrário de quase tudo na fazenda, é uma tarefa com um fim definido. Em um mundo onde nada nunca termina, concluir uma tarefa pode ser bem gratificante.

Felizmente, a temperatura estava agradável naquela manhã, e arregacei as mangas da camisa enquanto pensava no passo a passo do conserto. Mas o destino é uma coisa estranha: assim que liguei o rádio e me preparei para entrar debaixo da caminhonete, a voz de Morgan saiu pelos alto-falantes. Era "Terra dos Sonhos", que àquela altura eu já devia ter escutado umas cem vezes. Ainda assim, tenho que admitir que essa música sempre me faz parar tudo para apreciá-la. A voz dela é profunda e emocionante. Ela havia mudado alguns versos para encaixar o refrão perfeito que eu sabia que ela encontraria, e me permiti recordar por um instante a imagem de Morgan sentada na varanda naquele dia.

Foi mais ou menos nessa hora que ouvi um carro se aproximar. Apertei os olhos, tentando ver quem era, e fiquei surpreso quando o carro foi parando na entrada, atrás da minha caminhonete.

A porta de trás se abriu e Morgan desceu. Por um instante, não consegui me mexer, e só quando o Uber deu marcha a ré que eu descongelei.

– O que você está fazendo aqui? – gaguejei.

Ela deu de ombros, jogando uma mecha de cabelo para trás, e me perguntei como era possível que ela estivesse ainda mais bonita do que da última vez que nos vimos.

– Vim te visitar. Cansei de ficar esperando uma visita sua.

Ainda tentando processar sua aparição repentina, não consegui dizer mais nada durante alguns segundos.

– Por que não me avisou que viria?

– E estragar a surpresa de Dia dos Namorados? Acho que não.

Deixando a mala para trás, ela entrou no meu abraço como se fosse a coisa mais natural do mundo, como se nunca tivesse deixado meus braços.

– Não é Dia dos Namorados – murmurei com o rosto em seu cabelo, sentindo seu corpo contra o meu.

– Está bem perto. Vou estar em Los Angeles no dia, e isso foi o melhor que consegui fazer.

Quando nos afastamos, vi um brilho travesso familiar nos olhos dela.

– Achei que você estivesse namorando – falei, tentando parecer despreocupado ao dizer o nome do ator.

– A gente saiu algumas vezes, mas não deu certo. – Ela fez um gesto de indiferença. – Ele não tinha aquela coisa especial, sabe? Tipo... quando estávamos juntos, eu ficava pensando no apocalipse zumbi e me perguntava se ele seria capaz de cultivar comida, consertar caminhonetes e todos aqueles lances de sobrevivência.

– É mesmo?

– Cada um com as suas manias, né?

Abri um sorriso largo, aliviado por ela não ter mudado nem um pouco.

– É – respondi. – Mas ainda não consigo acreditar que você apareceu assim do nada. Tem tanta coisa acontecendo na sua vida!

– E na sua não?

– É diferente.

– Todo mundo está ocupado, porque é assim que a vida é. Eu também vim pra te dizer uma coisa.

– O quê?

– Você se lembra daquele belo discurso que fez no último dia que passamos juntos? Sabe, quando tentou terminar nosso relacionamento tentando parecer todo nobre?

Eu não teria descrito assim, mas assenti, sem conseguir parar de sorrir.

– Tenho pensado muito naquele discurso, e cheguei à conclusão de que você estava completamente enganado sobre quase tudo.

– Ah, é?

– Como eu te disse na época, fiquei furiosa. Eu não esperava que um cara legal como você partisse o meu coração. Mas superei e decidi te dar mais uma chance. Então, de agora em diante, vamos tentar do meu jeito. – Ela me lançou um olhar sério. – Estou falando do relacionamento a distância. Eu venho visitar você, você vai me visitar, e, entre uma visita e outra, trocamos mensagens, telefonamos e conversamos por vídeo, porque, a partir de agora, somos um casal de novo.

Assim que ela disse essas palavras, tive certeza de que era exatamente o que eu queria ouvir.

– Quanto tempo você vai ficar?

– Só uns dois dias, mas vou ter uma folga mês que vem. Vai ser a sua vez de ir me ver.

Minha mente se voltou para Paige e minha tia na hora, mas de repente eu soube que daria um jeito.

– Sim, senhora – respondi.

– Agora diga que me ama. Você parou de dizer isso há algumas semanas por mensagem, e eu não gostei. Mas decidi perdoá-lo por isso também.

– Eu te amo, Morgan – falei, as palavras saindo com facilidade.

Ficando na ponta dos pés, ela me beijou, seus lábios macios exatamente como nas minhas lembranças.

– Também te amo – sussurrou ela. – Vamos aproveitar ao máximo esses próximos dias, tá?

Aquela reviravolta era tão vertiginosa que eu mal conseguia entender o que estava acontecendo.

– O que tem em mente?

Ela olhou ao redor, então fixou o olhar em mim.

– Sabe o que eu gostaria de fazer primeiro? Antes de qualquer coisa?

– Não faço a menor ideia.

– Eu queria muito conhecer a sua irmã.

– A Paige?

– Quero saber como você era de verdade quando criança. Aposto que ela tem umas histórias interessantes. E também quero agradecer.

– Pelo quê?

– Você disse que ela te criou, e eu amo o cara que você se tornou. Como não agradecer a ela por isso?

Foi minha vez de beijá-la, porque eu sabia que ela me compreendia de verdade. Quando me afastei, deixei que minha mão descansasse em seu quadril.

– Vamos entrar – falei, pegando sua mão. – Tenho certeza que a Paige também quer muito te conhecer.

Agradecimentos

Como tantas pessoas no mundo todo, passei os últimos dois anos em relativo isolamento em razão da Covid. E, como também aconteceu com muita gente, o período de distanciamento forçado me fez pensar profundamente sobre a natureza dos meus relacionamentos. Alguns deles atrofiaram nessa época de crise; outros floresceram e se aprofundaram. Para minha surpresa, alguns relacionamentos novos também surgiram, refletindo um rearranjo das prioridades e o desejo de mudança que milhões de indivíduos experimentaram durante a Grande Pausa.

Um relacionamento duradouro permaneceu e, na verdade, talvez até tenha ficado mais profundo nos últimos anos: a amizade e a colaboração com minha agente literária de longa data e produtora Theresa Park. Há 27 anos, nossa parceria é uma das mais importantes e constantes da minha vida. Junto aos líderes da equipe de primeira da Park & Fine – a quem dediquei este romance –, você vem me ajudando a manter uma carreira que desafiou até mesmo as minhas próprias expectativas. Ainda mais significativa, porém, tem sido essa jornada de décadas que compartilhamos como amigos e companheiros de viagem pela estrada da vida.

Entre os novos relacionamentos que iniciei durante a pandemia está o vínculo profissional com a Penguin Random House. Sou muito grato a Madeline McIntosh por me apresentar à família PRH, e a Gina Centrello pelo esforço extraordinário para garantir que eu me sentisse à vontade em todos os sentidos. Kara Welsh e Kim Hovey, tem sido um prazer conhecê-las – e agora entendo como seu departamento opera com tanto profissionalismo, eficiência e elegância. A longa experiência e a busca implacável por excelência com certeza são responsáveis por sua lista incomparável de best-sellers, e ainda assim seu estilo de liderança é sempre profundamente humano. A Jennifer Hershey, cuja supervisão meticulosa de todos os detalhes da publicação deste livro abrangeu desde a iniciativa estratégica mais ampla até o menor dos problemas nas provas de impressão, transmito meus agradecimentos e minha admiração genuína.

A Jaci Updike e sua equipe de vendas sem igual, vocês têm todo o meu carinho (lembrem-se de que no fundo sempre serei um representante de vendas!). É uma honra que meus livros sejam vendidos por profissionais tão extraordinários.

No marketing, Quinne Rogers e Taylor Noel mostram originalidade e uma persistência obstinada em seus trabalhos; é raro encontrar um senso de oportunidade e uma ambição ilimitada no mundo refinado da publicação de livros, mas eles demonstram isso todos os dias. Da mesma forma, no mundo da publicidade, não consigo imaginar maior dedicação e defesa mais apaixonada que as de Jennifer Garza, Karen Fink e Katie Horn.

A sofisticação e as estratégias inovadoras do departamento de áudio da PRH vêm diretamente de sua equipe de estrelas: Ellen Folan, Nicole McArdle, Karen Dziekonski, Dan Zitt e Donna Passannante. Não vejo a hora de ouvir as versões em áudio de alta qualidade dos meus livros nos próximos anos.

É claro que o livro que você tem nas mãos ou que está lendo em seu dispositivo não existiria se não fosse o pessoal detalhista, atento aos prazos e perito em tecnologia que trabalhou dia e noite para entregar um produto impecável: Kelly Chian, Kathy Lord, Deborah Bader, Annette Szlachta-McGinn, Maggie Hart, Caroline Cunningham, Kelly Daisley e David Hammond. Vocês têm tanto orgulho do trabalho que isso transparece nos livros.

Por último na lista de agradecimentos à minha nova equipe na PRH, mas definitivamente não menos importante: os inspirados diretores de arte Paolo Pepe e Elena Giavaldi, que criaram o belíssimo projeto visual original deste romance. A magia que vocês integram ao processo me deixa maravilhado.

Devo o sucesso de meus romances, filmes, parcerias e mídias sociais à equipe leal (e às vezes sofredora) que segue administrando e supervisionando todos os meus negócios e empreendimentos voltados ao público. No mundo do cinema e da televisão, meu grande amigo e agente mágico, Howie Sanders, da Anonymous Content: Howie, continuo admirado com seus instintos de timing, história e mercado; valorizo sua amizade incansável de décadas mais do que as palavras podem expressar. Como meu advogado de entretenimento e defensor tenaz, Scott Schwimer nunca desiste dos melhores termos possíveis nem de mim como amigo; Scottie, espero que você saiba que tem um lugar para você em meu coração mesmo em meios a todos os altos e baixos de nossas vidas. A meus novos parceiros e amigos na Anonymous Content, o CEO Dawn Olmstead e o produtor e empresário Zack Hayden, agradeço o apoio e a visão para nosso futuro criativo. Por falar nisso, é impossível mensurar meu entusiasmo com a perspectiva de trabalhar com Peter Cramer, Donna Langley e Lexi Barta, da Universal Pictures, em uma série de novos projetos baseados nos meus livros – obrigado por apostarem nas histórias que escrevo e por trazerem tanto entusiasmo e energia à nossa colaboração.

Minha assessora Catherine Olim, da Rogers & Cowan, me guiou nos melhores e piores momentos, com instintos pragmáticos porém sagazes; Catherine, você nunca hesita em dizer a verdade e valorizo suas opiniões francas, que sempre vêm de um lugar de amor e proteção. LaQuishe Wright ("Q") é definitivamente a gestora de mídias sociais mais brilhante, solidária e sofisticada do mundo do entretenimento – e também uma amiga de confiança cuja integridade é irrepreensível. Mollie Smith, você praticamente inventou minha presença nas redes e o alcance com os fãs – sem você eu não saberia como me conectar com meus leitores. Suas ideias e sua paciência com todas as mudanças e acontecimentos da minha carreira nas últimas décadas têm sido uma força estabilizadora para mim. No escritório da Theresa na Park & Fine, Charlotte Gillies provou ser indispensável para o gerenciamento de toda a logística, programação, contratos e pagamentos que Theresa supervisiona, sempre em contato com toda a minha equipe. E onde os detalhes dos rendimentos são transformados em números que eu consigo entender, Pam Pope e Oscara Stevick, meus contadores fiéis e rigorosos, reinam supremos – obrigado, velhos amigos, por me conduzirem a um lugar de ordem e segurança.

Obviamente, meu trabalho como autor está entrelaçado de maneira profunda com os relacionamentos pessoais e de comunidade que me sustentam: meus filhos, Miles, Ryan, Landon, Lexie e Savannah; Victoria Vodar; Jeannie Armentrout; Tia Scott Shaver; Christie Bonacci; Mike Smith; Buddy e Wendy Stallings; Angie, Linda e Jerrold; Pat e Bill Mills; Todd e Gretchen Lanman; Lee e Sandy Minshull; Paul Minshull; Eric e Kin Belcher; Tony e Shellie Spaedy; Tony Cain; Austin e Holly Butler; Gray Zuerbregg; Jonathan e Stephanie Arnold; David e Morgan Shara; Andy

Sommers; David Geffen; Jim Tyler; Jeff Van Wie; Paul DuVair; Rick Muench; Bob Jacob; Chris Matteo; Pete DeCler; Joe Westermeyer; Dwight Carlblom; David Wang; Missy Blackerby; Ken Gray; John Hawkins... E minha gratidão também se estende ao restante da minha família: Monty, Gail, Adam e Sean, Dianne, Chuck, Todd e Allison, Elizabeth, Sandy, Nathan, Josh, Mike e Parnell, Matt e Christie, Dan e Kira, Amanda e Nick... e, é claro, a todos os *seus* filhos.

CONHEÇA OUTROS LIVROS DO AUTOR

O desejo

Em 1996, aos 16 anos, Maggie Dawes vai morar com uma tia que mal conhece em um vilarejo remoto na Carolina do Norte. Solitária e infeliz, ela só recupera o apetite pela vida quando conhece Bryce Trickett, um dos poucos adolescentes do lugar.

Autêntico, bonito e inteligente, Bryce apresenta a Maggie as belezas do vilarejo e a fotografia, uma paixão que, assim como o jovem, vai definir o resto da vida dela.

Em 2019, Maggie é uma renomada fotógrafa que mora em Nova York e se divide entre sua galeria de sucesso e as viagens a trabalho por todo o mundo. Este ano, porém, ela é obrigada a ficar em Nova York durante a temporada de fim de ano, lutando para aceitar o grave diagnóstico médico que recebeu.

Enquanto fazem a contagem regressiva para o Natal, ela e seu assistente se tornam cada vez mais próximos. Maggie então decide contar a ele a história de outro Natal, décadas antes, e do amor que a levou a seguir um caminho que nunca teria imaginado para si mesma.

O desejo é um relato comovente sobre descoberta e perda, e também um lembrete de que o tempo que passamos com as pessoas que amamos é o maior presente de todos.

O retorno

Trevor Benson não estava planejando voltar para New Bern, uma cidadezinha na Carolina do Norte. Porém, após ouvir as últimas e enigmáticas palavras do avô no leito de morte, ele decide passar um tempo na velha casa que herdou.

Decidido a cuidar das colmeias da propriedade, Trevor nem pensa em se apaixonar. Porém, assim que vê Natalie Masterson, sente uma atração impossível de ignorar. Ela parece corresponder, mas se mantém distante, como se escondesse algo.

Em New Bern, ele também conhece Callie, uma adolescente reservada que era amiga de seu avô. Trevor acha que pode conseguir respostas sobre as circunstâncias misteriosas da morte dele, mas ela oferece poucas pistas – até que uma reviravolta lhe dá uma nova perspectiva.

Nessa jornada para desvendar segredos, Trevor vai descobrir o verdadeiro significado do amor e do perdão e aprender que, para seguirmos em frente, muitas vezes é preciso retornar para onde tudo começou.

A última música

Uma das lembranças mais felizes de Ronnie era se sentar ao lado do pai ao piano e tocar por horas. Porém, desde que ele se separou da mãe dela e se mudou de Nova York, a menina só consegue olhar para o instrumento com raiva e mágoa.

Três anos após o divórcio, Ronnie mal tem contato com ele e a mãe acha que já está na hora de os dois reconstruírem os laços, passando juntos as férias de verão.

Antes um pianista que sempre estava viajando, o pai agora leva uma vida tranquila numa pequena cidade litorânea, imerso no trabalho de reconstrução do vitral de uma igreja, destruído em um incêndio misterioso.

A última coisa que a rebelde Ronnie quer é passar meses num local entediante como aquele, mas aos poucos a brisa da praia e de novas paixões começa a acalentar seu coração ressentido.

Um dos maiores sucessos de Nicholas Sparks, *A última música* é uma verdadeira celebração de todos os tipos de amor, desde a paixão do primeiro romance e a afeição entre pais e filhos até a devoção à música.

Um amor para recordar

Aos 17 anos, a vida de Landon Carter muda para sempre. Largado pela namorada e sem companhia para o baile da escola, ele está desesperado para dar a volta por cima. Como as garotas que lhe interessam já têm par, sua única opção é alguém impensável: Jamie Sullivan, a filha do pastor da igreja que frequenta.

Para Landon e seus amigos, Jamie é muito esquisita. Anda sempre com as mesmas roupas, não usa maquiagem, vive com o cabelo preso e carrega a Bíblia surrada para todos os lados. A vida dela gira em torno do pai viúvo, do resgate de animais feridos e do seu trabalho como voluntária num orfanato.

Nenhum garoto jamais a chamou para sair – até Landon fazer o convite. A menina aceita com uma condição: ele não pode se apaixonar por ela. A princípio, parece uma tarefa fácil, mas o garoto se pega passando cada vez mais tempo com Jamie, e uma transformação pessoal começa a acontecer.

Com ela, Landon aprenderá sobre as profundezas do coração humano e tomará uma decisão extraordinária que o conduzirá à jornada do amadurecimento.

Almas gêmeas

Hope Anderson está numa encruzilhada. Aos 36 anos, ela namora o mesmo homem há seis, sem perspectiva de casamento. Quando seu pai é diagnosticado com ELA, Hope resolve passar uma semana na casa de praia da família, na Carolina do Norte, para pensar nas difíceis decisões que precisa tomar em relação ao próprio futuro.

Tru Walls nasceu numa família rica no Zimbábue. Nunca esteve nos Estados Unidos, até receber uma carta de um homem que diz ser seu pai biológico, convidando-o a encontrá-lo numa casa de praia na Carolina do Norte. Intrigado ele aceita e faz a viagem.

Quando os dois estranhos se cruzam na praia, nasce entre eles uma ligação eletrizante e imediata. Nos dias que se seguem, os sentimentos que desenvolvem um pelo outro os obrigam a fazer escolhas que colocam à prova suas lealdades e reais chances de felicidade.

Na tradição de *Diário de uma paixão* e *Noites de tormenta*, este romance aborda as muitas facetas do amor, os arrependimentos e a esperança que nunca morre, trazendo à tona a pergunta: por quanto tempo um sonho consegue sobreviver?

CONHEÇA OS LIVROS DE NICHOLAS SPARKS

O melhor de mim
O casamento
À primeira vista
Uma curva na estrada
O guardião
Uma longa jornada
Uma carta de amor
O resgate
O milagre
Noites de tormenta
A escolha
No seu olhar
Um porto seguro
Diário de uma paixão
Dois a dois
Querido John
Um homem de sorte
Almas gêmeas
A última música
O retorno
O desejo
Primavera dos sonhos

Para saber mais sobre os títulos e autores da Editora Arqueiro,
visite o nosso site e siga as nossas redes sociais.
Além de informações sobre os próximos lançamentos,
você terá acesso a conteúdos exclusivos
e poderá participar de promoções e sorteios.

editoraarqueiro.com.br